苓菁作品 43

詐屍

禁忌錄

目錄

CONTENTS

禁忌錄・詐屍

本故事純屬虛構·內容概與現實無關

詐屍

禁忌錄

楔子

誦經聲與木魚聲同步傳來，那平緩具節奏的聲音，總是令人昏昏欲睡，一天之內村裡發生了好幾起死亡意外，此刻連空氣都透著不安。

老婦人搥搥肩，屋裡的親人都在桌邊折紙蓮花，大家輪番守靈，希望多唸些經文，好迴向給逝去的親人。

客廳中央便停著棺木，這是他們這裡的習俗，老頭子就算剩一口氣，也要死撐著到家才嚥氣，死就要死在家裡，而七日的守靈更是不可免，子孫親屬都要到靈前守靈誦經，好好的送家人最後一程。

一個女人端著些甜點進來，這些天大家都要熬夜，甜點宵夜自然不可少。

「來，休息一下！」她輕聲喚著。

大家紛紛把紙蓮花都挪到旁邊去，真的折到快睡著了，看到宵夜精神都來了！對年輕一輩的人來說，這種徹夜守靈的傳統實在匪夷所思，但家族傳統如此，也只能照辦。

老婦人也接過遞來的紅豆湯，才要坐下來，眼尾卻瞥見不速之客。

「喵！」

一隻小小的黑貓，堂而皇之的從門口進來！

「咦！走開！」老婦人即刻起身，緊張的伸手驅趕。

女人一瞥，當即倒抽一口氣。「黑貓！」

所有人如驚弓之鳥的跳了起來，黑貓？怎麼進來的！孫子眼明手快，拿了一旁的掃把就衝到門邊，試圖將小貓趕出去，小貓卻反而被嚇到的往屋裡鑽！

「不行！不能讓牠進屋！」

大家瞪著大廳中間的遺體，是不是……只要不要讓黑貓跳過就好了？

「別嚇牠！大家聲勢這麼浩人會嚇到牠的！」幸好有人理智尚存，「逼得牠上竄下跳不是更危險嗎？」

男孩抓了一手零食，叫大家退後，而他就蹲在門邊，把零食往嘴裡塞，一副吃得津津有味的模樣，接著再攤開掌心，把零食放上地板。

「來！好吃的喔！」

「喵……」黑暗中，那雙貓瞳隱隱發光。

男孩也不躁進，放下零食便緩緩退去，不給小貓壓力，眼尾瞥著大門，一定是阿嬤進來時沒把門關好啦！

男孩叫大家吃自己的東西，還得把阿嬤拖到旁邊，省得她一直跟小貓大眼瞪小眼，會讓小貓不敢出來的！吃東西或是幹嘛都行，就是別讓小貓覺得有壓力。

好不容易，小貓終於出來了，小心翼翼的吃著零食，男孩故作輕鬆的搖搖手裡的零食讓牠聽見，然後緩緩的靠近牠。

從一開始的退縮，到只退兩步就為了他手裡的零食，男孩趁著小貓低首叼起餅乾之際，輕輕的抱住了牠。

「喵！」牠有點驚訝，但也不見掙扎。

「我等等把零食都給你吃，只是你要去外面吃喔！」男孩溫柔的說著，用腳勾開門，把小貓帶了出去。

屋裡的大家終於鬆了一口氣，老婦人起身開始唸：「把門關好！免得貓又進來了！」

「把門關好喔！」姊在裡面喊著，她懶得動。

男孩是嚇到了，無法動。

他手裡還抱著那隻柔軟的小黑貓，但是他家的院子裡……有幾十隻黑貓！

每一隻都直挺挺的坐著，正面對著他家，而在黑暗中那一雙雙發光的眸子，此時此刻卻只令人覺得毛骨悚然——為什麼會有這麼多黑貓？

「喵——」一齊聲呼喊，這瞬間讓屋裡的人都愣住了！

男孩瞬間扔下手裡的小貓，轉身要奪門而入，但是貓兒們更快，急速奔跑加跳躍，在他開門要進屋的瞬間，一隻一隻的跟著鑽入屋子！

「哇！怎麼……」女人衝到門邊時都傻了，「哪來這麼多的貓！」

「滾開！」人們氣急敗壞的抓起掃把開始趕，「趕出去啊！」

不管男孩速度再怎麼快，十幾隻黑貓已經衝入屋中，牠們不慌不忙、不驚不懼，只是弓著背與家人對峙，踩著貓步小心翼翼。

不對勁啊，男孩喉頭緊窒，這不是正常景象。

「我們不知道冒犯了誰，對不起！」他突然對著黑貓開口，「你們要罐罐還是任何補償都請告訴我們，但是我爺爺已經往生，請……請不要打擾他……」

黑貓優雅的坐著，前腳舉起撓了撓腮，高傲得不可一世，像是聽得懂男孩說什麼似的。

「對不起，請……」男孩指頭勾著門，希望貓兒能走出去。

「西哩欉蝦！」阿嬤根本不知道他在幹嘛，「趕趕出去！趕出去——」

她舉起掃把，就要將貓兒往門外掃。

「阿嬤！不要！」姊姊們擋住阿嬤，沒見到弟弟在溝通嗎？

只可惜為時已晚。

貓群瞬間警戒的弓起背，朝著阿嬤嘶吼，尾巴都豎直，下一秒齊齊的轉身，看向了爺爺的棺木！

「不要！」男孩緊張的大喊，但貓極有靈性，為首的那隻毫不猶豫，從棺木上跳了過去！

「呀呀——」家人們看得心驚膽顫，且情況糟到不止一隻，是一隻接一隻，群貓活像大隊撐竿跳接力賽似的，依序跳過了爺爺的棺木！

「阿彌陀佛！」阿姨嚇得臉色蒼白，開始唸起佛號，而跳過去的黑貓四散，在屋子裡四處閒晃，還有人跳到了神桌上。

「……沒……沒事！」男孩安撫著自己也安撫家人，天曉得他汗濕了背。「找個地方讓牠們出去好了！」

出去？姊姊眼尾瞥向紗門外，外面地上可是黑壓壓一片，都是黑貓吧！牠們發亮的雙眼引頸企盼，隻隻都想進來的模樣！

「那個只是民俗傳說，沒事的！」媽媽也開始安慰大家，「現在科技昌明，詐屍這種事本來就是鄉野傳說！」

「對啊，那種事只是科技不昌明的說法，其實是靜電造成的現象！」哥哥也托著腮，他從頭到尾就一副懶洋洋的樣子。「黑貓跳過都會屍變，那喪屍電影都給你們拍就好了啊！」

媽媽狠捏他一把，阿嬤都已經嚇得魂飛魄散了，少說兩句行不行！

男孩嚥了口口水，回身看著外頭滿地的黑貓，裡頭散布的黑貓偶爾也喵喵叫著，姑且不論黑貓跳屍體的傳說……誰可以跟他解釋一下，為什麼美和鎮上會有這麼多的黑貓？又為什麼聚集到他們家外頭？

「呀——」遠遠的，突然傳來驚恐的尖叫聲！

咦？這叫聲讓人不安，那個方向不是……「是阿松家嗎？」

阿松家也正在辦喪事，和他們一樣！

而且那叫聲，也太淒厲了吧！

「為什麼會……叫成那樣？」姊姊不安的皺眉，「好像遇到了什麼事……」

「他們也遇到黑貓了嗎？」

就算遇到黑貓也不至於叫成那樣吧？男孩暗忖著，下意識回身看向棺木。

他轉回身走近棺木，媽媽緊張的拉住他，你幹嘛？

母親以驚恐的眼神質問著他，男孩也不知道自己要幹嘛……他或許只是想確定一下，那個傳說中的禁忌。

黑貓跳過遺體的話，傳說中那具遺體會……

叩叩。

這瞬間，所有人都噤了聲。

叩叩叩……清晰的叩門聲傳來，但不是來自於他們的大門，而是來自於大廳中間的……棺木。

砰砰砰砰——

「啊啊呀——」

這下子，他知道為什麼阿松家會叫成那樣了！

第一章

「非常抱歉，兩位非病人家屬，是不能探視病人的！」療養院的櫃檯，身著白衣的櫃檯人員客氣但嚴肅的回應著。

「朋友也無法探視嗎？」蘇皓靖說得從容。

「很抱歉，該位病患禁止非家屬探視。」戴著口罩的櫃檯人員，看不見他是否有笑容。「或是請您填個申請書，待我們詢問家屬後，或許可以通融。」

男人身邊的女人輕拉他的袖子，緊張的蹙緊眉心，這間療養院裡的氣氛好沉重，每個在大廳裡的人，似乎都有意無意的朝他們這裡瞥過來。

「真嚴格，探視一個植物人也這麼多規矩啊！」蘇皓靖輕鬆的揚起俊美的笑容，「他應該什麼都無法表達了吧？」

櫃檯人員只是輕笑，可眼睛裡的笑意是擠出來的。

「這是病人的隱私，儘管他已經是植物人，但還是有人權的。」

連薰予悄悄深呼吸，臉色絕對稱不上好看，她環顧四周，明明沒有感受到惡意，但卻打從心底發寒。

或許是離真相越近，她才越恐懼。

她叫連薰予，擁有比一般人強大的第六感，白話點說就是直覺強大，強到可以預知危險、預見模糊的未來，甚至是彩券號碼；幼年時發生車禍、父母雙亡，爾後她被陸家領養，成為陸家的一分子。

父母與姊姊待他極好，宛若親生，也沒有要求她改變姓氏，讓她維持原本的「連」姓；而自小精準的直覺讓她的人生飽受恐懼與困擾，在是否要救人間掙扎外，能輕易看見亡者也是她的陰影。

姊姊是知名律師陸虹竹，美豔幹練的女強人，因在一起嫌犯綁架案中被擄為人質，其美貌與冷靜在媒體前曝光而聲名大噪，但姊姊並不太喜歡這種成名感；姊姊打小就呵護她如親妹，事事周全，長大後她們一起住在外面，只是她從未想過那個她以為是「家」的堡壘，竟然是貨真價實的「城堡」。

因為姊姊早就知道她擁有強大的第六感，甚至以「守望者」之名保護著她，整個陸家早知曉她離譜荒唐的身世：什麼……她是某位巫女的靈魂轉世，就像許多宗教每一代的領袖會在死前，預言下一世的降生之處，再由教眾去尋找、領回，教育成新一代的領袖。

同一個靈魂不停的轉世重生，每一世都扛著相同的重責大任，陸家在收養她前就知道她是誰，所以姊姊與父母的領養與照顧在這一瞬間變得不再單純。

最可怕的是，隨著這段時間的努力回憶，她發現父母雙亡後，她待著的機構似乎根本不是一般育幼院，那——陸家又是用什麼方式領養她的？從哪裡領養的？

「他還有家人嗎？」她突然開口，輕聲的問了一句。

剛剛這瞬間，她彷彿看見一個躺在病床上的植物人，數十年如一日的從未有人探視。

櫃檯人員不為所動，從容鎮靜的回答：「這也是病患隱私喔！」

「好吧！不為難你們了！」蘇皓靖回頭問她，「妳想了解一下嗎？」

咦？了解……連薰予有幾分的錯愕，旋即微笑頷首。「方便嗎？了解一下這裡的環境？」

櫃檯人員明顯僵住，然而那一時驚慌的眼神卻掩飾得極好，絕對是訓練有素，只可惜這一切在直覺強大的人面前，毫無用武之地。

連薰予緊勾著男人的手，身邊的男人高大俊美，上勾的嘴角帶著桃花似的，輕易就能令萬千女孩心動；但這個男人擁有比她更可怕的第六感，可以看到、知道比她更清楚的事物或未來，而他們只要身體接觸，能力就會變得更強，就像現在。

他們都知道這間療養院等等會用各式藉口，千方百計讓他們離開。

這份直覺再強一點就會變成預知能力，甚至……還能有驅逐惡鬼死靈的強大力量。

因磁場特殊，魍魎魑魅本就容易被他們吸引，她從小是怕得要死卻閃避不了，蘇皓靖則是採無視大法，或是想辦法解決纏上的亡靈，不過他們接吻時，卻能直接將厲鬼逼退。

這相當奇妙，明明各自獨立時會吸引亡者，但有所「連結」時卻反而能制伏，彷彿是負負得正的原理；而且還會隨著接觸的深入，例如……吻得越深越激情，效果就越好。

連薰予慶幸自己戴著口罩，多少可以遮去泛紅的臉頰，因為這角度只要仰頭就能輕易的看見他性感的唇，她最近老是胡思亂想……很不想承認自己對他的吻十分陶醉。

「哇，遲疑耶！」蘇皓靖笑了起來，「總不會連想看看環境都要預約？」

「呃，不是……請等等，由於我們人手不足，所以先確認一下今天是否能帶您參觀。」櫃檯人員飛快的見招拆招，「只是我們現在並沒有空的床位……」

「沒關係，等得到的。」蘇皓靖意有所指的望著他。

櫃檯人員點點頭，鎮定的開始打內線電話，連薰予則鬆開蘇皓靖的手，逕自朝左邊大廳的方向走去，櫃檯人員明顯緊盯連薰予的行動，深怕她去哪兒似的。

問題是櫃檯旁的區塊是公共空間，他們著實不能怎麼樣。

連薰予看著坐在大廳椅子或輪椅上笑著的人，也有人開心的在唱歌，但她眼神卻望向一旁的走廊……得走到底後右轉，朝最近的那個樓梯往上走，在……七樓，對，七樓的719病房，那個植物人就躺在那兒！

病房號碼在腦海中浮現，清晰得宛若就在眼前。

「真的很抱歉。」櫃檯人員致歉的聲音傳來，「今天沒有辦法，或者您要等等，大概兩小時左右，我們就有辦法為您介紹。」

蘇皓靖瞄向斜前方的女人，她回首輕哂，他立刻點頭。「等！我們今天有的是時間。」

都特地來了，豈有不等的道理？

連薰予與蘇皓靖相識於公司，因為他們的公司恰好在同一層樓，其實她在那兒上班多年，與蘇皓靖並無交集，爾後因為有人觸犯了電梯的禁忌後才使二人認識；接著發現他們只要一接近彼此，第六感就會加強，所以蘇皓靖一開始相當排斥她，畢竟獨善其身已久，好不容易用時間習慣直覺帶給他的一切，增強後反倒使他壓力增大，他甚至辭職好避開她。

結果緣分卻又把他們牽在一起，無論如何閃躲，總是會相遇，蘇皓靖最後放棄掙扎，不得不接受命運安排，而她……也接受了他。

這種默契不言而喻，不說蘇皓靖外型極佳，如模特兒般的身材、勝比明星的帥氣容顏，外加巧舌如簧，以前在公司時整棟大樓都知道二十四樓有位花花公子，身邊女人數不完，隨便說兩句都能把人拐上床的本事之高，遠近馳名。

光這些條件就很難叫人不動心，她也只是普通女人啊，再加上數次共度生死關頭，還有兩個人有著因直覺強大背負的苦，心靈上的契合只是讓她陷落得更快而已。

好啦，至少在一起後，蘇皓靖就沒再到處拈花惹草了，這點還是值得嘉許的。

「親愛的。」他大步走來，親暱的摟過她。「要等兩小時喔！」

噢噢，他看見了！蘇皓靖將連薰予摟得更緊才能感受得越多，他們今天就是要來見那位植物人一面的，雖說多久都願意等，但其實大可不必這麼麻煩。

因為這兩個小時的「等待」，是院方打算移動那名患者。

摟著連薰予便能同步加強第六感，知道等等該怎麼走，該如何抵達病房，甚至已經預見病房裡的樣子，以及整層樓的布置。

院內明顯瀰漫著一股緊張的氣息，人人都為了他們的到訪而神經緊繃，蘇皓靖卻故作大方的摟著她就著一旁的等候椅坐下，看著他們內部的兵荒馬亂。

「你……」等了一會兒後，連薰予幽幽開口。「為什麼會知道他在這裡？」

「妳不知道嗎？」蘇皓靖輕鬆的靠著椅背，蹺起腳。「妳好歹也是受害者家屬，渾然不知肇事者的情況還滿特殊的。」

「我當年才幾歲？記憶都不深刻……」她頓了頓，「或許我爸媽都知道吧？」

這裡的爸媽，指的是養父養母，陸家的爸媽。

「他們當然知道！畢竟領養妳時，會知道妳是怎麼到育幼院的，只是他們不告訴妳罷了！」他說話時，眼神沒有停止過觀察所有在療養院裡的人。「就像沒有人告訴過妳當年車禍的原因一樣。」

「這我記得。肇事者因為手機掉在地上，所以他彎身去撿，就一秒——」她還記得尖叫聲、記得翻滾的車子、破碎的玻璃，飛濺的鮮血，造成幾十輛車子追撞。

然後她就成了孤兒。

「嗯，或許吧！」蘇皓靖語帶保留，淺笑。「撿東西是真的，但撿什麼東西就是個問號了。」

「你什麼意思？」連薰予擰眉，「你直覺比我強，你……至今能感受得到那個人的當年？」

那間病房離他們真的有段距離，又在七樓，蘇皓靖的第六感居然不只能進入精神療養院，還能感受到那個肇事者，甚至當年的事！

「呵呵……怎麼可能！」他忍不住笑了起來，「我們的直覺用在現在跟未來，比使用在過去強大多了！我要是連以前的事都能看到，人生未免也太累了！」

「那你為什麼——你一定知道什麼，所以才帶我來這裡。」連薰予嚴肅的看向他，

「我知道你不喜歡我姊，或許也不喜歡陸家，但他們是養大我的……」

「我沒有不喜歡陸姐，天地良心。」蘇皓靖失聲笑了起來，親暱的附耳。「我是討厭那個宮那個教。」

連薰予微怔，深吸一口氣。「那不是我能控制的事。」

就跟她無法選擇她的人生，無法選擇她的靈魂一樣。

「所以我覺得妳被收養這件事可能有點蹊蹺。」

但說再多都沒有用，他會帶她來到這裡，就是再多敘述不如親自感受。

只要能接觸到肇事者，很多事情便會分明。

喀啦喀啦……扳開的輪子在移動了！

連薰予一顫，她知道！她知道這間療養院正在挪動那位肇事者！緊緊反握住蘇皓靖的手，他當然也知道，這是他們早有預感的事，移走植物人是療養院唯一能做的。

也正是他們的機會。

「他們不會搭乘樓梯旁的電梯，而會選擇離我們比較近的這部。」蘇皓靖低語，目光落在眼前的長廊，十步之遙的左方有個內凹處，那兒有部電梯。「因為電梯旁就有扇門，門後的另一條走廊可以讓他們離開。」

一般人眼裡只會看見直走後右拐，如同他們剛剛預見的一樣，因為電梯邊那扇門是管制門。

「我們得在樓上攔截他們。」連薰予小聲回應，「一定要措手不及，那部電梯會淨空，不讓任何人使用，好保證病床可以從七樓順利下來。」

「二樓好了，挑二樓按下電梯，電梯門就一定會開啟。」蘇皓靖順著直覺走，因為他腦海裡就出現了二樓的字樣。「只要進入電梯就能與病人相處，一秒就夠。」

問題是，他們要什麼時候出發？要從這裡衝過去，突破可能試圖阻止的醫護人員，衝到底端後右轉、再跑上二樓，折返跑去按下另一部電梯的往下鈕，此時此刻，這部電梯必須即將經過三樓，才能完美的在二樓停下。

連薰予抿著唇，還沒開始又羞紅臉，她昂起頭，難為情的看著他。

「索吻嗎？親愛的？」蘇皓靖笑了起來，不等她的嬌羞，勾起她的下巴便吻上去。總是要更深入，直覺才能更強嘛！

「唔——」一見到他們突然接吻，櫃檯人員反而尷尬的不知道把眼睛放在哪兒的別開眼神。

六名醫護敞開719房的大門，小心翼翼的將病床推出來，床上的男人骨瘦如柴，雙眼盯著天花板動也不動，植物人究竟有沒有意識是個謎；他們都感受到病床通過走廊，無線電的電波聲在空中湧動，豈止電梯淨空，甚至連走廊上都沒有人，出動這麼多醫護，就是為了要移動這位患者。

眼前長廊上的醫護也多了起來，應該是要防備他們吧？有幾個人刻意靠近電梯，也有人假裝聊天的走到遠方左側的管制門前，都是為了因應等等的移動。

所以他們兩個人，必須分開行動。

「我比較能打。」吻得方興未艾時，蘇皓靖依依不捨的離開她的唇。

「那你往七樓去，掩護我往二樓堵電梯。」她以氣音低語，現在各樓層幾乎清空，行動縝密具條理，看起來這間療養院平日都有在演練嘛。

什麼時候出發？他們只是深情凝視著彼此，院內的人員正低頭用無線電悄悄通知：進入電梯。

進入電梯了——現在！

完全不需要互相打暗號，他們幾乎是同時跳起，筆直朝前方長廊衝去，因著他們突然的行動，反而讓院內人員措手不及，但較遠的人還是及時的擋住他們。

「先生，你們不能擅——」話都沒說完，連薰予靈巧的向右閃身半寸，從兩個人張開的手中鑽過。

只要憑直覺往前衝就沒有錯！

身後的蘇皓靖沒有這般小巧的身軀，他很乾脆的直接把對方推開，與連薰予逼近走廊底後即刻右轉，奔上樓梯。

「他們上去了！」不管樓下或樓梯間，都可以聽見同步焦急慌忙的聲音。

樓上傳來下樓的腳步聲，蘇皓靖一個箭步上前，越過連薰予到她前方，在衝上二樓時直接迎面痛擊院內人員，務求一掌就擊暈，不給他們任何通報的時間。

接著他持續往三樓衝，而連薰予一上二樓後就朝右斜前方衝去，按下電梯鈕。

電梯的數字顯示四，她屏氣凝神的等待電梯，一旁的病房裡有人好奇打開門，朝她這兒張望。

樓上則傳來驚呼聲與打鬥聲，數字終於跳到了二。

『上樓的只有一個人！女的不知道到哪裡去了！』

消息已經傳開，電梯裡的人也知道，她選擇閃身到電梯鈕處，這樣電梯門開啟時，裡頭的人便瞧不見門外有誰在等待，她只需要一秒的疏忽！

電梯裡剛好只能放一張病床，她只要進去，無論如何都會接觸到那個肇事者！

叮，電梯抵達，電梯門不得不開啟，電梯裡的人站在門口已經做好準備，要擋下任何意圖進來的人……但當電梯門開啟時，外頭卻空無一人？

數字鈕邊的護理師不假思索，立即狂按關門鈕，或許只是巧合，或許是那個女的還沒到，總之外面沒人就對了。

「她不在這裡。」另一側的護理師拉著領口的無線電低語。

電梯門緩緩關上，連薰予同步的順著門移動，一個漂亮的旋身，轉進了電梯裡，還撞開正在說話的護理師。

「咦？」按著關門鈕的護理師驚呼出聲，但就在這一秒，連薰予準確的握住了病床上植物人的腳踝——

當年踩著油門的那隻腳！

高速公路上的他仔細的保持安全距離，隨後又突然踩下油門，同時主動把擱在方向盤上的手機撥到地上去；然後他的腳就這麼死踩著油門，雙手鬆開方向盤，整個人彎身下去撿那支手機！

砰！巨響傳來，擋風玻璃直接整片碎裂，後面的事她也知道了。

「小姐！」護理師怒吼出聲，「妳怎麼可以這樣進來！」

連薰予抬起頭，看著眼前一雙雙憤怒帶著驚慌的眼神，收起了微顫的手。

「這是電梯不是嗎？我不能搭電梯？」她幽幽的問著，同時間背後「叮」的一聲，一樓到了。

面對眼前一整票驚慌的人，她身後的門緩緩開啟，外頭的人更加驚愕，倒抽一口氣的聲音異常明顯。

「連小姐！你們怎麼可以硬闖！」外頭的人氣急敗壞，「未經允許就進入本院，我們有權要你們離開！」

連薰予只是回眸輕笑，默默的退出電梯。「先讓病患出來吧。」

一群醫護緊緊握著病床桿，移動這個患者就是為了避開他們，現在卻被她逮個正著，他們一時之間反而不知道該怎麼辦了嗎？

但為首的護理師還是專業的，他推著病床往外走，他們試圖說服自己，或許她進電梯只是巧合，並不知道這個患者就是她方才要找的人。

病床推出電梯外後，果然立即朝旁邊的管制門離開，而院內的人員則朝她伸長手，向門口比劃。

「連小姐，請您立刻離開本院……」院方不安的左顧右盼，「蘇先生呢？他甚至對醫護人員動粗……」

連薰予轉過頭，定定的望著他，嘴角挑起一抹笑意，同時後退一大步，進入了電梯裡。

「連小姐！」有人即刻上前，用手扳住了電梯門。

「請問，你們為什麼知道我姓連？」她輕巧的問著，「登記的是蘇皓靖的名字，你們從哪邊得知我姓連的？」

咦？說話的人一怔，露出慌亂的神色，知道自己不小心洩了底。

連薰予動手將扳動門的手推開，同時按下關門鈕。「叫告訴你們我是誰的人來跟我說話。」

「我們……我們——」我們個半天，院方人士卻只是面面相覷，他們誰也無法作主。

就在這慌亂不知所以的情況下，電梯門在他們面前關上，連薰予靜靜站在裡頭，她沒有按下任何樓層，因為她知道蘇皓靖已經在上頭等待她了。

「這怎麼回事！為什麼她會在電梯裡！」電梯門一關，外頭全亂了套。

「她現在上樓做什麼？患者已經移動了！應該沒關係了！」主事者拉著無線電低語。

「但是她跟患者接觸過了啊！上面交代，絕對不能讓他們跟患者有所接觸！」

七樓，電梯門開啟，外頭倒了許多醫護人員。連薰予一邊說著抱歉，一邊跨過他們前往 719 病房，當年的肇事者——林嘉南的病房。

蘇皓靖就站在病房中間，這病房的陳設跟他們在一樓時預見的一模一樣，只是現在沒有了患者，儀器俱在，蘇皓靖仰頭自若，闔著眼像是在吸收什麼日月精華似的閒散。

「我接觸到了。」她走進病房，「你也感應到我看見的嗎？」

「嗯。」他隨口應聲，「我比較在意這裡面的東西。」

「這裡……」連薰予一邊走進病房，一邊觀察，說實在話，這裡除了儀器跟那些椅子外，她什麼都沒感覺到。「還有什麼嗎？總不會是肇事者的靈魂吧？」

說不定植物人正是靈魂被禁錮在身體裡的一員，所以更加痛苦，無法言語無法傳達，只能這樣躺在床上。

「不是……但的確有東西。」蘇皓靖擰起眉，「我覺得哪邊怪，但是探究不出所以然。」

是嗎？連薰予趕忙到他身邊。

「我們沒多少時間了，他們只是一時不知該怎麼辦，上頭一下令他們就會來了。」

「嗯哼。」蘇皓靖不慌不忙，看起來絲毫不以為意。「我只是想多獲取一些資訊……」

因為這裡的確還留有什麼，有思想留存在這裡，悲傷……哽咽，還有一種無助的吶喊，是了！蘇皓靖抱住了連薰予，感受到了嗎？有人在求救！

啊……連薰予也感受到哭泣，但是院內的行動卻影響著她的專注力，他們上來了！

「你出手打人，他們應該會提告傷害。」雖說不得已，但終究是傷了人。

「無所謂，就按法律走，我可以請陸姐當我的律師呢！」蘇皓靖還笑了起來，「但他們不會希望與我們多有瓜葛，應該是巴不得我們離這裡越遠越好。」

衝著這種顧慮，誰想再把他們捲進來？一旦提告，就得在這間病房實地演練，喔，說不定警方還會深入調查，這裡許多醫護人員身上都跟著「東西」，只怕以前都有什麼不太光彩的事情。

光是一樓某個醫生，身上就掛著三個亡靈，痴痴的纏著他，剛剛一直應付他們的櫃檯人員頸子上有一雙小小的手從後抱著，看上去只怕不滿一歲。

簡單來說，一踏進這間院所，裡頭滿滿的靈壓啊！

「從另一頭的電梯走吧！」連薰予拉著他離開，還有另一部電梯能搭。

『……薰……』

咦？才走沒兩步，連薰予戛然止步，她彷彿聽見了什麼。

蘇皓靖微斂神情，求救的聲音變得明顯，他們雙雙回身，連薰予朝著那聲音走去，他及時扣住她的上臂，示意不要貿然前往。

『薰……予……』清楚的喚名聲傳來，是個女人的聲音。

「我得去。」連薰予的腳已經動了，蘇皓靖沒鬆手的追上前，拉過她的身子一起。

他們走到了T形岔路口，眼前就是剛剛那條長廊，橫在他們面前；所以左斜前方就是電梯的位置，正前方一樣是扇管制門，往右看就是廊底了，沒有什麼空間，最多就是有間儲物間罷了。

唯有不同的是，眼前這條橫向廊底的牆壁採天窗設計，陽光由玻璃格狀的天窗射入，走廊一片通亮，而在牆與天窗之間，掛了一幅巨幅的世界名畫。

聲音已經清晰可辨了，蘇皓靖倏地朝廊底的上方看去，畫在說話？

『小薰……薰……』

連薰予突然覺得她認得這個聲音……這聲音曾在她深層記憶中，她仰起頭，望著畫裡的女人，那是世界名畫《禱告的聖母》，有什麼東西藏在裡頭嗎？

「妳是誰？要做什麼？」

『小薰……』哽咽聲隨之傳來，名畫在哭泣。

不對！蘇皓靖即刻衝入儲物間，裡頭掃具梯子應有盡有，與此同時，東西兩部電梯同時傳來「叮」的一聲。

「蘇皓靖！」連薰予慌亂的喊著，抬頭想感受到更多。「妳是誰？妳不要只喊我，妳說話啊！」

蘇皓靖已經出來了，他取了把小凳子跟掃具出來，讓連薰予拿掃具往畫框邊戳，畫即刻被戳得搖晃，兩部電梯門開啟，裡頭許多人走了出來，大喊著「連小姐！」。

畫作被激烈搖晃時，連薰予身體隨直覺反應，連連後退了數步避免被畫砸中！

砰！畫作重重落於地板，站在梯上的蘇皓靖仰頭向上，瞠目結舌。

根本不是畫在說話，而是被畫壓在後頭的女人。

那女人整個人是嵌在牆裡的，她的靈體幾乎與牆融為一體，如果她神情不是那樣哀傷，如果她不會動，看上去就像座浮雕般，背面幾乎都沒進了牆裡，僅剩下正面的部分。最重要的，是她那端正清秀的樣貌，與連薰予有幾分神似。

連薰予圓睜雙眼，一口氣差點上不來，或許她當年年紀尚小，但好歹已經五歲了，也擁有照片，不會不知道媽媽的長相！

「媽？」她完全無法相信，為什麼媽媽的靈體會被嵌在這裡！「為什麼！這是怎麼回事！你來說清楚！」

怒火瞬間飆漲，連薰予看向湧來的院方人員，他們最好給她一個解釋！

帶頭來的是剛剛那位自稱是資深醫師的人，面對連薰予的怒火他卻步了，看這情況已經瞞不住了。

蘇皓靖也走到她的身邊，「把人家媽媽的靈體禁錮在這裡，好像怎樣都說不過去喔！」

「不是的，我們……」後面的人難以啟齒，完全不知道能說什麼，慌亂的向另一頭看去。「這我們沒辦法啊！」

一群人跟著回頭，紛紛禮貌的站開，而在最後面的是連薰予一點兒都不意外的人。婆婆。

第二章

說她是神女還巫女轉世的，是一個叫做祈和宮的神秘宗教，這個宗教在神秘的地底下，那兒有著堅固的岩洞，她甚至不知道教義或是儀式，只知道為首的巫女擁有相當大的力量，能回應人們的祈願，而且與政經界密不可分。

巫女對人類世界有義務，守護與平衡，要為世界奉獻出自己，聽起來勉強還是站在光明那邊，但光與暗是同時存在的，有光便有暗，所以另有一股黑暗力量會千方百計的阻止巫女。

雖然不想認同，但她的確感受到有東西在盯著她，而且找機會就把她往死裡逼。同為第六感強大的蘇皓靖也早感應到這點，因為之前與連薰予遇到的每個死靈，明明無冤無仇，卻都想殺他們，邊殺還邊哭著道歉表示不得不為……仔細回想，說不定他們遇到的每個麻煩，朋友同事的觸犯禁忌，都只是一個局，為了讓小薰入套。

祈和宮裡的一堆職稱他們不熟，但至少知道一起長大、收養連薰予的陸家是「守望者」，專門守護「巫女」，而裡頭有七位德高望重的老婆婆，腰間分別繫著彩紅七色的帶子，具有一定的地位與權威，上次見面時就狠狠數落她一番，責怪姊姊沒將她教育成稱職的巫女。

紅繩婆婆此時此刻正朝她走來，對這些婆婆，連薰予沒來由的產生排斥。

「請留步。」蘇皓靖突地將她拉到身後，隻身向前。「這個距離說話是聽得見的，您老人家年紀大了，不勞您走太多步。」

「又是你，你這個……算了。」紅繩婆婆不想多語，「巫女，我們並不想讓妳看見這些，但是請相信這不是我們做的。」

「你們說我爸媽已經被超渡了，但她為什麼在這裡！」連薰予怎麼可能再信他們的鬼話，「她的靈魂是被……嵌在這裡的！」

「我們的確進行了超渡，但是她不走！」綠繩婆婆出面緩頰，「不願的靈體，我們無可奈何，為了保護她，只能先把她放在這裡。」

「哇喔！」蘇皓靖差點沒笑出來，「所以保護她就是把靈體鑲在牆上嗎？我看她根本動彈不得啊！」

女人雙臂都已經沒入牆中了，淒楚的看著連薰予。『不要待在這裡……小薰，走……』

「還能說話？」藍繩婆婆明顯浮現出一絲厭惡，「真不愧是生下巫女的人啊！」

「妳們……妳們是故意把她綁在這裡的，我知道，我就是知道，不要瞞我！」連薰予氣得全身都在發抖，「如果我是妳們的巫女，我命令妳們把她放下來！」

婆婆們八風吹不動，用一種看孩子耍任性的神情凝視著她，接著彼此相望，無一人有動作；不僅僅是她們，蘇皓靖也半轉過身，輕輕按了按連薰予，搖搖頭。

她該知道，她媽媽的靈體已經與這棟建築融為一體，如同常見的地縛靈，不是那麼容易能分開的。

「硬拔開只會傷了靈體吧？我看那些在馬路上的地縛靈都矢志不移的。」蘇皓靖低語，她該明白。

「這成語是這樣用的嗎？」連薰予蹙起眉，什麼時候了還能說笑？她都快氣死了。

「我們不能移動妳媽媽。」蘇皓靖換了個堅定的說法，「不如請婆婆跟我們解釋，肇事者跟被害者放在同一個地方的用意是什麼？以及這間醫院是祈和宮的嗎？」

幾個婆婆臉色相當難看，不爽的瞪著蘇皓靖，就是在說他問了不該問的問題。

「那個……肇事者一直生活在這裡嗎？由祈和宮照顧著？」連薰予緊緊握著蘇皓靖的手，「媽媽也被鎖在這裡，當年那場車禍一開始就有問題對吧？」

「那是意外。」紅繩婆婆義正詞嚴，「這的確是祈和宮的產業，但我們不排斥收受任何病人，並沒有去管他是殺人犯或是車禍肇事者。」

「騙子。」連薰予毫不猶豫的回應了，「我知道的，婆婆，我知道妳們在說謊！」

每一個字都是說謊，事實上連車禍都在騙人，因為那個男人的舉動太詭異了，他是自己將手機撥下去的，還有，誰會為了撿手機兩隻手都離開方向盤？

車禍不會是……她淚流滿面的看著婆婆們，天哪！難道是被設計的？

「那不是意外，小薰已經接觸到肇事者，車禍發生得太詭異。」蘇皓靖替她發聲，「我合理的猜想——」

「沒有什麼猜想！巫女，太多事妳都不懂，黑暗暗中出手我們也沒辦法，我們只能盡全力補償！」紫繩婆婆激動的開口，「我們只慶幸妳能自保，但其他人我們真的無能為力！沒辦法救這麼多人！」

自保……連薰予痛苦的難以呼吸，蘇皓靖趕緊攙住她，她無法承受這樣的實情，況且也不能確定婆婆們說的就是真相！抬頭看了眼母親的靈體，那是個連話都說不全的靈體，大部分的意識都已經不在了。

嗶——身後的管制門突然傳來聲響，蘇皓靖緊張的摟著連薰予再換個方向，他們不得不背向著媽媽靈體，現在那裡是最安全的地方。

管制門一開，是個俐落裝束的黑衣女子，她一出來直接面對婆婆們恭敬的頷首，接著看向左方。

「巫女，請跟我走。」

「風蘭？」蘇皓靖認得那女人，是祈和宮的人。

陸姐是連薰予的守望者，而風蘭為首的管理司則是相當高的統籌單位，管理大小事，這位風蘭便是司長。

「風蘭，妳做什麼？」紅繩婆婆非常不悅，「今天要請巫女回去才對。」

風蘭並沒有理會婆婆，直接讓蘇皓靖快點離開。

「可是……」連薰予移不動腳步，她難受的抬頭看向母親。「媽媽她……」

「現在不是時候，我們都無能為力。」蘇皓靖淡然的說，就扣著她的腰際半抬起她的身體，帶著她疾速從管制門離開。

風蘭穩健的後退著，朝院內所有人及婆婆們再禮貌的頷首後，旋身離開，管制門跟著關上。

「陸虹竹！一定是她！」紅繩婆婆氣急敗壞的敲著枴杖，「他們究竟要把巫女搞成什麼樣子！」

「沒有好好教育巫女就算了，還一直讓她誤會我們！」橙繩婆婆也滿腹不爽，「現在讓她看見自己母親的靈體，對我們的誤解更深了。」

婆婆們來到天窗下，看著上頭的靈魂只能搖頭。「先把畫掛上去，快點讓院內恢復正常！」

院方怎麼刷管制門都不為所動，才發現主機居然已經被重設，而風蘭領著蘇皓靖他們前往管制門區內的另一部電梯要離開，進電梯前，看見了被送回來的肇事者。

「放心，都是我的人。」風蘭先交代著，「這時候藏他也沒有用了。」

病床推過蘇皓靖身邊時，他突然覺得看過這個男人。

「這麼費心照料他，是感謝他讓巫女有機會到你們身邊嗎？」電梯裡，蘇皓靖毫不客氣的開口。

風蘭勾起笑容，「你這招對我沒用的，我只能說婆婆沒有騙妳，的確是令堂不肯離去，她想守在妳身邊，但是我們擔心她被黑暗力量利用，不得不關住她。」

「被黑暗……不要跟我說這種東西！」連薰予激動喊著，「我就問一句，肇事者當初是不是因為被控制才造成車禍的！」

「我不知道。」風蘭回答得滴水不漏，「那種行動是更高層級的，不在我負責的範圍。」

精神控制，是姊姊的能力啊！

連薰予不想這麼想，但是她瞧見肇事者當年的模樣，行動分明就不是出於自我意識，他像被催眠的傀儡玩偶，做出不合常理的事情！

姊姊比她年長幾歲，那時的她如果已經有能力……要控制肇事者並非不可能！

電梯抵達一樓，管理司的人已經在那等候，風蘭直接領著他們大大方方的從前門離開，院內無一人敢置喙，而一出大門，那身著套裝的幹練身影早已站在門口等他們。

「嗨，陸姐！」蘇皓靖打著招呼。

「別嗨了，我還挺後悔讓你跟小薰在一起的。」陸虹竹臉色相當嚴肅，看上去也有些許憔悴。

連薰予咬著牙，挺直背脊上前，雙眼含著淚光卻無比堅定，走向陸虹竹。

「是妳嗎？」她一字字問著，「當年控制肇事者，引發連環車禍的人是妳嗎？」

陸虹竹失聲而笑，她心疼的看著自己的妹妹，巫女。

「是。」

※　※　※

午餐時間，小小的咖啡廳擠滿人，許多上班族都在午飯後買一杯咖啡回辦公室，養精蓄銳準備下午的奮戰。

「原來如此，害我擔心一下！」羅詠捷勉強鬆了口氣，「小薰莫名其妙請了長假特休，我傳訊給她也沒回。」

「她應該沒那個心思啦，最近很忙。」阿瑋神情也相當哀戚，「接連出這麼多事，我們的朋友又意外身亡。」

大學時代的同學，不小心在掃墓時犯了大忌，是靠蘇先生跟小薰幫助才度過一劫，後來這個同學的姊姊也犯了懷孕時的禁忌，結果最後他為了救蘇先生他們而慘死……據蘇先生說，那是彭重紹允諾的「報恩」。

換句話說，他在犯掃墓禁忌時只怕已命不久矣，蘇先生的插手讓他多活了這陣子，但終究難逃命運的齒輪，當時的他跟蘇先生說一定會好好報答時，蘇先生似乎已預見了他的早逝。

只是沒想到，彭重紹是從惡靈手中救下他們，也因此身體被碎石戳成了篩子。

小薰當然心亂如麻，第六感強大的人果然不普通，她好像是什麼厲害的人物轉世，總之代代都有這種厲害……他是有點羨慕啦，至少可以避開一些倒楣的事，總比他總是遇什麼衰什麼好啊。

「我看小薰幾則已讀未回，只擔心她出事，但沒事就好。」蔣逸文接過泡好的咖啡。

「她也真的是……好多麻煩事。」

羅詠捷與蔣逸文都是小薰公司的同事，因為數日聯繫不上她因而擔心，阿瑋之前也是因為小薰才與他們認識，恰好他新的工作就在附近的咖啡廳，所以這兩個人便趁機跑來了。

「沒辦法啊，能力越強責任越大，很多事小薰不願意還是會遇到！」阿瑋替她嘆息，「誰想到只是偶遇彭重紹的姊姊，就招惹到那、些？」

「嗯……」羅詠捷托著腮，「我開始覺得蘇皓靖說的話有理，開無視好像是明哲保身的最佳方法。」

「但妳之前又說有能力的話，他們多幫一個人是一個？」蔣逸文即刻打臉。

「前提是要他們安全啊，我現在一點都不覺得他們安全，出人命了耶！」羅詠捷嘟囔著，「如果這麼危險，那我真的寧願小薰什麼都不管，就跟我們一樣每天上班下班就好。」

阿瑋只是苦笑，真有這麼容易就好了，要練到蘇先生的等級需要時間跟強大的心理素質，像他……從出生開始就總是不順，經常撞鬼遇鬼，但這麼久下來也很難習慣成自然啊！

「好啦，沒事就好！」接過自己的咖啡，羅詠捷滿足的笑笑。「辛苦你了！幾點下班，我們去吃飯？」

「呃……我等等就下班了，但今天我要幫我室友跑個地方，改天吧？」阿瑋留意著時間，今天可是有要事呢。

「哦～室友啊！」羅詠捷不懷好意的湊近，「是女朋友還是室友啊！」

「科科。」阿瑋乾笑著，「真的純室友啦！」

他們兩個不知道，他的「室友」是之前去醫院探病時帶回來的「好兄弟」，不屬於人類，這很難成為男女朋友。

「哎唷！」羅詠捷一臉不信，曖昧的笑著轉身往大門去，蔣逸文只是無奈笑笑，向他打個招呼也要離去。

「喂！喂喂！」阿瑋趁機叫住他，「啊你們？」

蔣逸文一怔，旋即面紅耳赤，尷尬的搖搖頭。

依舊是那個樣子，他可以明確感受到羅詠捷是喜歡他的，但卻始終不願跨過朋友的那條線。

「表示你沒那麼重要。」阿瑋說了跟小薰一樣的話，「換個人喜歡吧！」

蔣逸文無奈的看著在店外等待他的身影，小薰也這麼說過，或許太習慣了所以羅詠捷不會留意到他的重要性……但是喜歡這種心情哪有這麼容易說放就放的？

蔣逸文無奈聳肩，趕緊出門，阿瑋站在店裡望著外頭，怎麼看都覺得他們像一對情侶，真不知道羅詠捷在介意什麼？

看看之前一直覺得小薰很煩的蘇皓靖，還不是在一起了。

唉唉，倒是他，他的春天不知道何時才會來咧？但他又害怕，像他這種諸事不順的人生，誰跟他交往都會一起倒楣吧？

回神認真工作，今早發生了神奇的事情，原本他「室友」的地盤都是在廚房一帶，另外就是一天要洗好幾次澡，所以常常他在看電視或睡覺時，蓮蓬頭會發出刷刷的沖洗聲，這些他都不必在意，反正洗完後自然會關掉。

早上起床時，他卻意外的發現餐桌上擺了一只黑色的票匣，大概十乘十見方的硬質PVC車票夾，裡面塞了些厚厚的東西，表面有張名片，地址的位置閃著金光。

他問了「室友」是不是要他去到這個地址，把東西交給對方？餐桌燈亮了兩下，答案是肯定的。

喔喔喔，「室友」第一次要他幫忙辦事耶，真是太感動了！以往都是他從外面帶回一堆東西，室友不爽的幫忙解決，雖然小董總說跟亡者生活在一起對他不好，但他覺得身體很健康，而且有「室友」在，再也沒有什麼魍魎鬼魅會跟進他家了！

室友幫了他這麼多，終於有他可以回報的時候了。

下午三點下班，阿瑋禮貌跟同事及店長道別，騎著他的摩托車前往名片上的地址，那兒距離市中心有段距離，但他絕對使命必達。

※　※　※

手機不停的亮起，連薰予崩潰的拿起手機一按再按，最後索性關機，她整個人蜷在椅子上，摀住雙耳就以為聽不見，埋進自己的雙膝間，巴不得與世界切斷所有聯繫。

開車的蘇皓靖只能陪伴，他不是當事者，說什麼都是多餘的。

他之前就隱約覺得不對勁，陸姐的精神控制是相當強大的力量。之前某個不長眼的兇犯擄走她當人質，最後卻在媒體前舉槍自盡，當下他就已經感覺到不尋常，因為兇嫌根本不想死，他眼神透露著掙扎，這才是正港的「被自殺」。

陸姐用精神控制讓他自殺，這種能力比催眠更加駭人，所以要讓一個人把手機扔掉再撿回，簡直易如反掌。

陸虹竹先用精神控制導致死亡車禍，讓連薰予家人盡數喪生，然後他們陸家再來領養，順理成章把「巫女」帶到身邊撫養，百分之百符合「守望者」身分啊，但知道真相的連薰予怎麼能承受？

養大她的家人是害死她親生父母的兇手？他們製造車禍就是為了撫養她？

尤其，動手的還是親如姊妹的姊姊啊！

「我為什麼要是那個什麼的轉世？有人問過我要不要嗎？」連薰予嗚咽的痛哭著，

「因為我，爸媽才會死……他們害死了爸媽，再把媽媽的靈體鎖起來！」

「命運是不容自己選擇的，所以我們才要面對命運。」蘇皓靖說得中肯，但也是廢話。「我也沒說我想要有這麼準的第六感啊，但最後也只能接受它。」

連薰予雙拳緊緊箝握，巴不得捏碎自己的手骨似的顫抖。「為什麼要這樣……姊怎能這麼做！」

「對那群婆婆來說，很多事是凌駕於『小我』之上的……當年的事我們誰都不曉得，妳剛也沒靜下來聽陸姐說話——」

「我要聽她說什麼？」連薰予激動的抬首尖聲吼叫，「她承認是她製造了那場車禍啊！」

怒不可遏的含淚雙眸，被恨意與怒火席捲的連薰予，已經失去理智。

唉，是誰說的來著？女人歇斯底里時，就是說「好好好」、「是是是」、「都我的錯」就好了。

人之常情，他也不能強求她冷靜，先是發現車禍不單純……這點怪他，但再見到自己母親的靈魂被禁錮，然後是養父母家造成這一切的，誰冷靜得了？

雖然很想說，如果是他，還是會好好的聽陸虹竹把話說完。

「陸姐有話想說，總是該聽聽。」蘇皓靖輕輕嘆氣，「當年她下手時的時空背景，還是要考量的！」

「你在說什麼？不管什麼因素，我家人的慘死就是她造成的啊！更別說那起車禍多大，死傷如此慘重！」連薰予氣急敗壞的放下雙腳，慌亂的開始前後張望。

嗯哼，蘇皓靖將中控鎖鎖上，看她那模樣是打算跳車，女人歇斯底里時大腦都會停擺。

「妳現在完全無法冷靜思考，我能理解，一切等妳平靜下來再說。」蘇皓靖專心的看著前方，「明明能輕易感受到的事，別被情緒蒙蔽了。」

陸姐那一句「是我」的瞬間，浮現在他腦海裡的答案卻是：「不是」。

即使連薰予的第六感沒他強大，但至少至少是能感受到否定或是事出有因吧？可惜她現在亂了心神，第六感已經無效。

「我不想感受，現在……我想一人靜靜！」她使勁扳著門把，卻發現門已鎖上。「蘇皓靖！」

「車陣啊小姐，不要傷害其他用路人好嗎？」蘇皓靖一副早知道的模樣，聽著她憤怒的拍打他的車子。

從療養院一路回到市區，她都是這副模樣，太難溝通，陸虹竹打了無數通電話跟傳訊息，她也都置之不理……蘇皓靖眼尾瞄著被遺棄的手機，他倒是很想一探究竟。

他可以相信這個祈和宮為了得到巫女願意做任何事，但是以他對陸虹竹的了解來說，不太可能會為了把巫女帶回來，做這種殺人全家的事！而且那場車禍真的造成幾十名死傷者，非常嚴重啊。

「放我下車！」連薰予痛苦的嘶吼著，淚如雨下。

「妳家出車禍前，我見過那名肇事者！」

咦？連薰予登時怔住，淚水從圓眼中不停滴落，愣愣回首。「什麼？」

「我剛想起來的，就覺得我看過那個叔叔啊……」蘇皓靖打了方向燈，準備切換車道。「你們出車禍那天，大概不到一小時前吧！」

他是在休息站裡見到那名肇事者的。那時，男人買了一袋車輪餅坐在外頭吃，他就呆站在兩公尺外，看著那熱騰騰的車輪餅猛吞口水，或許眼神太過熱切，總之男人很快就留意到他，還主動朝他招手。

明知道不該接受陌生人的食物，但對當時的他來說，就算車輪餅裡有毒也沒關係，因為餓死與被毒死的差距並不大。他毫不猶豫的走向男人。他迫不及待的拿出一顆車輪餅，連謝謝都來不及說，便囫圇吞棗的吞入，深怕晚一點被發現，又要被罵或是還回去。

語焉不詳的道謝時，男人笑了起來，男人像哄孩子似的讓他儘管拿沒關係，還捏了捏他消瘦的臉頰，接著動手擦掉他嘴角的食物碎屑時，他瞬間感受到了。

這個男人等等就會出事，還會造成一連串的死亡車禍。

儘管年幼，但他早已知道什麼都不該說，他貪心的再拿了一個車輪餅，用九十度鞠躬謝謝那位大叔，因為他知道，這個大叔以後再也品嚐不到車輪餅的美味了。

「我看見了車禍，國道上的碎片跟血跡。但我那時以為那大叔會死，倒是沒有看到他變成植物人。」

連薰予陷入第二重震驚當中，他說的那個休息站她記得，因為當年他們家也曾在那個休息站停留啊！

「你……當年的預感中有我嗎？」連薰予虛弱的問著。

蘇皓靖微怔，瞥了她一眼，認真的回憶著。

人來人往的休息站內，人潮與車潮大量進出，匆匆的來回誰能留下什麼印象，他對大叔有記憶是因為車輪餅跟預感車禍，即使那時的連薰予也在同一個地方，還小的他只怕也不會留意吧。

「不記得了。」他幽幽回著，「不過，我的確因為這樣閃過了那場車禍。」

他主動告訴寄養家庭的爸爸，說他們必須待晚一點再走，因為那條高速公路上會出事；那個爸爸用看怪物的眼神瞪著他，咒罵他噁心，當場巴了他的頭，叫他閉嘴不要生事。

結果他還是俗辣的放棄高速公路，選擇了地面道路，直到他們親耳聽見上方傳來驚人的撞擊聲後，寄養爸爸就用一種更恐懼的眼神看向他

「……你也在那裡，為什麼不提醒那個大叔！你只要提醒他——」連薰予突然激動的拉住他的右臂。

蘇皓靖溫柔的微笑著，恰巧紅燈，他輕踩了煞車後，寵溺心疼的看向泣不成聲的女孩。

「提醒什麼？」

再多的提醒，比得過精神控制造成的悲劇嗎？那個大叔並非真正的疏忽啊！

連薰予痛苦的深呼吸，她現在不知道該怎麼辦，如何面對養她長大、感情甚篤的一家人？如何面對她的姊姊？腦海裡不時浮現牆上的媽媽靈魂，當年車禍的瞬間也不停的重複播放。

最終都只能想到一個詞彙：殺、人、犯！她家的悲劇是被製造出來的！

她恨她這莫名其妙的身分！

「開門！」她鬆開安全帶，越過蘇皓靖的身體就要去開中控鎖。「蘇皓靖！」

「妳冷靜點！妳在車上鬧沒關係，現在下什麼——」可惜餘音未落，連薰予真的打開了中控鎖。

甩上的離開。

蘇皓靖來不及再關上，她已經一把推開車門就衝下了車，什麼都沒帶，連車門都沒

「連——」蘇皓靖的呼喚根本沒用，他只能慶幸現在是紅燈，整條路大家都停著，才能讓她如此荒唐的離開！

看著女人朝前奔跑的身影，他當然想追啊，問題是他就算要追也得先把車子靠邊停下，現在在內線道的他要切出去都不知道要多久！

「我的天哪！」他趕緊先爬過去把車門拉回關好，順道拾起連薰予的手機，即刻開機的喃喃自語。「陸姐啊，我中立立場，但妳得解決這件事啊！」

所有人都對在車陣中踉蹌奔跑的女人感到莫名其妙，有人朝她按了喇叭，也有人喊著叫她到旁邊去，這裡危險，但連薰予卻彷彿什麼都聽不見似的，她一路朝前衝，眼看著就要到路口卻越跑越快，讓許多用路人緊張的猛按喇叭。

叭——叭——

才停好車的阿瑋聽見一堆喇叭聲覺得奇怪，手裡拿著那黑色卡匣，名片尾端被卡匣的邊緣擋住了，只看見幾巷沒瞧見幾號呢！阿瑋雙手合十的唸著：「我看一下地址，等等馬上送到。」

抽出名片，黑色的名片上頭燙金字樣，寫著十六巷五弄四號啊……翻過名片，背面

居然有著兩個大字：抬頭。

抬頭？阿瑋果然跟著抬頭，卻看見一個熟悉的纖細身影在紅燈的馬路上狂奔！

「……咦？」他愣住了，不假思索的衝了出去。「喂！等等！停停——」

他衝出馬路伸出手，這條是繁忙又複雜的多路口馬路啊，蠢人才會在這裡亂走啊！

「小薰！」阿瑋大吼著，但連薰予像聽不見叫喚似的，直至阿瑋撞上了她！

砰——巨大的聲響讓蘇皓靖顫了一下身子，手機從他掌心滑落。

他錯愕的瞪著自己的手，一股惡寒湧上，緩緩正首朝向看不到前方的路口，剛剛那是什麼聲音？

車禍？他為什麼沒有預感到有車禍發生？

「不、不……」開關彷彿被打開，這一秒內所有的不祥感全數湧來，蘇皓靖飛快的下了車，不顧一切的往前衝。

綠燈了他也不在乎，因為他知道前面出事了！那是一輛載卡多、一輛白色的房車，還有一輛機車，以及小薰！

前方即使綠燈，車子依舊全數卡住，因為路口現下狼藉一片，車子碎片到處都是，被甩出去的騎士、散落的機車零件，夾在燈柱下的白色房車，追撞其後的卡車，全部都擠在一起。

而車子底下只剩一隻手，暗紅色的液體正汨汨流出……越來越多，越來越快……

「連薰予！」衝出車陣的蘇皓靖緊張的大吼著，看著一地慘狀，許多騎士都過來試圖幫忙。

在卡車旁的女人半倒坐在地上，因為翻滾而略有擦傷。

「天哪……」蘇皓靖衝上前就一把抱住她，「妳沒事……妳沒事！」

他的心臟都快停了！那些血不是小薰的，不是她的！

被擁住的連薰予一臉茫然，手部的傷讓她吃疼，但這些都不重要，不重要……她反手抓住蘇皓靖擁著他的手臂，驚恐的看著他。

「剛剛……喊我的不是你嗎？」她好不容易才吐出這幾個字。

「什麼？」蘇皓靖捧著她的臉，「妳有撞到頭嗎？還是——」

驀地，他們同時都感受到了什麼，直覺如此清晰，讓他們同時緩緩朝車下那隻手看過去。

認識的人，他騎著一輛白色的摩托車，就停在旁邊，他還有著萬年不換的黑色包包……那只包包，就躺在他們與車下那隻手的中間。

「阿瑋……阿瑋！」連薰予終於發出尖叫，「是阿瑋！」

蘇皓靖攔下激動的她，卡車下那樣的出血量，是人都不可能活著……不，是因為他知道那下面沒有生命跡象了。

他就是知道。

但為什麼，剛剛他們誰都沒有預知到這場車禍將要發生呢？

阿瑋家非常乾淨，東西十分精簡，羅詠捷將最後一樣東西放進箱子裡後封箱，總共也才三大箱物品而已，真的是個身無長物的人，簡單的生活。

「我把他衣服都收好了。」蔣逸文推著行李箱走出，「他也沒幾件衣服。」

「辛苦你們了。」蘇皓靖由衷感謝，接著看向玄關的方向。「先搬下去吧。」

阿瑋家一進門後，就是玄關與廚房餐廳，那一區現在無人收拾，雖然乾淨得很，但他認為那是阿瑋相當重視的地方，還是得審慎處理。

羅詠捷不安的看向坐在沙發的連薰予，她不發一語的呆坐著，明明第一次進阿瑋家，卻彷彿在這裡回憶著一切似的。

蘇皓靖示意他來處理就好，接二連三的打擊讓連薰予難以承受，她都還沒搞清楚家人的車禍與陸家的關係，阿瑋又因救她而身故。

阿瑋是當場死亡的，他被兩輛車子輾過後捲進車底，拉出來時連屍身都不完整，他跟連薰予是親眼看著他被拉出、送醫，沒有僥倖……雖說阿瑋此生小車禍不斷、衰事連連，但終究有停止的一天。

他總是叫阿瑋「移動的神主牌」並不是說著玩的，因為他就是一個全身上下都帶著負磁場的人，這種結果他並不意外，只沒想到，竟是為了救小薰而亡。

「我們要幫他收拾餐廳區了。」蘇皓靖坐了下來，輕輕拍拍連薰予的腿。

「他室友不在了。」連薰予看著落地窗外，那個阿瑋說半夜有女鬼在外頭呼喚，抓著玻璃的落地窗。

「不在，這是很乾淨的家。」他也相當吃驚。

阿瑋一直說有「室友」在，是當年他去醫院探病時帶回家的，那個亡者也常指點阿瑋避災，所以他們要來幫阿瑋收拾東西時，以為會遇到那位「室友」，還想著該怎麼好好跟對方「溝通」，因為他們並不打算傷害它。

結果這兒非常乾淨，並沒有任何亡靈存在，不知道是室友離開了，還是知道他們來所以先閃了。

「他全身都是血……身體都被撕開了！為了我……都是我！」淚水自她臉龐滑下，「我為什麼要在馬路上跑！我為什麼明知紅燈還胡亂闖！那天他叫我時，我明明可以留意的！都是我！都是我！」

連薰予痛不欲生的大哭出聲，蘇皓靖也只能摟過她，她的痛他都明白，對於阿瑋的死他也難受，而且措手不及，可是他心底想的卻都是剛剛連薰予提的所有問題：為什麼？

他們兩個都是擁有強大第六感的人，卻無一人感應到？

最可怕的是連薰予會出事他竟都毫無感覺，直到車禍發生後，所有直覺才湧入……他想起那個「黑暗」，想到之前跟連薰予一起出的車禍，總是有什麼東西能屏蔽了他們的直覺！

這麼大的車禍他不可能不知道，小薰差點出事她自己也該能感受到，而且沒命的在車陣裡奔跑是為了什麼？

他沉痛的蹙眉，他感謝阿瑋，這麼說很自私，但他真的謝謝阿瑋救了連薰予。

「重來一百次，阿瑋也是會救妳的，今天如果是我，他也會出手，這就是阿瑋。」蘇皓靖柔聲的說，「我們要做的，是幫他把身後事處理好。」

連薰予泣不成聲，心痛如絞，她開始覺得這一切都是她造成的。

她不是把自己當成悲劇女主角，但這就是事實！爸爸、媽媽、阿瑋，還有更多的人，都因為她是什麼巫女遭到不幸！

她又不蠢，那天的她為什麼五感盡封，這想也知道！

淚水既然抹不完也就不抹了，她起身走到餐桌邊，按照習俗的拿起餐桌上準備好的筊，他們都知道，這是阿瑋跟室友的共同地方。

「阿瑋，我們要收拾這裡了，可以的話請告訴我們一聲。」將筊包在掌心後，連薰予誠心詢問，鬆開，筊落。

聖筊。

看著地面上一正一反的筊，連薰予想說的是對不起，更想問的是：你是否會原諒我？

「阿瑋，我們這就動手了。」蘇皓靖輕聲對空氣說道，「等等我們就把你帶回老家。」

家中一片寧靜，蘇皓靖開始動手清理櫥櫃與廚房，阿瑋生活果然簡單得驚人，連碗盤都只有兩副，看來這傢伙也沒什麼朋友會來訪的樣子，連薰予跟在一旁把少少的物品擱進箱子裡，等等他們要帶阿瑋回他老家。

阿瑋身故後，她才知道這個大學同學根本沒有多少親人，他父母在他小時候就意外身亡了，由阿公阿嬤帶大，但阿公在他高中時也離世，最後剩下阿嬤跟姑姑。

不過姑姑自顧不暇，阿嬤的身體也不好，因此阿瑋始終是半工半讀，這也就是為什麼大學時他就那麼拚命打工的原因，畢業後也是能多兼職就兼職，尤其他運勢始終很差，沒有一份工作做得長久。

之前聽他提過阿嬤已經漸漸認不得他，但他還是很常回去看阿嬤，那是最疼他的親人了。

電話聲響，蘇皓靖接起後走出去，留下連薰予封箱，她到現在還覺得一切都是夢，阿瑋像是隨時都會帶傷走進來，說幸好這次只斷一條腿！

怎麼會……就倒下去了呢？

「阿瑋的遺體已經出發了，我們也差不多該走了。」蘇皓靖踅回，阿瑋的後事是由蔣逸文協助處理，連薰予不敢過問。

她不想面對現實，不想聽到阿瑋後事的細節。

阿瑋的阿嬤反對火葬，說什麼都要把阿瑋運回老家用老方法處理後事，那是他們家鄉的習俗，連薰予無論如何都有道義上的責任必須帶他回去。

蔣逸文跟羅詠捷也無法相信那天才聊完天，晚上就接到阿瑋離世的噩耗，但他們很夠義氣，不但協助處理阿瑋的後事，還要一起回他的老家。

「妳決定好了嗎？是送到就回來，還是……」蘇皓靖看著她哭腫的眼，很是心疼。

「按照他們的習俗，陪阿瑋走完？」

把最後一個箱子放上車子時，連薰予抿了抿唇。「走完全程吧，至少我一定得這麼做……守靈七天不能省，你們就先回來沒關係。」

「我自然是會陪妳。」蘇皓靖吻了她額頭一下。

哇，蔣逸文看著那自然的動作，果然是花花公子，這種放閃都超自然的……再偷偷瞄一眼羅詠捷，他連摟個肩都會抖，比起來道行真的差太多了。

「我們沒辦法陪那麼久。」羅詠捷無奈的聳聳肩，畢竟他們是上班族。

「盡心就好，阿瑋知道的。」蔣逸文苦笑著，那樣的阿瑋，會懂的。

四個人坐蘇皓靖的車，原本說好輪流開，但蘇皓靖堅持要自己開到底，因為只有方向盤在自己手上，他才能掌控全局——天曉得會不會又出什麼意外？如果那個「黑暗」趁機攻擊呢？

阿瑋的老家在三小時車程外的地方，而且還是在山裡，是個連聽都沒聽過的美和鎮，蔣逸文協助聯繫時還查了一下地址，果然是有這個小地方，其實人口相當分散，密集區倒像個村，這幾年年輕人力幾乎都外移，只剩下老一輩的人待在那兒了。

坐在副駕的連薰予始終眉頭深鎖，有太多的事糾結著，她說要為阿瑋守靈也是刻意逃避祈和宮的事吧？

不知道是否是陸虹竹介入，婆婆們或是任何祈和宮的人竟然都沒有再來煩他們，陸姐也不再來電，但也沒在訊息中解釋就是了，最後只傳了「對不起」三個字而已。

蘇皓靖當然私下聯繫過陸姐，他認為解鈴還須繫鈴人，大家都應該要坐下來好好談談；比起車禍真相，他更在乎的是直覺被屏蔽的事，那天若不是阿瑋救了連薰予，今天躺棺的就是她了，而陸虹竹必須擔起調查的責任。

「真難為你們了，還願意送阿瑋。」車裡沉悶，連薰予看向後方。

「不會啊，阿瑋除了倒楣些外，人很好的！」羅詠捷心情也很低落，「這份工作還是我介紹給他的耶！」

「哇，妳是不太喜歡那間咖啡店嗎？」蘇皓靖即刻接口，「居然把阿瑋介紹過去。」

「喂！說什麼啊！」羅詠捷不客氣的搥打了皮椅。

「他每一份工作做不長，只有兩個因素：一個是他受傷，一個是倒店或店員陣亡。」

蘇皓靖實話實說，「之前那間居酒屋還幾乎全軍覆沒！」

呃……蔣逸文嚥了口口水，悄悄的看向羅詠捷，他們兩個實際上是很喜歡那間咖啡店，才介紹阿瑋去的耶！

「幹嘛這樣！」連薰予皺起眉制止，「人都走了！」

「沒毀謗他啊，我說的是實話。」蘇皓靖嘴角泛起淡淡笑意，「要我說啊，能在一直不順的人生裡正面向前，才是阿瑋讓我佩服的地方。」

連薰予會心一笑，是啊，阿瑋從以前到現在都是如此，所以即使帶了「室友」回家，也能心大的和平共處。

蔣逸文笑不太出來，如果這樣能讓蘇皓靖佩服，那他寧願不要。

「蘇皓靖，你要是需要換手跟我說，我想先睡一下。」蔣逸文禮貌的出聲，不過呵欠連連。

「我也可以喔！」羅詠捷認真的高舉起手。

「睡吧！沒事的，才兩三個小時的路程。」他跟著伸手握住了連薰予冰冷的手，「妳也睡一下。」

「沒關係。」連薰予搖搖頭，她不想睡，全車都睡著的話，開車的人未免太寂寞了，坐在副駕駛座有一定的責任。

而且閉上眼，她就會看見阿瑋渾身是血的模樣，耳邊還傳來他的呼喚聲，每一景都令她揪心。

「等等走山路容易暈車，先睡一下。」蘇皓靖放輕了聲音，「阿瑋老家有些距離。」

連薰予不再說話，頭靠著玻璃窗，望著外頭的車水馬龍，從未想過有一天會到阿瑋的老家，而且還是以這種形式。

他們進入山區，先是一路往上，接著又盤旋而下，兩個半小時後，車子駛入位在山谷裡的美和鎮。這裡每一戶人家最高就兩層樓的建築，還有許多鐵皮搭建的屋子，最酷的是絕大部分竟都還保有四合院，完全是個跟都更沒有關係的地方，且四周環山，處在山坳間，居民住得散，也沒什麼開發的環境，顯得綠意盎然。

主街的屋子較密集，而且每戶人家後頭都還有一大片土地，然後便連接陡峭的山坡；駛到主街上，他們便備受注意了，畢竟阿瑋的靈車也才抵達不久。

後事幾乎是蔣逸文找人處理的，不過他找的人是蘇皓靖介紹的，而這個葬儀社則是陸虹竹給的名字，想當然耳，一定是祈和宮旗下產業之一，費這麼多功夫繞彎，為的就是不要讓連薰予一聽到就反感。

總之，一切事項祈和宮會交代妥當，做事非常仔細，當蘇皓靖他們抵達時，已停棺入內。

蔣逸文率先下車向葬儀社的人道謝與溝通後續，阿瑋阿嬤要照當地習俗的話，守靈七天，接著至少得停棺四十九天。

另一邊羅詠捷開門下車，準備幫忙搬東西進屋，只是才踩到地，一陣狂風颳來，讓她直打寒顫。

「唔……」她呆站在門內，仰頭看著陰沉的天空，舉起手臂端詳，都可以看見寒毛直豎，根根立正站好。「這裡好像……有點陰森厚？」

坐在車內的兩人沒回應她，他們只是嚴肅的透過擋風玻璃朝外看著，阿瑋家在左邊，蔣逸文正在跟葬儀社人員說話，他老家亦是四合院，略有修繕過的痕跡，但只有一層樓，大門有跟沒有一樣，就擺個低矮的破鐵片作數，輕輕鬆鬆就能翻牆入內。

剛剛在國道上還是晴空萬里，入山後開始雲霧繚繞，到了鎮上卻變成一片昏暗沉灰。

後車廂被羅詠捷粗魯的拍了拍，蘇皓靖連忙開啟，接著轉頭面向身邊的女人。「連羅詠捷都能感覺到這兒的氛圍了……」

「嗯，我懂。」她不安的環顧四周，「這塊地很陰啊！」

遲疑的開門下車，光是踏上土地都能覺得寒氣陣陣，整片山坳處於陰濕之處，就像個聚寶盆似的……聚陰盆。

「我一點都不意外這裡是阿瑋長大的地方了。」蘇皓靖邊搖著頭，一邊甩上車門。

接近美和鎮前，他就感受到不適，因為在上頭時就能見到下方一團烏黑穢氣，這塊地真不好，陰邪之物易往這兒流動，而且難以散去，也極易召陰，蘇皓靖仔細觀察附近出來看熱鬧的鄰居，雖說並非有什麼不淨之物，但長期生活在這裡的人身體運勢都不會太佳。

連薰予朝阿瑋老家對面的老爺爺頷首，老人家拄著枴杖好奇的看著他們，接著裡頭走出一個婦人，連忙在門上貼上紅紙。

「歹勢捏！」羅詠捷抱著紙箱經過。

「啊聽說是阿瑋那孩子喔？」婦人有些難過的絞著手，「我記得不是說剛念大學而已？」

「畢業了啦！」羅詠捷永遠都能立刻跟人聊起天來，「已經畢業好幾年，都在工作了。」

「啊是喔，不管怎樣都很年輕啊！」婦人有些惋惜，「他之前回來時還很健康啊！」

「啊……就……」羅詠捷不知道該怎麼回，不安的回頭瞥了連薰予一眼，然後急匆匆的搬著箱子進屋

連薰予的臉色很難看，雖說是車禍，但就是為了救她啊！

「車禍啦！能有什麼辦法？」一個女人直接從阿瑋老家裡走出來，「阿瑋從小到大就是這樣，大災小禍不斷的，我們一直叫他要小心，不然哪天被收走了都不意外！」

呃，抱過紙箱的蔣逸文尷尬不已，有人這麼說自己親人的喔？

「珠敏啊，昌仔他們在集資樂透，妳買了沒？」這女人話鋒一轉。

「買了啊，說要全鎮集資，我也投了兩三千。」對面的婦人提起這個有些興奮。

兩個鄰居開始聊起來，連薰予他們各自抱著阿瑋的遺物進屋，但站在偌大的庭院中間，卻不知道東西要搬到哪邊去，此時主屋的紗門一開，走出一個有些邋遢的中年男子。

「這麼多東西喔？」他語氣裡充滿著不耐煩，「啊就旁邊走廊角落那邊堆堆好了。」

這麼多東西？總共也才五箱，蔣逸文聽了就火大。

「這是阿瑋的遺物，至少讓我們放在他房間吧？堆在走廊上是等等準備回收嗎？」

他氣得不打一處來，毫不客氣的回話。

哇，羅詠捷挑挑眉，看不出來一向溫和的蔣逸文會這麼嗆耶。

「什麼房間？他哪還有什麼房間？」男人不悅的指著蔣逸文，「就走廊上放一放啦，留那些東西根本就沒用！」

餘音未落，後頭突然一棍子揮了過來。「黑白講黑白講！那是阿瑋的東西耶！」阿嬤中氣十足的聲音傳來，柺杖一棍棍的戳著男人，逼得他往外閃走後，柺杖抵住了要關上的紗門，老人家顫抖著手，這才緩緩從主屋裡走出。

阿瑋的阿嬤！

老人家一身灰色的衣服，清瘦單薄，拿著柺杖，全身都在顫抖，像是無力支撐自己的身子似的。

「那邊，那邊……我帶你們去！」阿嬤比劃著他們的右手邊，也就是左護龍之處，吃力的要領著他們前往。

「媽！妳腳不好就不要走！」男人拉住了阿嬤，「海芬啊！」

「聽到了啦！不必喊那麼大聲！」剛剛聊天的女人慢悠悠走來，直接朝左護龍走去。

「來，這邊！」

他們幾個人默默交換眼神，這幾分鐘下來，隱約感受到阿瑋在這個家並不受待見；進入左護龍的門後都是走廊，靠門口左邊第一間就是阿瑋的房間……「前」房間，現在已經堆滿了東西，只勉強找到一處能讓他們放東西。

「我真的懷疑你們會善待阿瑋的遺物嗎？」羅詠捷放下箱子時，竟然也跟蔣逸文一樣撿到槍。「會不會事情一結束就扔了！」

門口的女人扠著腰，沒好氣的扯著嘴角。「都會看看啦，留個一兩樣下來，人走茶涼，留那麼多東西我當傳家寶啊！」

「厚，很沒感情耶，請問妳是阿瑋的——姑姑？」蔣逸文覺得神扯，這是親人嗎？

「嘿呀！人都走了談什麼感情？我跟阿瑋本來緣分就很薄啦，他厚……」女人一臉無可奈何的樣子，「反正我義務盡到了啦，沒餓死他也養大他了，仁至義盡！」

女人敷衍的說著，轉身就先離開。

蔣逸文明顯不滿，緊握著飽拳，很想上去找姑姑理論一番。

「不必忙了，阿瑋以前就提過，他是被踢來踢去的皮球，沒人想多花錢養他，最後才會是阿公阿嬤養著。」連薰予倒是了然於胸，「想來阿公阿嬤的開銷，也是跟子女拿，所以間接也是姑姑養他吧！」

「好歹是自己的姪子，有必要這樣嗎？比陌生人還不如耶！」羅詠捷深深為阿瑋不平，「虧得他還這麼樂觀，我都看不出來他居然這麼苦。」

「我真的……看到他們的嘴臉就超火大的！」蔣逸文咬牙說著，「還是我們把阿瑋的遺物帶回去好了，搞不好我們還比較善待！」

蘇皓靖略瞇起眼打量蔣逸文，這位溫和派的好好先生居然會為阿瑋這麼仗義啊。

「你還好吧？怎麼突然忍耐度變得有點低？」他留意著變化，「平常跟阿瑋好像也還好，待人也都溫和有禮，今天的你有點不太像平時的蔣逸文喔！」

聞言，蔣逸文自己也有幾分吃驚，皺起眉深呼吸。「我也不知道，但就是覺得很火大！他家人的態度、說話的方式都令我很不爽。」

「靜下心，蔣逸文，做事說話前都先在心裡盤算一下。」連薰予也覺得不太對勁，「羅詠捷，妳負責當一下煞車。」

「噢！」羅詠捷拉拉蔣逸文，雖然她內心覺得今天的蔣逸文有點帥。

「抱歉，我……我就是一股火上來！」蔣逸文為難的低下頭，「說不上怎麼回事！」

「沒關係，我們知道。」這句話，竟是蘇皓靖與連薰予異口同聲。

四人微怔，尤其連薰予望著蘇皓靖失聲而笑，兩個人同時會心的搖搖頭，轉身離開了這左護龍。

喂喂！羅詠捷緊張的挽住蔣逸文手臂，「他們說的沒關係，我聽了覺得很有關係耶！」

蔣逸文也開始緊張，慌忙的拿出皮夾裡的護身符，仔細的拆開紅繩要戴上。「我給妳的那個呢？」

「戴了！」她乾脆的拉開領口，讓他瞧見裡頭豐滿的……紅色的護身符！

蔣逸文尷尬的別過頭，已然滿臉通紅，羅詠捷總是這麼大方的像他們已經是男女朋友了，可是又打死不願意交往。

「我幫你啦！」羅詠捷瞧他手忙腳亂，逕自拿過護身符拆解著。「你很純情耶，這樣就害羞，我們都已經——」

「喂！」蔣逸文羞赧制止，小薰他們在前面耶！

羅詠捷擺著作弄人的神情笑著，仔細拆開略有打結的紅色棉繩，蔣逸文則在那邊羞紅著臉，生怕連薰予他們聽見了；他們是聽見了，所以趕緊推開紗門站到外頭去，省得裡頭的小兩口尷尬。

『沒用的……』

一道軟軟的女聲驀地從羅詠捷他們的側邊傳來，而且聲音近到就像在他們耳畔！

咦？羅詠捷嚇得即刻回身，蔣逸文也跟著往右邊看去，他們什麼都沒瞧見，但是他的頸子明顯被什麼東西掃過！

「哇啊！」

第四章

尖叫聲從屋裡傳來，在外頭的連薰予當即愣住，接著立即開門。「怎麼了！」

不過蘇皓靖更快，在她拉開紗門的瞬間先把她往後拖，得先搞清楚裡面的狀況啊！只是他前腳才踏進裡屋，就見到羅詠捷他們自房間裡衝出，哇啦哇啦的邊喊邊推著蘇皓靖出了左護龍！

「天哪！」蔣逸文不停地抹著後頸，「幫我看看有什麼！是不是有什麼！」

「冷靜點……」連薰予連忙定住他身體，仔細查看，但上頭只有他自己又摸又抓的紅痕而已。「什麼都沒有，怎麼回事？」

「是小強還是蜘蛛掉下來嗎？」蘇皓靖無奈的笑笑，「別這樣，牠們比你們更怕！」

「才不是！是女人的聲音！」羅詠捷嚷嚷尖叫，「我剛在幫他拆繩子，那、個就在我們兩個旁邊……中間的地方，再高一點……」

她比劃出一個高度，約莫就在蔣逸文的頭頂方向。

「而且有東西擦過我的脖子，很像、那很像……」蔣逸文緊張得話都說不清了，「很像女生的頭髮！」

那樣的高度，頭髮掃過他的頸子，連薰予悄悄深吸了一口氣。「說了什麼有聽見嗎？」

「說……說……」羅詠捷抓著護身符，都快哭出來了。「說什麼沒用的，對！那聲音說了那是沒用的！對不對！」

蔣逸文依舊抓著後頸，不安的渾身不舒服，蘇皓靖伸手握住了羅詠捷揮動的手，拿出她因緊張而死捏在掌心裡的護身符。

那是某間大廟求的護身符，隨處可見，沒用的東西是指這個嗎？

「感覺到什麼嗎？」他反覆捏著那護身符，問著身邊湊近的連薰予。

她搖搖頭，剛剛他們就站在外面，但也是什麼都沒感覺到，更別說他們口中什麼女人的聲音了。

「做什麼啊？」阿瑋的姑姑依舊扠著腰，斜站在主屋邊喊著。「別亂叫！」

「妳……那裡面——」羅詠捷焦急的指向屋子裡，卻即刻被連薰予壓下手，噓的一聲要她別嚷嚷。「小薰！」

「晚上要守靈，妳現在嚷嚷這些只是讓大家心神不寧而已。」她嘆了口氣，看向紗門裡。「我們進去看看？」

蘇皓靖若有所思的把護身符扔給蔣逸文，「戴上。」

他開始覺得守靈是一個非常不好的選擇了！打開紗門後他走前，兩個人都不需怎麼防備，而是直接進入阿瑋過去的房間，這是舊屋子，但蓋得牢靠，沒有什麼天花板，上頭是裸著的支架，粗大的木頭橫樑，雖然有些年歲了，但看上去依舊穩固。

蘇皓靖計算著蔣逸文的身高，比劃了個位置。

「如果是長髮的話……」他話沒說完，仰頭站在原地轉著三百六十度。「說真的，這裡處處是可以倒吊的地方。」

「別嚇他們了。」她剛剛就想到了，只怕有什麼從後面倒吊下來……就在蔣逸文的身後。「阿瑋不是長髮。」

「打擾了。」蘇皓靖開口就是客客氣氣，「我們來為阿瑋守靈的，大家都是朋友同學，只希望相安無事。」

朗朗聲音迴盪著，門外的蔣逸文戴上護身符後也連忙雙手合十的拜著。「阿瑋，你要保佑我們啊！」

連薰予可以感受到這裡的晦暗，那種令人無法形容的窒息感，但是卻沒辦法感受得更深刻，下意識伸手握住蘇皓靖，他則親暱的十指交扣，溫柔的望著她，向前一步逼近。

「我真不喜歡在這種情況下接吻。」她悶著聲，看著逼近的壯碩胸膛，竟沒有一絲浪漫的感覺。

蘇皓靖笑了，輕輕咬上她的唇，他總愛這樣的挑逗，讓她不管在什麼情況下都能很快進入狀況……這沒辦法，他們的感覺變鈍了啊！

枴杖倒下，接著是人……然後是翻落山崖的車子、摔倒的機車，還有突然竄進的一隻黑貓——喵！

剎！鏡頭彷彿拉近到黑貓的身上，只剩一片漆黑！

但吻著他的傢伙還沒消停，她使勁推著他。「夠了喔，已經沒有預感了。」

「嗯？」蘇皓靖貼著她的額頭輕笑，「誰在管預感，我寧願多吻幾下……」

對著唇又是一啾，連薰予哎呀了聲，推開了他，羅詠捷他們還在外面咧！抿了抿發熱的唇，她鼓起腮幫子嘆口氣，希望自己臉色正常，探頭朝外。

「好像有點久耶！」羅詠捷嘟囔著，「還有奇怪的對話！」

「我們的直覺變鈍了些，總得想法子……加強一下。」連薰予尷尬的回應。

「然後……有嗎？」蔣逸文的手依然不停摸著後頸項，全身都在發毛，不停震顫。

「沒感覺到什麼，你不要再摸了，等等摸到過敏發炎。」連薰予拉下他的手，「有沒有帶圍巾什麼的，圈著他頸子吧！」

「……有！我有！」羅詠捷趕忙奔向外面，他們的東西都還放在車上呢。

轉頭確認羅詠捷走遠，蔣逸文走上前。「怎麼回事？」

連薰予凝視著他，卻不知道該從何說起。

「這整塊地都不OK，容易集陰，我跟她的第六感也不再那麼強烈，所以不清楚你在裡面遇到了什麼。」蘇皓靖實話實說，「只能看到片段，我開始覺得幫阿瑋守靈不是個好決定。」

「至少要守個七天，這是我必須做的。」連薰予異常的堅持，畢竟阿瑋是因救她而喪命。

加上她不想回去面對家人吧！蘇皓靖大手摟過她，誰叫他喜歡上這個女孩，只能捨命陪佳人了。

「你們可以先閃。」蘇皓靖補充一句，良心建議，便摟著連薰予朝主屋那邊去。

「我、我們……」蔣逸文為難的站在原地，可是……那是阿瑋啊！

他好歹今晚得好好的為他守靈啊！友情戰勝了恐懼，蔣逸文連忙朝外走去，也打算先把自己的東西拿下來。

門外的姑姑用詭異的眼神打量他們，一旁的鬍碴男也沒好臉色，不知道的還以為他們四個其實是來討債的咧！

「我聽說我們家阿瑋是為了救你們當中的誰所以走的嗎？」姑姑終於開口。

「對不起。」連薰予即刻甩開蘇皓靖的手，九十度鞠躬。「是阿瑋救了我！」

「哎，不必行這種禮啦！」姑姑乾笑著，「這樣那個賠償金……是不是多少得補貼一點？」

彎著腰的連薰予心涼了一半，原來重點還是在錢。

「車禍責任還在釐清中，雖然我穿越馬路，但車禍發生的主因並不是我。」連薰予直起身子柔聲回應，「但我能做的，我會盡量做。」

「啊不就是為了救妳嗎？」男人嘖了一聲，「就這樣一條年輕的性命捏，再怎樣都是因為妳才走的，沒拿個幾百萬說不過去吧。」

「她沒有幾百萬。」蘇皓靖冷冷的接口，「放心，會有律師好好處理這件事的，我們一定按流程走。」

「啊叫什麼律師，何必這麼麻煩！」姑姑用手肘撞開男人，「人家是阿瑋同學，這麼年輕去哪裡生幾百萬？我是說喔，妳剛也看到阿嬤年事已高，至少三十萬……」

「她姊姊是律師，會再跟你們聯繫。」蘇皓靖直接拉過連薰予，再拉開紗門。「我們是來為阿瑋守靈的。」

提到姊姊兩個字，連薰予明顯略有動搖，這是她現在最不想聽到的詞。

踏進主屋大廳時，場景真是驚人，空曠的客廳裡已經架設好靈堂，中間就真的停放著阿瑋的棺木；阿嬤在一旁的木桌上折著紙蓮花，一邊折一邊喃喃唸著經文，像是要超渡阿瑋。

連薰予誠懇的拜著，她什麼都做不了，只能在這裡盡哀思了。

接著，他們也坐到木桌邊，開始為阿瑋折紙蓮花與元寶，連薰予折這些「手工藝」倒是挺拿手的，因為姊姊之前是個宗教狂，假日休閒活動就是拜拜，家裡頭相關宗教符咒法器這些東西多得不可勝數，還得騰出個倉庫擺……啊！

她怎麼忘了，這些都是假象！姊姊所謂瘋狂的拜廟只是障眼法，大部分時間都是去那個祈和宮了吧？帶回來一堆護符也是障眼法，為的是掩蓋真正有效的法器，哄她帶著，以保安全。

「折就折，不要想其他有的沒的。」蘇皓靖點點桌子好喚回她，「這是為了阿瑋。」

她勉強擠出笑容，「對，為了阿瑋。」

沒幾分鐘後，羅詠捷跟蔣逸文也進屋，他們只是在靈前拜了兩拜就開始低泣，然後也加入了折紙大隊，反而是姑姑跟那個男人在外頭閒聊、吵架，接著像是離開主屋外頭似的。

「那個男人不知道是阿瑋的誰喔，好討厭。」羅詠捷毫不掩飾，「他看小薰的眼神也很噁心！」

哦？蘇皓靖略挑了眉。

「我倒覺得他看妳的眼神也很煩！」蔣逸文說這話時，折紙的動作特別用力。

「那是阿宗，海芬的老公。」一直唸經的阿嬤突然自然的接口，「了然的女兒跟女婿。」

「咦？是阿瑋的姑丈嗎？」羅詠捷嚇了一跳，「居然啊，對不起，但我真的不喜歡他們！他們還想把阿瑋的東西丟掉。」

「沒法度，她不喜歡阿瑋，因為多養一個他吧。」阿嬤無奈的笑著，「都怪我沒教好女兒，都怪我……」

「阿嬤，沒事！」連薰予趕緊安撫，「但是妳把阿瑋教得很好！」

阿嬤用淚光閃閃的眼看向連薰予，伸出滿布皺紋的老手緊緊握住對面的她。「妳真是好女孩，難怪阿瑋會救妳……」

這句話又像刀般刺進連薰予心窩，其實每個人只要提起這件事，就會逼出連薰予滿滿的愧疚之情。

其實她曾有一度想著，為什麼死的不是她？因為這樣她就不會預言下一世的轉世地點，如此下一世便能有個真真正正的平凡人生了對吧？

但轉念一想，就覺得自己想得太天真了，只要擁有這種第六感，誰的人生能平凡？

「不管是誰，阿瑋都會救的。」蔣逸文誠心的說著，「阿瑋真的是很棒的人！」

阿嬤也看向了蔣逸文，欣慰的點點頭。「好孩子，阿瑋一直是好孩子。」

老人的淚水滑落，看得連薰予心疼，是她間接奪去了老人家的好孫子。

接下來大家都不再說話，只默默折著紙，經文在空氣中流轉著，更顯悲淒；這裡是召陰之土，再加上靈堂，可能還要加點阿瑋的負面靈魂屬性，隨著天色越來越暗，氛圍也越加奇怪，連明明點亮的燈都會隱隱跳動，氣溫也變得很低。

「喂，肖年A，要不要吃飯？」姑姑突然拉開紗門問著，「我要去買。」

「啊……好，麻煩姑姑了。」連薰予忙不迭的起身，掏出錢交給姑姑。

姑姑倒也沒推卻，開什麼玩笑，他們四個人一來，這麼多張口要點飯錢理所當然，更別說他們還要住這兒呢。

「需要幫忙嗎？」蔣逸文站起身。

「不必啦！我隨便買隨便吃喔！」姑姑說著，「我要去買老趙乾麵，他乾麵可好吃了，阿瑋最愛吃！」

「嗯。不挑的！」連薰予客套笑笑，「麻煩您了。」

姑姑轉身就往大門外去，老趙乾麵……模糊的影像進入腦海，是真的有這麼個攤子，姑姑沒騙人。

「才五點耶，這麼早吃飯喔？」都市來的羅詠捷非常不習慣這種作息。

「早點吃啊，我們太陽下山後，就盡量不外出的！」姑丈的聲音跟著傳來，他竟然是從蘇皓靖正後方出來的。

他倒是沒有被嚇到，早就感覺後面有人了。但他對面的蔣逸文就誇張的跳了起來，好奇的打量蘇皓靖背後的黑暗——原來護龍與主屋間是是互通的，也是！

「你們休息一下吧，太陽快下山了，氣溫會變冷，來喝熱茶。」姑丈手裡端著專業茶具走來。

「那先收一收。」羅詠捷趕緊將桌上的紙都收妥，清出一個空間。

「啊……」阿嬤呆呆的看著他們收拾，突然疑惑的環顧著眼前每張臉，笑了起來。「阿宗，你朋友喔？」

阿嬤不清醒了。

之前聽阿瑋說過他阿嬤開始老年痴呆，時而清醒時而迷糊，但還是要真正面對才知道，剛剛還哭著思念阿瑋的阿嬤，現在什麼都不記得了。

「阿瑋的朋友啦！」姑丈俐落的拉張小凳子搬到一旁，打開卡式爐。

「為什麼太陽下山後不外出？」蘇皓靖沒有想聊八卦，「還有就算是晚上，這裡氣溫未免也太低了。」

「我們這裡一直都這麼冷，山上嘛，跟你們平地不一樣。」姑丈笑了笑，「不出去也是因為山上，太晚外出不好。」

是嗎？連羅詠捷都不信的皺眉。

「這塊地不太安寧，容易吸引陰邪之物，是不是常有人夜半外出遇到什麼？」蘇皓靖完全沒在客氣的，直接開門見山。

只見看著水壺的姑丈頓住了，他像是在自照似的，接著才幽幽的向左轉來，重新打量起蘇皓靖來了。

「阿瑋也真會交朋友，找跟他一樣的……」

「我沒有他這麼厲害。」蘇皓靖義正詞嚴，「我本身不召陰。」

「蘇皓靖！」連薰予打了他一下，都這時候了還在開阿瑋玩笑！

「哈哈哈哈！說得好啊！」姑丈竟然大笑起來，「阿瑋那小子果然交了好朋友！」

阿嬤這時拄著枴杖，吃力的站起說要去廁所，蘇皓靖連忙要去攙扶，姑丈卻更快的上前，扶著阿嬤再往左護龍走去，看來在交界處有廚房跟洗手間；這時客廳就剩下他們四個，人一少，竟有種更加淒涼的感覺。

喵……門外廊下突然傳來貓叫聲，連薰予顫了一下。

「咦？小貓咪？」羅詠捷一回頭就可以看見紗門外有隻貓，開心的就想過去。

「羅詠捷！別去！」連薰予當即喝止，「不能開門！」

「為什麼？」她傻傻的回頭，連蔣逸文都把她往回拉。

「阿瑋在這裡啊，那是黑貓！」蔣逸文低語，連他都知道。「妳不知道貓跳棺的禁忌嗎？」

「貓……咦！」羅詠捷瞬間想起了那可怕的禁忌——貓跳棺！

傳說家裡有人過世時，遺體若要經過數天拜祭後才入葬，在這數天中都需要有人守靈，不能讓貓跳過遺體，否則會發生屍變，屍體會坐起，稱為詐屍；詐屍的變化也多有說法，有一說是坐起後會站起來掐住人的脖子，直到那個人窒息，也說該死者會借屍還魂。

蘇皓靖嚴肅的走到紗門邊，將紗門上鎖，門口的小貓站在外頭喵喵叫著，真巧就是隻黑貓，而且有雙金色的眼睛，可愛的抬頭看著他。

剛剛，他們的第六感中也有出現黑貓。

「我跟你們說啊，洗澡廁所都在那邊，廚房倒水也是……」姑丈扶著阿嬤走出來，一邊指向身後。「右護龍是房間啦，左護龍這邊就是倉庫了！」

阿嬤被扶到角落的搖椅上坐好，她看起來有點累，望著他們的雙眼又帶著疑惑，然後再問了姑丈一次：你朋友喔。

這次姑丈敷衍的說「嘿啊」，剛好開水汽笛聲響，尖銳的聲音打斷多餘的解釋，他趕緊回到小凳子前，開始為大家泡茶。

同一時間，外頭傳來機車的聲音，站在門口的蘇皓靖看著姑姑拎著大包小包進來，才想開口喊，但姑姑一看見門口的貓便止了聲；她望著黑貓若有所思，接著把那扇有等於沒有的大門關上，人倒是從容的從左護龍進屋，沒幾秒就聽見碗盤的聲響也從左護龍那兒傳來。

「喝茶！」姑丈送上一人一杯茶後，轉身開了通往左護龍那段小短廊的燈，大家終於看清楚接著左護龍的轉角處就是廚房，姑姑在裡面忙碌的聲音此起彼落。

羅詠捷跟蔣逸文積極的前去幫忙，連蕭予原本也要去，卻被蘇皓靖拉住，沒必要他不想進入左護龍的範圍內，不祥。

雖然這裡全部不祥，但還是有等級之分的。

接著便是堪稱愉快的晚餐時光，姑丈到外面巡了一圈，甚至將右護龍與主屋的門都關好，鐵捲門都拉下，徒留左護龍為進出口。

大家回到木桌邊吃著阿瑋生前最愛的乾麵，阿嬤則使用另外的桌椅，是比較適合老人家的高度與椅背。

有別於一見面的冷硬，姑姑跟姑丈態度柔軟了些，言談間發現他們的確就是現實又粗鄙，對自己的特色也毫不隱瞞。

「我就不喜歡阿瑋，我從沒說喜歡過他，他對我來說就是累贅！」姑姑不客氣的舉杯向棺木，「我從小就這樣跟他說，大累贅！」

「這不是阿瑋的錯。」連薰予覺得對孩子這樣講實在很差勁。

「那是我的錯嗎？我大哥就這樣撒手，把他扔給我，我應該的嗎？」姑姑怒目圓睜，「我們自己都不好過了，沒敢生，結果還要養他？」

嗯，有理。蘇皓靖深表贊同。「我懂，不該妳負責的卻硬要妳扛，也沒給妳選擇的機會，多養一個人還會攪亂原本的生活。」

「對！對……你叫什麼？就你明理！」姑姑連忙舉起啤酒朝向蘇皓靖，他客氣的舉茶代酒。「全世界都覺得我應該要接手，但誰支援我啊！」

哎唷，吃著麵的羅詠捷都不知道該說什麼，聽起來也有幾分道理耶，阿瑋不該是姑姑的責任，結果卻被迫莫名接受，似乎也有點情緒勒索厚？

「可是阿瑋說是阿嬤帶大他的？」連薰予依舊不高興。

「啊我媽的錢哪裡來的？」姑姑翻了個白眼，「只能說我爸媽知道我不想帶，就把阿瑋帶在身邊養，但我們還不是一起生活在這裡？」

「搞得我們自己都沒生了！」姑丈也有怨言，「阿瑋是好孩子啦，他是沒什麼錯啦，但我們也沒錯，最後就是看誰比較衰小而已。」

「阿瑋的父母是出意外嗎？有沒有保險金什麼的？」蔣逸文好奇的問，不該會這麼苦啊。

「有啊，但保險金還沒發下來，債主就在等了，領到的還不夠賠人家！」姑姑提起這個火氣又多了幾分，「那些黑的沒人在講什麼法的啦，反正還不完就是我們這些家人要扛啦，我還得幫我哥還債咧！」

嘖，有點糟啊！連薰予下意識又瞥了棺木幾眼，阿瑋的命真的很不好啊！

「辛苦了。」蘇皓靖專揀好聽話說，再度舉杯。

姑姑夫妻很喜歡明理的蘇皓靖，不會說那些親情勒索的話，而且感覺也深知他們的辛苦！

「同學姓蘇是吧？你這小子好！懂事！聰明！」姑丈再三讚美，「就知道我們多難！」

「我清楚得很，我也是過來人啊！」蘇皓靖笑答著。

「咦？」對面的羅詠捷跟蔣逸文倒是錯愕的齊抬首，「你也是……」

「我是在親戚與寄養家庭之間打滾大的啊！皮球一顆，非常明白。」蘇皓靖說得雲淡風輕，連薰予卻多了幾分心疼。

「原來啊……」姑姑連連點頭，「這樣的孩子特別懂事，阿瑋也懂事啊，從小什麼事都做，就怕被我趕出去吧……但再懂事也沒用，算命的就說他這輩子註衰！」

一直為阿瑋說話的連薰予此時完全沒法反駁，阿瑋的確流年一直都不利。

「所以他大學說要離開時我們立刻就讓他走了，說不定這些年我做生意失敗都是他造的。」姑丈說得煞有介事，「拖累一家子大小哩！」

「也不能都怪他吧！命運這種事……」羅詠捷自己都掰不下去，「反正他離家後你們有混得比較好嗎？」

姑丈扯扯嘴角，故意不回應，看那樣子也知道過得不好，一見面就想打賠償金的主意；但蘇皓靖明白，只要待在這裡，只怕誰的運勢都不會太佳。

「反正，我跟阿瑋沒什麼感情啦，但好歹是他姑姑，送他一程我還是會做的。」姑姑挑挑眉，輕嘆口氣。「而且現在這樣，對阿瑋來說也是一種解脫。」

連薰予蹙眉，說得好像她還幫阿瑋解脫似的。

「啊不過賠償金還是要給的啊！」姑姑即刻補充，指向連薰予。

喵……屋外突然傳來響亮的貓叫聲，就在他們木桌邊的窗戶下，而且聽起來還不止一隻。

「貓還在外面喔？」羅詠捷覺得發毛，「是你們養的嗎？為什麼一直待在這裡。」

「我們這裡貓很多，但是這兩天真的是有點誇張……我剛騎車出去覺得路上多了好多隻黑貓。」姑姑回頭看了窗戶一眼，「這幾天進出要小心啊，絕對不能讓貓進來。」

要是讓黑貓進來，可就麻煩了。

用餐完畢，蔣逸文主動去協助收拾，而姑丈帶大家到右護龍去，有空房可以讓大家睡，雖然事前聯繫時講話都不好聽，但是羅詠捷卻聞到了被子清洗乾淨的味道；蘇皓靖他們都有自備睡袋，原本打算在地板一窩就好了。

只是他看著放有高腳床的房間，並蹲下來往床底下查看，這床底有五十公分高，漆黑一片，躺在這裡壓力實在太大，睜眼時不知道會看到什麼，所以連薰予直接說她今夜守夜，打算徹夜為阿瑋守靈，蘇皓靖即刻附和。

要睡，就白天再睡。

子時過後，只剩姑姑、連薰予與蘇皓靖仍在木桌邊折紙蓮花，睡意都靠濃茶打發，佛經用手機以最小音量播放著，蘇皓靖刻意巡視了一圈，在連接左護龍的門邊悄悄貼了張符，因為那邊應該有什麼在。

抬頭看著裸露的木頭樑柱，也總有陰暗之處，所以蘇皓靖拿出線香盒，在桌上燃起了線香。

「這什麼？」姑姑皺起眉，看著裊裊白煙。

「線香，提神用的。」蘇皓靖睜著眼睛說瞎話，這是驅邪鎮宅的香，連薰予很明白，畢竟線香盒上都印著祈和宮。

她不會無理的反對，畢竟祈和宮的法器具有一定的效力，在這深夜中，多一層防護總是好的。

「喵……」外頭的貓叫聲此起彼落，有遠有近，而且真的為數甚多。

甚至有爪子刮著鐵捲門的聲音，甚至……噠，連薰予倏地抬頭看向屋頂，連屋頂都有著貓跳躍的聲響。

到底有多少貓啊？她完全不敢想像，牠們甚至還會遠距離唱喝似的，徹夜未休——喵嗚……喵嗚……

不絕於耳的貓叫聲響了整夜，讓他們的這夜極度漫長。

姑姑在三點後也打著呵欠去睡了，大廳裡就剩下他們兩個，還有長眠的阿瑋……以及其他潛伏著的東西，加上外頭未曾稍歇的黑貓們。

「貓太多了。」連薰予輕聲的說著，將佛經聲音放大了幾分。

「我如果說明天就走，妳走嗎？」蘇皓靖認真的凝視她。

連薰予搖了搖頭。

「好。」蘇皓靖拿過下一張紙蓮花折著。

身體很累，但不敢睡，他們兩個都能感覺到有許多雙眼睛正盯著他們，門外那不停的貓叫聲，每一聲都是激發著恐懼，因為那不是貓叫春，也不是撒嬌，每一聲都帶著攻擊性的威脅——喵！

阿瑋老家門外二十公尺的路邊，一輛黑色廂型車早在一入夜便已悄悄到來，連大燈都沒開的在樹蔭下藏著。

「四點了。」手機亮了起來，但無響聲無震動。「該撤了。」撐著額側的陸虹竹睜開眼，看著十一點鐘方向的阿瑋家老宅，頷了首。

司機即刻發動車子，以不打擾到居民的方式，緩緩倒車離開這條路。

「讓靈司派人來，這裡太不乾——」

啪噠！一隻黑貓瞬間跳到車前蓋上，弓起背對著裡頭的陸虹竹怒吼——「喵！」

司機受到驚嚇卻沒有太大的動作，持續倒車，但戒慎恐懼的盯著前方那隻拚命嘶吼的貓兒，接著上方猛然又跳下另一隻貓，兩隻貓貓毛直豎著露出尖牙，兇惡的朝著車裡的人叫。

陸虹竹輕挪身子，前傾十度，就與貓兒四目相交。

幾秒後，兩隻貓兒倏地撲向對方，發狂的咬著對方的咽喉，在車子倒車時甩了出去，但淒厲的叫聲依舊不絕於耳。

「我剛說到……」她躺回椅背上，慢悠悠的問著。

「已經通知靈司準備。」

嗯。陸虹竹點點頭，疲憊的蹙起眉心，她實在需要休息一下了。

車子掉頭離去，雲霧仍厚，但天就要亮了，在這美和鎮上，雞鳴聲應該可以帶走黑夜的不祥吧！

「呀——呀——」

尖叫聲突地傳來，尖銳得令人心驚，陸虹竹倏地回頭，聲音來自他們後方……就是阿瑋家的方向啊！

「快走！不能讓居民們看見我們！走！」緊握飽拳，就算心中再擔心，她也知道小薰現在並不想看見他們！

只是，今天的序幕以慘叫聲拉開，大事不妙啊！

第五章

慘叫聲先於雞啼，劃破了本該寧靜的早晨，昨天在對門門口笑著跟他們打招呼的爺爺，今早起床時竟失足從二樓摔了下去。

警方抵達沒多久，覆著白布的爺爺就被抬上救護車，平時上下樓都有人看顧的爺爺，突然自行下樓導致意外；只是這些騷動都沒有影響蘇皓靖的睡意，他拉著連薰予回房去睡，而蔣逸文與羅詠捷被這尖叫聲嚇醒後，接著換他們守靈。

睡前，蘇皓靖把符咒貼好貼滿，連薰予窩進的睡袋都是祈和宮的，或許可以換得好眠。

對面是意外嗎？她覺得應該要思考這件事，但她眼皮重到沒有氣力了……看著身邊那張帥氣的臉，連個晚安吻都沒有心情。

連薰予覺得自己是一閉眼就瞬間睡著，直到有人搖她，她才突然驚醒。

「什麼？」她從睡袋裡鑽出時，有些茫然，滿臉不太知道這是哪裡的表情。

「睡得很死耶妳！」床邊的男子笑了起來，「我看打雷都叫不醒你們！」

連薰予聞聲轉頭，吃驚的看著就著床緣坐下的男子，半晌說不出話……她還在睡袋裡的手悄悄旁移，希望能推醒蘇皓靖，為什麼他還在睡？為什麼——正首看去，她身邊沒有人！

「蘇大哥那邊有點難接觸，只有妳聽得見我說話。」阿瑋笑了笑，「哎唷，妳不要一直哭啦，眼睛都腫了。」

「阿瑋……」連薰予全身都緊繃起來，這是怎麼回事！

「重來一百次我還是會去救妳的，這是我的命。」阿瑋突然伸手拍拍她的頭，「只是拜託不要再做這麼危險的事情了。」

連薰予激動的坐起，同時甩掉阿瑋的手。「你是什麼？」

「欸……這也要問喔，我如果說我是人妳就要哭了吧？」阿瑋還是平時那樣，「我不是來嚇妳的，主要是妳別幫我守靈了，我比較想火葬，妳跟阿嬤說說吧。」

「夢嗎？」

「離開這裡吧！我沒事的，也不後悔那天去救妳，這就是……緣分吧！剛好那天那時我出現在那邊。」阿瑋笑是笑著的，但他笑容帶著苦澀。「我很慶幸我在那邊，至少能救妳。」

連薰予漸漸接受了現實，淚水啪的便奪眶而出。「都是我……阿瑋，你是為了救我才死的！」

「總比妳死好啊！」阿瑋驀地接話，「我寧願是妳好好的活著，蘇大哥、陸姐、關心妳的人比我多。」

「人的生命不是這樣比較的！」

「那不過是冠冕堂皇的話，人的一生，本來就充斥著比較。」阿瑋突然撫上她的臉，「我能幫妳做的不多，其實能為救妳而死，我還滿開心的……至少妳一輩子都忘不了我，對吧？」

觸及她臉的手如此冰冷，但那如同情人般的撫摸，讓連薰予察覺到不對勁。「阿瑋，你……」

「我沒說過，因為我知道妳不會喜歡我，誰會喜歡我這種人？」阿瑋聳聳肩，「蘇先生的條件壓倒我幾條街，你們又很合，我呢，當好朋友我就很滿足了。」

天哪！連薰予內心震驚不已，阿瑋喜歡她嗎？

「謝謝你們幫我打掃家裡，我室友很照顧我，所以你們不必擔心……不必再守靈了。」阿瑋突然回頭，看向房門外。「拜託大家好好活著，就當報答我了好嗎？」

他話越說越急，在她臉上的手卻貼了上去……不，是穿了進去。

「放手！」連薰予驚恐的抓住他手腕，「你放開我！阿瑋！」

他的手穿進她的臉頰中，無比的冰冷竄遍她的臉她的頭，刺痛得令人想尖叫，但阿瑋非但沒有鬆手，甚至另一隻手搭住她的肩，扣住了她的身體！

「小薰，我不想死！」阿瑋瞬間成了他死前的血肉模糊，「我其實一點都不想死啊啊啊——」

「阿瑋——」連薰予痛得尖叫，發狂似的推開他！

啪！前額一陣刺痛，連薰予震顫著身子跳開眼皮，眼前看著一隻大手湊近，又在她腦門上彈了一下，啪！

「喂！哎唷！」她吃疼的抬手撫上前額，「很痛耶，誰——」

岔岔向左轉去，隔壁睡袋裡的男人已經起來了，看起來梳洗完畢，連睡袋都捲好，就靠著牆睨著他。

「我覺得任何一個正常的男友，聽見女友在睡夢裡喊別的男人的名字，都不會太高興。」他將手裡的水遞給她，「喝掉。」

連薰予腦子混沌數秒，突然倒抽一口氣的坐起身，緊張的左顧右盼。「我……我剛剛……作夢？」

「阿瑋嗎？」蘇皓靖依然板著一張臉，「他入妳夢了？」

蘇皓靖朝門板上望去，貼著四張安神符的情況下，那傢伙還能入夢啊……

「我不知道是他入我夢，還是我……因為過度思念而夢見他的！」連薰予曲起雙膝，不停揉著眉間。「但好真實，他……說他不想死。」

「那是妳的愧疚引發的。」蘇皓靖旋開瓶蓋，「喝掉。」

連薰予接過了瓶裝水，才湊近鼻尖就聞到熟悉的香灰味，她從小到大吃喝的東西，姊姊都要加香灰，雖然很難喝，但也已經習慣了！她瞥了蘇皓靖一眼，他到底跟姊有多密切的聯繫啊！

一口氣喝光，方能靜下心神，外頭騷動一片，有許多人在說話，也有人在哭；拿起手機查看，才剛過正午，可他們至少睡足六小時了。

「好吵，是早上那個爺爺嗎？」說完她自己也狐疑，因為方向不對。「咦？但這是側邊。」

「感覺一直有事發生，警車來來回回好幾趟了。」蘇皓靖嘆了口氣，「不止一戶人家。」

「怎麼會這樣？」連薰予伸了伸懶腰，「我去梳洗一下，我也餓了，我們去找東西吃。」

連薰予匆匆離開，蘇皓靖輕輕嘆息，倘若是他，一秒都不想在這裡多待。

「阿瑋啊阿瑋，我們可是為了你留在這裡的，好歹保庇一下吧！」他下了床，看著門上貼著的符。「你應該沒那個本事入夢的……」

而且他還在連薰予身邊，他希望是小薰自己日有所思，夜有所夢，否則……對方就是個棘手的傢伙了。

蔣逸文跟羅詠捷已經先去找吃的了，是他交代不必幫買，因為他也想出去轉轉；阿嬤早上記得他，但過了一會兒又不認得了，姑姑跟姑丈在客廳裡陪著，但沒折紙，只顧著打電動。

「要走了喔？」阿嬤突然從搖椅上坐起，睡眼惺忪的問著。

「沒有，我們去買吃的。」連薰予溫柔的回應著，也不知道這時的阿嬤記得什麼。

「等等就回來！」

「厚……叫阿瑋早點回家喔！」阿嬤笑得慈祥，卻說著令人鼻酸的話。

阿瑋，就睡在阿嬤的身後啊。

走出阿瑋老家大門時，對門正在招魂，他們低首快步離開，但是沒走幾步，又發現另一家也是，說是有人上午去散步時滑下山溝。

二十分鐘後到了主街道上，那兒有個小市場，攤販密集，自然也瞧見了昨晚吃的乾麵攤；不過今天連薰予想換個口味，所以他們挑了家賣意麵的。

「哎唷，阿義上午送貨回來，車子翻下山溝了啦！」外頭有大叔急急忙忙的衝進來喊著，「現在在吊咧！」

「夭壽喔！怎麼出這麼多代誌啊！」老闆娘心驚膽顫的，「一上午出多少事了？已經第五起了吧？」

「就不知道怎麼回事啊，從老吳開始一連串的，這都才幾點！」其他人紛紛在那邊阿彌陀佛，「等等我們過去看看，阿義他老母整個哭暈過去了！」

「好啦！我老公剛去看小陳家，小陳不是才出門就撞上電線桿了！」老闆娘搖頭，「剩下三個孩子可怎麼辦！」

筷子夾著麵條遲遲入不了口，連薰予看著對面的蘇皓靖，這不就是昨天闖進他們腦海中的畫面嗎？

「這麼多事嗎？」蘇皓靖喃喃說著，「禍不單行啊！」

「好誇張，所以昨天那閃過的是一個書面一起意外？」連薰予緊張的放下麵，「這不尋常！」

「嗯，我們留意些就好。」蘇皓靖敲敲她的碗，「吃，專心吃，吃飽才有體力應付這些事。」

連薰予哪吃得下，她現在覺得胃裡翻騰，所有鄰里都在討論今天發生的事，全都是死亡案件，附近的葬儀社忙翻了，一口氣這麼多件生意，人手不夠還忙不過來。

食之無味的情況下連薰予還是把東西全塞進肚子裡，幸好這裡還有雜貨店，他們在這裡遇到了來大採買零食的羅詠捷，一臉憂心忡忡。

「聽說了嗎？」蔣逸文嚴肅的說道，「我們目前聽見七起了。」

「七起？」蘇皓靖哇了一聲，「我以為只有五件。」

「有一個還是我們親眼看見的！」羅詠捷拎著一大袋物品說得心有餘悸，「我跟蔣逸文想往上走出鎮，記得入鎮前是個左拐下坡路嗎？那個轉角就是間山產店，結果有輛車要轉進來時，硬生生從我們面前翻下去！而且還衝進那間山產店！」

山產店是在轉角沒錯，但當車子撞進山產店時，他們才知道那裡的地板是木條從凹谷中硬架高的，所以失速的車子撞毀了店門，也撞斷了其中一條支柱，那間店就在他們面前分崩離析，整座鐵皮屋連同車子一起掉了下去！

「我們沒敢看，我拉著羅詠捷就往下跑，一邊跑一邊報警。」蔣逸文驚魂未定，「至少三個人。」

「三起三人？」連薰予狐疑的問。

「三個人，這只一起事故。」蔣逸文斬釘截鐵，「我不知道從今天起算，這個美和鎮死了幾個人……」

話音剛落，一輛葬儀社的車就從他們面前經過，這已經是他們看見的第五間葬儀社了……靈車上放的應該是棺木，要將死者——等等！

「我的天哪！假設十個人的話，假設——」連薰予吃驚的圓睜雙眼，「今晚至少有十具棺木停棺在大廳？」

「咦？」蘇皓靖登時理解，「這裡的習俗都如此嗎？」

蔣逸文幾分茫然後點了點頭，「對，對！阿瑋姑姑是這麼說的，所以阿嬤堅持要把阿瑋送回來啊！」

喵……角落驀地傳來貓叫聲，連薰予即刻回頭，那貓不閃不躲，竟以倨傲之姿迎視著她。

糟糕了！

※　　※　　※

喵喵——喵喵——喵嗷——

羅詠捷蜷在椅子上直發抖，原本設想的野餐大業宣告失敗，她連拆包裝的勇氣都沒有，只想摀住耳朵，不想再聽到那可怕的貓叫聲。

噠啦噠啦！鐵捲門咚咚咚響著，無數隻貓在門外抓著，頻率真的密集到令人厭煩。

阿嬤拚命的唸著經，姑姑跟姑丈跟熊一樣走來走去，沒事就拜一拜棺木，要阿瑋保佑他們全部；佛經音量必須開到很大，才能蓋掉外面的貓叫聲，他們已經把三合院所有鐵門都拉下了，因為外面的貓……實在太多了。

「幾十隻絕對跑不掉。」蘇皓靖就站在窗邊，聽著外頭令人發毛的貓叫聲。數大便是美，但聲音大一點都不悅耳，更別說無緣無故為什麼這裡會聚集上百隻貓。

「全部都是黑貓，這也太可怕了！」蔣逸文緊張的手汗頻冒，「我們都有轉告鄰里請大家小心了，大家應該會留意吧？」

「警告是一回事，但留意是另外一回事。」連薰予相當緊繃，「人啊，都是不見棺材不掉淚的類型。」

總是要等出事了，其他人才會開始留意。

「嗚，牠們想要做什麼？」羅詠捷嚇得哽咽，「就算要罐罐也沒有這麼多啊！」

蔣逸文無奈的看向苦中作樂的羅詠捷，「我覺得牠們並沒有想要貓罐罐。」

沙沙，有東西跳上了房頂，蘇皓靖抬首，仔細聽著動向。「姑姑，你們屋頂牢靠嗎？」

「啊？」姑姑一臉惶恐，彷彿你問我我問誰的態度。

這聲「啊」讓連薰予都緊張起來，她跟著回頭看向姑姑。「妳不知道？」

「誰會知道屋頂怎樣啊？不漏水就好了吧！」姑丈嚷嚷起來。

屋頂！她立刻與蘇皓靖對望。「屋頂！」

糟了！他們即刻仰頭向上，走到大廳中間，就站在棺木邊，不管掉下來什麼，就是要防止貓跳棺。

「怎麼回事啦！不要嚇我！」羅詠捷哭了起來。

蘇皓靖顯出不耐煩，下午原本要叫他們先走的，但他們覺得應該再守靈一晚。如果，今晚能平安度過的話。

「拿任何東西當武器，如果貓進來的話，絕對要阻止牠們跳棺，全部打掉！」蘇皓靖交代著，但一屋子人只是傻站著。「行動啊！」

「喔喔！」這一吼，大家才趕緊去找掃把拖把，或直接抄起椅凳之類的。

蔣逸文不停的安慰羅詠捷，這時就會發現，蔣逸文真的非常冷靜，比平時更加可靠。

「我們都鎖好了，為什麼還會有貓進來？」拿著雨傘的羅詠捷不解的問。

「屋頂吧？」連薰予始終仰著頭，「我只能這樣猜。」

「猜？」羅詠捷不解，「妳怎麼能冂猜的？妳……」不是有第六感嗎？後面的話因為有外人在，她不好說。

「鈍掉了，越來越鈍，我們今天的感受力就非常差。」蘇皓靖實情相告，「而且每況愈下。」

回眸，他是盯著連薰予看的。

那個「黑暗」。

「黑暗」是不是跟著他們行動？阿瑋的事就是他製造的事端，再刻意讓阿瑋回鄉，因為這塊地本身就是集陰之地，所以能夠侵蝕他們；再者，那天小薰車禍前都能屏蔽直覺了，更別說在這裡了。

「我知道，是我的錯。」連薰予堅定的看著他，「這不是我能選擇的，我現在只能選擇護住阿瑋。」

「護什麼啦！人都已經涼了！」姑丈嚷嚷著。

「哎呀！就是現在才要護啊！萬一犯了禁忌怎麼辦？」蔣逸文趕緊解釋，「昨天不是才說了，萬一貓跳棺的話……」

「啊呀——」

淒厲的慘叫聲遠遠傳來了。

漆黑的夜晚，寧靜的美和鎮裡，這聲慘叫劃破了所有安寧，聽得人心驚膽顫。

一屋子人都僵住了，連薰予太熟悉那種叫聲，那是驚恐的慘叫聲，不只是一般的嚇到而已。

「誰在叫啦！」姑姑緊張的到窗邊，「那方向是阿松家嗎？」

「啊，啊好像是撞車……叫那麼可怕是怎樣？」連姑丈都嚥了口口水。

只是還沒說完，下一聲慘叫更近，近到大家都知道，是在他們對面。

「哇啊——哇啊啊啊——」

「救命！救命啊——」

這一次，則是求救聲。

姑姑跟姑丈立刻抱在一起，雖然隔了兩個院子，但是可以聽見不絕於耳的慘叫聲與尖叫聲開始在美和鎮各個地方響起，對面甚至傳來奪門而出的開門聲，女人的聲音在稻埕裡傳開。

「救命！救命——哇啊——爸！爸——」

連薰予忍不住打了個寒顫，手裡的拖把握得更緊了，姑姑在那邊碎碎唸著，對面珠敏在喊什麼爸？啊老頭子不是早上摔下樓，往生了嗎？

「啊好吵喔！」阿嬤突然起了身，「嘿珠敏在喊捏！」

「嘿呀！媽……媽妳坐好。」姑姑趕緊扶著阿嬤坐下，「沒代誌啦！」

「蝦米沒代誌，喊得那麼淒慘！」阿嬤拒絕坐下，想要去開鐵門。「去看看怎麼回事啊！」

「媽，沒事啦！」姑丈也一起阻止，「現在不能出去啦！外面一堆黑貓，牠們進來怎麼辦？」

阿嬤莫名其妙，「黑貓？貓又怎麼樣？」

「幾百隻啊！媽！」姑姑緊張的喊著，「很可怕很多啊，妳要想想阿瑋啊，不要讓牠們吵到阿瑋啊！」

阿嬤頓住了，順著姑姑的方向往右後方看，看見了被連薰予他們幾人包圍著的棺木，登時一愣，然後——

「阿瑋？嘿阿瑋！你不要騙我！阿瑋好好的在念書！」

嗯，又來！這個下午有過一次，阿嬤認為阿瑋還在念大學，不可能一轉眼躺在這兒。

蘇皓靖專心的留意著各種動向，這些吵鬧都會妨礙他，而且阿嬤哭得太大聲了點，他無法聽清楚屋頂的動靜。

「阿嬤！妳小聲點，我聽不見！」蘇皓靖不客氣地回頭喝斥，「安撫一下吧，姑姑！這樣我無法確認屋頂是不是有隙縫，萬一貓進來的話……」

「喵。」

喵。

輕柔的，平時會覺得可愛的叫聲，此時就在他們正上方響起，背景襯的是更遠之處傳來的慘叫聲，她抬起頭，上方的橫樑上，曾幾何時站了一隻貓。

「你是什麼東西，為什麼要這樣做！」蘇皓靖厲聲喝著。

「我不許你碰阿瑋！」

連薰予高舉拖把，他們還弄不清楚貓從哪兒進來的。可說時遲那時快，黑貓縱身一躍，從上面跳下來了——

「我來！」

連薰予握桿如握球棒，上前就要打掉黑貓……但是那貓兒極其靈巧，硬是閃過她的攻擊，直接落地——

也越過了阿瑋的棺木。

蔣逸文呆看著落在他眼前的黑貓，腦袋一片空白，那黑貓剛剛停在上方的橫樑，這麼順著跳下來，斜四十五度角，剛剛好越過棺木。

牠沒有硬跳，也沒有傳說中的刻意越過，牠就只是從上方、斜跳到下方而已。

連薰予傻住了，揮棒落空呆站著，蘇皓靖即刻把她拉離了棺木邊。「所有人遠離棺木！」

貓跳棺了！防範得再嚴密，黑貓還是進來了，甚至直接技術性的跳過了棺木，然後呢？他專注的看著棺材，但是沒有一點點預感，而且外頭那些慘叫聲是為什麼？

「是怎樣！怎麼樣啦！」姑姑跟姑丈都已經退到前往左護龍的門邊了，「那只是鄉野奇談！不會因為這樣，我家阿瑋就——」

叩叩。

聲音，從棺木裡傳了出來。

這瞬間，所有人都噤了聲。

像是叩門的聲響，清晰的傳來，但不是來自外面的大門，更別說門是鐵捲門，怎麼可能是這種沉悶的木板聲！

但聲音明確的來自大廳中間的……那口棺。

叩叩！聲音並未間斷，接著蓋子開始震顫。

「不……不可能……」蔣逸文緊緊摟住羅詠捷，他們腳根本抖到無法移動。「不會有這種事的！」

黑貓跳棺，造成屍變，死人會復生嗎？

「這是要上演活屍片了嗎？」蘇皓靖也緊緊抱住連薰予，問題是他的第六感依舊鈍化，什麼都無法感應！

「喂！喂——有人在外面嗎？」說話聲沉悶的傳來，是大家都熟悉的聲音！「為什麼我在這裡！放我出去——放我出去——」

聲音變得急切且帶著歇斯底里，從輕叩變成使勁的拍著，完全可以體會到有人被活埋時的痛苦……那裡面是阿瑋的聲音，是他。

棺蓋開始移動，連薰予赫然想起，停棺時的棺木是沒有封釘的，縱使棺蓋再重，還是可以開的！

「那沒封死！」她緊張的看向蘇皓靖，「所以我們要——」

壓住棺蓋嗎？

「我要離開這裡！」羅詠捷嚇得魂飛魄散，慌張的要衝向左護龍。「那是鬼！那不是人了！」

咦？棺木裡突然噤聲，連推動棺蓋的動作也停了！

「小薰？羅詠捷？是羅詠捷吧！」棺蓋再度震顫，「我是阿瑋啊！放我出去，為什麼我在這裡，好難受！放我出去啊！」

咦？蘇皓靖下意識的再後退了幾步。「這詐屍的意識未免也太清楚了吧？」

蔣逸文朝旁不經意瞥去，卻發現姑姑跟姑丈早不知道到哪裡去了，接著聽見鐵捲門的聲響——

「糟糕！他們要出去！」

「去阻止他們！不能讓黑貓進來！」連薰予直覺的喊著，羅詠捷一馬當先衝了出去，現在只要能離開這裡，要她什麼做都願意。

「為、為什麼？」蔣逸文呆呆的問。

連薰予答不出來，她不知道！蔣逸文也不再問，追趕著羅詠捷，去阻止姑姑他們離開。

而就在這混亂中，棺蓋已經被推開，蘇皓靖抓著連薰予就要逃，但偏偏一個顫抖著的身影，緩步來到了棺木邊。

「阿瑋啊……」阿嬤疑惑的蹙起眉，幫著拉掉蓋在上面的布。

阿嬤啊……連薰予一顆心都揪緊了，蘇皓靖卻是半拉半拖著她往左護龍去。

唰……棺蓋被一腳踹開，總算露出點縫來，一隻手啪地自棺材裡伸出，攀著邊緣後，一個人影從裡頭坐起來，大口大口吸著外頭的新鮮空氣。

他乾乾淨淨，身上沒有一絲血痕或是傷口，坐在棺材裡的他錯愕的看著四周，然後看見從左方逼近，搭在他手上的風霜老手。

「阿瑋啊，你怎麼睡在這裡？」

「阿嬤！」

第六章

經過一番掙扎，蔣逸文終告勝利的將鐵捲門重新放下，阻止了崩潰的姑姑與姑丈逃離，加上外頭不停傳來各種求救與慘叫聲，他們也不敢再冒險外出，而黑貓數量感覺急速增加，方圓百里內全是貓叫聲。

「啊！活過來了！」

坐在客廳椅子上的男人，滿足的喝著熱茶，吃著羅詠捷買回來的洋芋片，一臉幸福模樣。

但木桌邊除了他之外，其他人都站得老遠，姑姑、姑丈與阿嬤都在廚房，蔣逸文跟羅詠捷站在通往左護龍的轉角連通處；連薰予站在右護龍那端打量著他，而蘇皓靖則在他們睡覺的房間，仔細的將玻璃窗關上。

紗窗破了，玻璃窗也沒上鎖，只需一條小縫就能讓如水般的貓鑽進來。

誰，是誰開了窗？

他心裡湧起不安的想法：如果「黑暗」一直都在連薰予身邊的話呢？

從房間走出後右轉想回主廳，但卡在那裡的連薰予回眸顯現不安，她不知道坐在那裡的人到底是人，還是鬼。

「蘇先生！」阿瑋喜出望外的打招呼，「你們幹嘛站這麼遠啊？」

蘇皓靖雙手溫柔的搭上連薰予的肩頭，看著毫髮無傷的阿瑋，再不可思議也只能接受現實。

「你是人是鬼啊，阿瑋？」他朗聲說著，竟閃過連薰予逕直往前走去。「你記得你死了嗎？」

「啊……好像是。」阿瑋認真的想了一下，「我記得好像……小薰在馬路上狂奔？然後我醒來就在這裡了。」

「基本上你被捲進車底，還被兩輛車輾壓拖行，我不得不說你胸口還被撕開，內臟跟皮都扯開了，能有個全屍已經很厲害了。」蘇皓靖大方的走到他身邊，從他手裡拿過洋芋片。

蘇皓靖！羅詠捷全身起雞皮疙瘩，他怎麼敢這樣接近阿瑋啊啊啊！

「是嗎？我不記得了……好佳哉我不記得。」阿瑋直接掀起了上衣，一條粗大的傷疤就在胸口，而且縫線還歪歪扭扭的爬在上面。「喔喔喔，真的有耶！這縫得好醜。」

「我可以碰嗎？」蘇皓靖其實緊張到指尖都發冷了，但還是力持鎮靜。

「……可以。」阿瑋居然害羞起來。

「你臉紅什麼！」蘇皓靖直想翻白眼，這下子他反而摸不下去了。

但看著眼前這個活生生的阿瑋，實在不像是屍變或是活屍，他做好心理建設跟防備，還是伸手摸了上去——咚咚、咚咚，溫熱的身體，有節奏的心跳，讓蘇皓靖完全頓住。

他是貨真價實的活人。

「為什麼？」連薰予也感受到了，緩步走出。「你明明已經死了！」

瞧著連薰予走出靠近阿瑋，蔣逸文跟羅詠捷面面相覷，這樣是安全的意思嗎？心神不寧之際，身後枴杖聲起，阿嬤剛去廚房裡忙碌，為寶貝孫子煮了碗麵。

「喔喔，阿嬤的陽春麵！」阿瑋當即拍掉蘇皓靖的手，急忙起身。「你這樣摸著我會害羞！」

「我去你的。」蘇皓靖甩甩手，他都沒嫌他話多！

阿瑋開心的接過阿嬤手裡的湯麵，大快朵頤，連薰予則戰戰兢兢的走到他旁邊，瞧他吃得這麼開心，忍不住用手戳了他一下。

「嗯？」阿瑋吞著麵，呆呆的望著她。

「他是活著的。」皮膚有彈性啊。

「有心跳，傷口全好……不過他那些線得拆掉，拆掉時有他受的了。」蘇皓靖其實還想到他體內的縫合線應該更糟，內臟不知道是用什麼方式塞回去的？或是……有塞回去嗎？

蔣逸文貼著牆朝他們走來，滿滿不可思議，羅詠捷還跑到棺木邊，朝裡面看了一眼，哪可能有這麼神奇的事？

「阿瑋是真的活過來了？」姑姑也恐懼驚嘆。

一聽見姑姑的聲音，阿瑋的神情明顯斂了斂。「姑姑。」

這個招呼也是敷衍，他們感情果然不好。

連薰予也站在棺材邊，百思不得其解，古人說會詐屍，屍體會突然坐起嚇死一堆人，但那已經證明不過是靜電導致的結果……但現今有棺蓋蓋著，貓的靜電最好有這麼強大。

再者，他的傷呢？心跳？體溫，這些都不假啊。

木桌旁的阿嬤慈藹的望著狼吞虎嚥的孫子，滿臉都是微笑，看著孫子把自己煮的宵夜吃光，是一莫大幸福。

「喵——」外頭齊聲傳來貓鳴，簡直如雷貫耳。

而在他們震驚之餘，也發現村子裡的慘叫聲漸漸停了……連薰予走到主屋的紗門邊，闔上雙眼，希望能看到一些什麼。

紅色的血四處飛濺，有人發狂的在路上奔跑喊著救命，而黑貓瞬間跳到那人身上，接著就是鮮血橫流……每一幕都很模糊，她的直覺感應相當吃力。

「果然不能出去，太危險了。」連薰予回頭嚴肅的對著所有人說，「我看叫聲消失是都死了吧？」

「什麼？」端碗大口灌湯的阿瑋嚇到了，「外面？鎮上出了什麼事？」

「除了有成千上百的黑貓外，還有跟你一樣的死者被黑貓跳棺了，復活或屍變了吧？」蘇皓靖懶洋洋的望著他，「只是我們不知道他們活過來的型態是哪種。」

「就算是詐屍，不是應該只是坐起來而已嗎？」蔣逸文趕緊追問，「難道真的是活屍大軍？」

「活屍我也不意外，厲鬼都能出手了……這麼多黑貓，一開始就不單純吧？」羅詠捷有氣無力的唸叨著，「說不定阿瑋等等就會變成喪屍……」

「我才不會！」阿瑋轉向左後方反駁著，「我現在覺得我好得很啊，就是胸口的線有點疼。」

「死人是不會復生的。」蘇皓靖驀地抓住他的手，將隨身的香灰符拍在桌上。「你敢喝嗎？」

咦？連薰予嚇了一跳，連忙衝過來，就要搶過那符。「蘇皓靖，你不要這樣！」

誰知阿瑋主動先一步拿過了那符，轉身就朝附近的蠟燭點上，再將香灰盡數放入碗裡，動作行雲流水，一氣呵成。

哇……蔣逸文暗暗讚嘆，他真的沒在怕耶！

「阿瑋，不要衝動。」連薰予緊張極了，「萬一你喝了出事怎麼辦？」

「最糟也是死而已，還能出什麼事。」阿瑋聳聳肩，「這如果能讓大家心安的話，沒什麼不好啊！」

「啊等等——」羅詠捷焦急的大喊，「啊萬一你喝下去變喪屍的話，我們就不心安了啊！」

咦？阿瑋一怔，說得有理耶，即刻轉向蘇皓靖。「能殺了我嗎？」

「不知道。」嘴上這樣說，但他已經走到連薰予身邊，萬一有個什麼，他們就先親密接觸，至少有個防護罩。

羅詠捷完全明白他們的意思，拉著蔣逸文就躲到蘇皓靖身後，以防萬一；見他們似乎都準備好後，阿瑋看向阿嬤，意思意思的朝姑姑他們點點頭，大口的喝盡碗裡剩下的麵湯。

「嗝！」喝完放下碗時，他還打了個飽嗝。

所有人都屏氣凝神的觀察，他卻跟沒事人一樣，倒起桌上涼掉的茶，然後開始再挑大袋子裡的其他零食開封。

「好像真的沒事耶！」身後的羅詠捷放鬆的笑了起來。

「阿瑋，你這簡直是神蹟耶！」蔣逸文整個人都呆呆的。

可是互擁著的連薰予與蘇皓靖，卻益發覺得背脊發涼，因為人死復生是不可能的，別說是黑貓跳棺這禁忌，坐起的不是詐屍就是屍變，不該是復活——所以是什麼力量，讓阿瑋毫髮無傷的重返人間？

鐵捲門的震動聲開始接連不斷的傳來，兇狠的貓叫聲也隨之展開，大家下意識的遠離門窗邊，但是接下來的撞擊聲，才令人聞之喪膽！

砰砰砰！是有人在拍打著鐵捲門了！

沒有任何呼喚聲，只有拍打聲，而且聲音來自每一個出入口，三道鐵捲門都傳來扯動的聲響，如果是求救，應該會喊聲救命或開門吧？但現在外面這種只有拆除的聲響，很難不聯想到……其他停屍的死者。

「這怎麼回事？」阿瑋發現自己寒毛直豎，同時間靈堂上的蠟燭直接熄了一半。「哇咧！有東西！」

「今天一整天這鎮上死了十個人，剛剛應該都被貓跳棺，現下這情況只怕不是每個人都跟你一樣復活。」連薰予簡單的交代，「還有數以百計的黑貓，牠們光咬就可以咬死你。」

阿瑋無辜皺眉，「為什麼是我？」

『嘻嘻……為什麼是我？』

陰森幽遠的聲音驀地從左護龍的位置傳出，伴隨著一堆物品的掉落聲，原本躲在那邊的姑丈與姑姑嚇得立刻衝到大廳中間……連薰予來不及喊住他們。好歹把連通門關上啊！

蔣逸文下意識又開始摸後頸，「一定是那、個！」

氣溫幾乎在幾秒內急遽下降，沒有風的大廳內，剩下的蠟燭硬生生的熄掉，蔣逸文回頭望了棺材好幾眼，最終不爽先咬牙回頭，把蓋子推回去，這聲音又嚇得大家跳起來。

「它不蓋好我心不安。」蔣逸文叨唸著，抬頭看著開始閃爍的日光燈。「你們該換燈了。」

羅詠捷眼神一直落在右護龍那邊，那邊的門還沒關，她很怕那邊會有什麼過來……但現在隨著室內光線越來越暗，她想起剛剛遠處傳來的慘叫聲，她一點都不想變成其中一個。

「又沒人生日，不要老是喜歡吹蠟燭啦！」她莫名其妙的抱怨起來，轉身跑到靈堂邊，按下了另一處電燈開關。「現在都什麼時代了……吹吹吹個屁！」

在頭頂日光燈滅掉的瞬間，靈堂啪的一聲亮了起來，四大排電子蠟燭閃閃發光，中間放的是阿瑋的遺像。

「哇啊！」阿瑋一回頭還被自己嚇到，「這什麼啦！嚇死我了！」

「那是你，先生。」羅詠捷沒好氣的唸著。

冷靜。蘇皓靖說服著自己，都什麼時候了還這麼吵，真的不愧是阿瑋……他專注的看著左護龍的出口，想著蔣逸文昨天遇到的倒吊鬼會以什麼樣的方式出現？他們現在內外夾攻的話，要怎麼度過這一夜？

電子蠟燭是很亮，但在一室昏暗的情況下，照著靈堂，反而更添詭譎感。

「我們待不到早上的。」蘇皓靖看著前方，但是連薰予知道是說給自己聽的。

她緊張的嘆息，吐出來的空氣都化為白煙，面對著駭人的拆門聲，他們甚至覺得鐵捲門真的會被拆毀，如果外面都是死而復生「人們」，他們想做什麼？

突然一陣寒顫，連薰予瞬間止住呼吸，寒毛直豎的她眼神向上瞟去，蘇皓靖悄無聲息的伸出手，她緩緩的握上前，十指緊扣。

上面有東西。

長長的頭髮自上空垂落著，悄悄的「垂降」，終至再度掃過蔣逸文的後頸項。

喝！這感覺熟悉到不能再熟悉，蔣逸文倏地回頭，就看見一個女人倒吊在他身後——「哇啊啊！」

「呀——」根本啥都不知道的羅詠捷只顧尖叫，抱著頭就蹲下來！

女人的臉色絕對稱不上好看，而且橫看豎看都不是人類，她靈巧一個空翻落到了地上，下一秒居然朝著阿瑋衝過來！

「啊啊啊！」阿瑋轉身就逃，繞到棺材的另一邊看著那披頭散髮的女人。「為什麼我們家會有這個！」

那女人立定一躍，直接跳到棺蓋上，血紅雙眼盯著阿瑋。『醒來了！你為什麼是這樣醒來的！』

姑姑直接癱軟在姑丈懷裡，姑丈則死命把她推開，他想躲進神桌下面啊！

「等……等一下！」阿瑋連連後退，直到連薰予把他抵住。「妳是大伯母嗎？」

啪噠一聲，枴杖冷不防敲上棺材。「麗卿啊，妳在這裡做什麼？我說過這個家不歡迎妳！」

『死老太婆！』女人雙眼通紅的直接跳撲向阿嬤，這還得了，阿瑋二話不說就衝上去撲倒女鬼，來個中途擒抱攔截！

連薰予趕緊抓過身上的佛珠，隨便拆一個下來就朝女鬼臉上貼。

『啊——嘎呀！』女鬼嚇得一彈，跳上了橫樑。

「神像！」蔣逸文衝向神桌，總得拿個什麼防身吧。

「沒用的！那裡面沒有神！」這句話又足異口同聲，來自連薰予與蘇皓靖。

蹲在地上瑟縮的羅詠捷回首，嚇得魂不附體。「小薰！妳現在到底是有沒有第六感啊！」

「有時有，有時沒啦！」連薰予緊張的拉起阿瑋，他連滾帶爬的朝阿嬤那邊探視。

阿嬤被嚇得摔了一跤，腰疼得直不起身，老人家摔不得啊。

砰砰砰！鐵捲門被破開的聲響駭人，某塊破片已經被扯下並被扔到了庭院中間，這讓每個人都呆住了！

只要有破口，他們就能進來了！

『死吧死吧，都去死吧！』在樑上跳舞的女鬼開心的笑著，『誰都別想過快活日子，誰都別想——』

又是一陣尖笑，她倏地後折腰躍下，雙手對準的是蔣逸文的頸子。

椅子從旁飛至，直接掃向了她，女人咻的又回到上方，不滿的看著拋出椅子的羅詠捷。

「連薰予。」蘇皓靖低沉的，一字字喚著她的名字。

「我知道！」她雙拳緊握著，滿心都是不爽。「大家把重要的東西拿一拿，我們準備離開！」

阿瑋扶著氣急敗壞的阿嬤，阿嬤才站起就拿起枴杖，對著上面已經離世二十年的「大伯母」破口大罵。

連薰予終於把手機拿了出來，做好心理準備後，撥通了早該撥打的電話。

「我們該從哪裡出去？」沒有任何客套，連薰予第一句就這樣問。

『正門。』電話那頭，是肯定的回應。

她知道，姊都在。

「你們去拿東西，沒必要的就免了，右護龍是安全的。」蘇皓靖交代著，一邊拉過連薰予。「先把上面那個解決掉。」

『解決什麼？你們誰能解決我哈哈哈！』女人尖笑著，『終於等到了，誰都不能囂張，死老太婆！』

伴隨著嘶吼，話語裡盈滿憤怒，聽起來有無盡怨言，而且全是針對阿嬤而去的！

「你確定？」被拆掉的鐵門是右護龍啊！

連薰予回以肯定的眼神，「我姊來了。」

大批燈光驟然亮起，五輛廂型車打開遠光燈陸續駛進阿瑋老家的三合院中，每輛車的燈罩上都帶有密密麻麻的咒文，黑貓們發出驚恐的叫聲紛紛走避，而那些「復生」的人們，帶著殘缺的身體，也四處逃竄。

「這是什麼東西啊……」中間兩車的人紛紛下車，看著拖著殘缺身體的人。「一堆東西擠在屍體裡？」

一旁的車子走下幹練的女人，「白如，屍變的就交給你們了，全數淨化吧！貓我來負責。」

「知道。」白姐是靈司的頭頭，靈司是祈和宮負責驅魔與淨靈的單位，每個人都具有一定的靈力，可以對付魍魎鬼魅。

眼前不是什麼死而復生，也不是單純詐屍，而是有龐大的邪靈附在死者身體中行動，軀體很小，卻塞了一堆靈體，每個都要爭取主導權，才會導致這些人連走路都不協調。

不過這些邪靈非常聰明，一見到具靈力的人出現，紛紛開始試圖閃躲。

至於那上百隻的黑貓，陸虹竹環顧一圈後，貓兒們便停止了想鑽進宅子裡的行動，轉而開始發狂的自相殘殺。

「守望者，這裡。」一群人浩浩蕩蕩的走到主屋前，一旁掉落的黑貓都在嘶咬著彼此。

「小薰等等就會出來，務必安全護送她離開。」陸虹竹邊說著，一邊留意著如潮水般湧來的黑貓們。

數量太多，她無法一口氣全數控制，所以一秒都不能掉以輕心。

兩名少女拍了拍鐵捲門，「連小姐，請開門，外面目前是安全的。」

羅詠捷眼淚都快飆出來了，雙手緊扣著，哀求般的望著連薰予，她首肯點頭後，姑姑負責按下電動鐵捲門的按扭。

當他們推開紗門的那一刻，連薰予不禁倒抽一口氣，這……叫安全嗎？她可以看見「死人」正在跟一些人搏鬥，還瞧見滿地的黑貓屍體，而仍活著的貓正相互殘殺，至於視線所及的屋頂上，還有滿山滿谷的孤魂野鬼。

少女們立即護住連薰予，這兩位少女是陸虹竹的助理，一個叫官，一個叫司，非常爛的名字，深怕別人不知道陸虹竹是律師似的。

「我有開車。」蘇皓靖走出來時立刻拋出鑰匙。

「我開。」官俐落接過，「你們兩個上陸虹竹的車，其他人……」

他語音遲疑，看著後面的人。

「全部都得平安帶走。」連薰予嚴肅的說著，口吻如同下令。

司略挑了眉，「是的。」

姐沒有正眼看她，連薰予一出門，陸虹竹便轉過了身，一路踩過屍體朝車子前去，不時的左右張望，或許是為了壓制那些黑貓，但更多的是知道還不是能交會眼神的時候吧。

倒車離開時，一個面目猙獰的男人冷不防的趴上擋風玻璃，他只有半邊身體。

『黑夜開始了！沒有永遠是白天的！』他喜不自勝的狂笑著，用力拍打著玻璃。

『這一世，妳不會贏的！』

不知道誰做了什麼，但這男人在狂笑中起火，他意圖跳車卻動彈不得，反而發現被困在這個車前蓋上，火燒得他淒厲慘叫，但笑聲與慘叫聲融為一體，在經過也殘破不堪的老趙乾麵店時，那亡靈終於被燒成灰燼，消失在夜色中。

一路上處處都是屍體，許多人家與店面都不知道被什麼外力破壞，哀鴻遍野，整個鎮腥風血雨。

「天哪……那些人都死了嗎？」連薰予貼在玻璃上不敢相信，「為什麼會這樣！」

「現在要先解決後續，鬧出這種事，不能讓一般警察介入。」陸虹竹拿起手機，開始聯繫後續事宜。「官，不要煞車。」

「是。」開車的官相當謹慎。

後座的連薰予聽著她一通接一通的撥打電話，電話那頭提到的名字都是些官員，她想起了祈和宮與政經界的關聯，就是用在這時候嗎？

車子爬上陡坡，在黑暗的山路中前行，路旁閃過許多鬼影，有的瑟縮、有的卻像在狂歡，直到他們離開了美和鎮的範圍，大量的第六感才開始流進連薰予與蘇皓靖的腦海。

好幾輛黑車會進入美和鎮，他們將清理所有屍體，然後會召集美和鎮民開會，對外會以另一種理由來解釋今晚這場屠殺。

「二十一人！」連薰予已經知道死亡人數了，「都是喪家，黑貓跳棺後，喪家就先出事了。」

「首當其衝，而且家家戶戶都為了防黑貓所以大門緊閉。」蘇皓靖語重心長的說著，始終摟著連薰予。「這是命定的。」

她蹙起眉斜眼瞪向他，「命定？這種事怎麼會是命定的？」

突然出現的大群黑貓、莫名其妙出意外的人們，停棺的習俗，加上貓跳棺的禁忌，這怎麼看都是有人刻意為之啊！

「蘇皓靖說得沒錯，這是命定的。」放下電話的陸虹竹說得平靜，「這種另類的天時地利人和，本來就不可能是偶然。」

「既然不是偶然，就是局！」連薰予激動得趨前，「太多巧合了！這分明是——」

分明是？連薰予突然僵住了，因為她將衝口而出的是：分明是衝著我來的。

蘇皓靖回頭看向後方車子，更不好的想法在他腦海中湧現。

「該不會，從阿瑋死亡開始，就是個局吧？」

連薰予立即驚訝的看向他，「什麼？」

陸虹竹終於直起身子，深吸一口氣。「你們要不要先跟我解釋一下，那個阿瑋為什麼還活著？」

第七章

祈和宮的人將羅詠捷與蔣逸文安全的送到家後，也為阿瑋及其家人找了間旅館暫住，畢竟他「生前」的租屋已經清空，而連薰予與蘇皓靖自然是被接回了位在某商辦大樓，地下深層的祈和宮。

婆婆們看見蘇皓靖明顯不太高興，但是連薰予堅持要他陪著，也只能照她的意願。

阿瑋剛剛在車上就已經被靈司的人盤問過一輪了，因為靈司的人在他身上沒感受到陰氣，他也真的不是亡靈，就是個活生生的人啊！但這實在太匪夷所思，每個人都知道他為救巫女而身故，祈和宮甚至還替他立了牌位，準備向連薰予要些衣物過來祭拜感謝。

阿瑋說其實他記不清車禍的事，只記得看見在馬路上狂奔的連薰予，接著他像作夢似的夢見室友在叫他，搖他起床，最後一句話他聽見的是「欠你的就還清了」。

這是個地下洞穴，左彎右拐，好像在迷宮裡行走，甬道兩旁是房間，房間穿過還是房間，或是其他走廊，保證搞不清楚方向。

「又是那個神龍見首不見尾的室友。」蘇皓靖提起室友，心中有點鬱悶。「能搞這種事嗎？借屍還魂？」

「不一定是借屍，或許那個亡者有什麼本事或是約定，還阿瑋一條命。」綠繩婆婆認真的回覆，「我們也做過這種事。」

「咦？起死回生嗎？能做到？」連薰予吃驚不已，這不就一個宗教。

幾個婆婆面帶微笑的看著她，「是妳做過。」

噢，P.S 前代。

連薰予有些驚訝，她不就第六感強一點，如果說到心電感應或隔空移物就算了，連起死回生都能做到了，那她乾脆去當神算了。

「凡事都會有代價的，我想代代都這麼衰應該就是做了太多不該做的事。」蘇皓靖說話完全沒在給面子。

「或許是吧，但巫女要面對的是大我跟小我。」陸虹竹領著他們朝洞穴深處走去，「小我生命，不如更多的人命重要。」

為什麼不是每條命都重要？連薰予聽了不太高興。

「對我來說，小我重要。」蘇皓靖突然吻了連薰予的額畔，「我命都沒了，怎麼偷香！」

喂！連薰予措手不及的被吃了豆腐，撫著額角緋紅雙頰瞪著他。

陸虹竹沒見到也猜得到怎麼回事，開玩笑，蘇皓靖以前的情史多豐富，小薰這種沒談過戀愛的，根本被他捏得死死的。

「我是很想帶妳回家，但有鑑於這次狀況特殊，還是必須先清除你們身上的戾氣，在這裡也才有萬全保護。」終於，陸虹竹停在了一間房間門口。

「謝天謝地，我以為要健行破關才能看到一張床！」蘇皓靖真的累爆，結果一到地底又活像走迷宮。「我房間在哪？隔壁這間嗎？」

說著，他直接走到左邊那間房想推開，結果石門不為所動，天！

「你們當然睡同一間啊。」陸虹竹說得理所當然，直接進房。

同、同一間？連薰予頓時面紅耳赤，趕忙衝上。「姊，我我我我們沒有要同一間啊！」

陸虹竹微怔，終於看向了她，露出一種欣慰的神情。「我還是妳姊？」

連薰予立時鬆手，既尷尬又為難的緊蹙眉心，別開了眼神，蘇皓靖反而不知道該進去還是站在原地，他跟連薰予一間房他絕對不反對，只是現在他是不是應該給這對姊妹一點時間？

「該說的趁現在說明白吧？人生沒這麼多時間的。」他還是走了進來，因為他也想知道。「想想今晚美和鎮上那些人，只是為親人守個靈就死無全屍……」

連薰予深吸了一口氣，不耐煩的斜瞪他。「那不一樣。」

哪不一樣？人有旦夕禍福啊！

「我當年才十歲，我是接受命令的人，長老讓我精神控制做什麼就是什麼，後續我不需要知道，也不必負責。」陸虹竹開門見山，「我到長大後才知道，妳正是那場車禍的受害者之一，妳會生氣會恨我，這些我老早就有心理準備，但是——請相信，我不是為了傷害妳而去製造那場連續車禍的。」

「但出手的還是妳，是……是這個地方，所有的事情都不是巧合，不管是我家的車禍、當年死的人、破碎的家庭，或是今晚阿瑋老家的事！」連薰予不悅的吼了起來，「這一切就是因為我是什麼該死的巫女對吧？」

「我問不出答案的。」陸虹竹泰然的說著，「我問過爸媽，但我不能對我的任務有所質疑，我也想過這是不是故意的？究竟目標是那個肇事者？或是那場車禍中的某個人？你父母只是無妄之災？」

「那場車禍造成連環追撞，死亡人數有七人，是七人之一嗎？或者其實目標不是那七人，而是相關人士？」蘇皓靖插了話，「或者說個更蠢的，製造車禍只是為了讓某個人遲到，避開他去做一件會傷害超過七人以上事件的方法。」

陸虹竹看向蘇皓靖，頗讚許的點點頭。「你腦洞很大吧，感謝你的支持，但很多事要講證據。」

「這又不是法庭，更何況妳連人證都沒有，找什麼證據，這件事除非上層的人說，不然永遠羅生門吧！」蘇皓靖聳了聳肩，逕自走到桌邊倒水。「總之車禍的確是妳造成的，小薰的家庭也因此破碎，這是實情，有意無意這都是後話，要不要原諒妳就看小薰決定了。」

連薰予深呼吸，蘇皓靖這傢伙……接過他遞來的水。「你是在急什麼？」

「我想睡。」蘇皓靖笑了起來，寵溺的摟過她，又在額上一吻。「妳越來越了解我了耶！」

「換洗衣物準備好了，你們洗一洗就能睡了。」陸虹竹交代完畢就打算離開，「請不要睡地板，床上才有淨化功能。」

床……連薰予與蘇皓靖同時看向一張大床，就一張。

「好。」蘇皓靖說得很乾脆，「我要先洗了，妳們繼續聊。」

大口灌下水，他直接就走進了浴室裡。

陸虹竹已然走到門口，她看著連薰予的神情有點悲傷。「他說得對，妳需要時間思考，但我做的事我不會逃避，我也沒後悔過，那是我的工作，一如我守護妳一樣。」

連薰予低下頭沒有回應，千頭萬緒，一下發生太多事情，她都沒有辦法去冷靜思考。

「好好睡，晚安。」

「等等。」連薰予在關門前衝上前去，「我要怎麼能知道當年的真相？」

陸虹竹凝視著她的雙眼，露出一種難受的神情，搖了搖頭。

「只有巫女下令，他們才會吐實。」

只有，她願意繼任成巫女。

唉呀，靠著門板蘇皓靖無奈一笑，就說了，一切都是個局啊！

※　※　※

祈和宮的床非常硬，但因為前兩夜的折騰，蘇皓靖跟連薰予完全睡死，幾乎洗完澡倒頭就昏迷了，連偷香都沒有，蘇皓靖在醒來後深深覺得自己的失敗。

但是……整個人的確舒服很多，不得不說，那種不安、難受與濁氣一掃而空，這張床效果的確不差；坐起身，看著身邊依舊沉睡的連薰予，即使恬靜的睡著卻依然眉頭緊蹙，蘇皓靖心裡湧起幾分心疼，真想撫平她的憂思。

在她身上的枷鎖，實在太多太重了。

悄然下床，先拿過手機查看，一打開就發現自己連睡了兩天，很久沒睡這麼沉了，而且絲毫沒有外界干擾，沒有尖叫或預感打斷美夢，這感覺真好，祈和宮不知道有沒有出租房間，他倒想在這裡租一間。

滑著新聞，美和鎮上的事連成為頭條都沒有，甚至根本沒上新聞。

「這厲害了……不容易啊！」蘇皓靖開始佩服起這整體運作了，死這麼多人，詭異的黑貓跟屍變，都能全數掩蓋嗎？

再看見社群有一堆訊息，果然是阿瑋他們。

「嗯……」身邊的佳人顫動著睫毛，睡眼惺忪睜開眼。

她迷迷糊糊的看著這陌生環境，明顯的尚未回神，再瞧向坐在床緣的半裸男人，一時間完全反應不了！

「哇啊——」尖叫聲起，她整個人埋進被子裡。

嗯，不意外，蘇皓靖不以為意的下床，穿上祈和宮為他準備的輕便運動裝。「想繼續睡嗎？我是餓了。」

咦？連薰予腦子一片混亂，她偷偷拉下棉被，這是哪裡？為什麼蘇皓靖躺在她身邊，而且他剛剛還裸著上半身……身材怎麼可以這麼好啊，他們兩個——幾秒後，大腦開機完畢，之前發生的所有事盡數湧入。

直到男人進入浴室後，連薰予才遲緩的坐起身。

「天哪……我是睡多久了……」喃喃自語，想到前兩天的事，連薰予才慌亂的趕緊找手機，卻發現前天累到連手機都忘記充電。「外面怎麼了？我們在這裡與世隔絕似的！」

「完全沒有成為新聞，瞧阿瑋急的。」浴室裡傳來回應。

「阿瑋……」想到阿瑋，連薰予還是覺得不自在，他的死與復活，對她而言都是鯁在心頭的刺。

滑了幾圈，真的完全看不到相關新聞，就算鬧鬼的事不能報，那美和鎮上所有的意外呢？也都掩蓋掉了？

「我們快點出去釐清事情。」蘇皓靖從浴室步出，連薰予連忙放下手機轉身就要往裡走。

結果被人攔腰圈住腰，直接摟進懷裡。

「喂！」她措手不及，落進蘇皓靖懷中，雙手抵著健壯的胸肌。「你幹嘛？」

「我是比較想繼續待在這裡，挺舒服的。」他笑著吻起她的眼她的臉頰，「反正我養足精神了？」

「蘇皓靖！都什麼時候了！」連薰予羞紅了臉，氣得掙扎推開，一溜煙躲進廁所去。

哈哈哈哈！男人在外頭朗聲大笑，回應他的是砰磅的關門聲！

怎麼還這麼害羞啊？蘇皓靖噙著笑，連薰予已經創下紀錄，是他交往過的女人中，從開始交往到滾床單時間最久的！

兩個人打理完畢，被人引領到餐廳時，陸虹竹早在那兒了，她皺起眉，用一種難以置信的眼神看著他們。

「陸姐，我怎麼覺得妳眼裡有殺氣？」蘇皓靖永遠都是笑笑的，「是妳自己幫我們安排一間房的啊！」

「那該做的事有好好做嗎？」陸虹竹的話是從齒縫裡迸出的，身邊的風蘭聽得一清二楚。瞪圓雙眼，但其他人聽得不甚清晰。

「什麼啊？」連薰予走到椅子邊，便有人恭敬的為她拉開椅子，她實在很不習慣。

蘇皓靖也沒聽清楚，倒是很自然的享受這樣的待遇，自然的坐下來用餐，桌上的早餐明顯都是連薰予平日愛吃的，她知道這應該都是姊準備的，但是道謝的話還說不出來。

「阿瑋他們還好嗎？」

「都好，只是阿瑋很急著想找你們，我們對其家人的庇護也就一週，接下來他們得自己想辦法生活……或回去。」陸虹竹回應，「蔣逸文他們已經去上班了，恢復正常生活。」

「一週？但他們還有哪裡可以去……真的要回去嗎？」連薰予忍不住發顫，「那個美和鎮上還能回去嗎？」

「當然可以，我們後續都處理乾淨了。」陸虹竹說得極肯定，「有幾具屍變後的屍體還在逃，靈司正持續搜尋。」

「那些是被亡靈附身的身體，能撐多久？早晚爛了連跑都跑不動吧？」蘇皓靖倒是不以為意，「要留意的是附在上面的東西。」

「正是，靈司就是在追蹤這些。」不得不說，蘇皓靖比小薰清楚多了。

「不能讓阿瑋他們回去吧？如果因為貓跳棺的亡者還在的話……」連薰予又是眉頭緊鎖，「我還想帶阿瑋去醫院檢查。」

「昨天官和司已經帶他去檢查了，確定是正常的活人。」陸虹竹邊說，一邊揚起手上的醫院報告。「車禍中那些受損的臟器都完好無缺，現在全身上下最大的傷口是外側縫線拆除後的洞。」

正常的活人，這五個字連蘇皓靖都覺得反胃，最好是死透的人因為貓跳棺就能復生，這真的讓他異常不快。

「美和鎮上的事是怎麼掩蓋掉的？死了這麼多人，為什麼可以一絲風聲都沒走漏？到底是……多大的力量？」連薰予望著陸虹竹，痛苦的深呼吸。「大到可以任意決定他人的生死？」

陸虹竹揚起一抹冷笑，沒有回應她的端起咖啡喝著，身邊的女人倒是板起臉開口。

「我現在都不知道該怎麼面對妳？妳是巫女？還是只是連薰予？」風蘭冷冷的說著，「如果是巫女，我們會一五一十的報告，但如果妳只是一個普通人，我甚至覺得守望者剛剛多話了。」

「我的錯。」陸虹竹故作姿態的淺笑行禮。

哎唷，蘇皓靖聞到空氣不對，之前見面時這位風蘭都還挺客氣的，大概覺得小薰太沒作為，又有夥伴犧牲，火氣開始大了起來吧？他趕緊拿起吐司抹醬，夾點青菜跟培根，飢腸轆轆的他還是多吃飯少說話的好，這苗頭擺明就是要逼小薰就範啊。

但他覺得合理啊，總不能排斥祈和宮的一切，又想享受福利對吧？像救他們出來、以及這兩晚的平安住宿，他們就是佔人家便宜了啊！

連薰予不悅的深呼吸，放下手裡的麵包，突然拗了起來。

「別跟自己過不去，都餓兩天了，吃飽才有辦法做事。」蘇皓靖還是出了聲，「妳不專心的話，直覺也會出岔子的。」

「我們可以出去吃。」她嘟起嘴。

「妳別這麼死脾氣，多少人冒著危險救我們出來，一句謝謝也沒有，現在還使性子，不OK。」蘇皓靖實在找不到委婉的話語，果然連薰予越聽越火，甩下東西轉身離開。

外頭自然有人會引領她在這地底迷宮行走，不必第六感都能知道，她現在就想回去收東西，拿走充電中的手機，離開這裡。

「想說什麼？」連薰予走遠後，陸虹竹即刻看向他。

「陸姐英明。」蘇皓靖劃滿微笑，「也多少替小薰想一下，她夾在中間很痛苦的，偏袒你們也不是，偏向父母也不是……重點是那個美和鎮有問題，必須一直盯著。」

「自然。」

「我不是說屍變的事，整個鎮都有問題，有靈力的人在那邊我怕靈力會有折損，就像我跟小薰的第六感鈍化一樣，要格外留意，畢竟整塊地就是個陰氣極盛的地方……」蘇皓靖突然讚嘆般的看向自己手裡的麵包，「這麵包好吃耶！」

風蘭聽得正緊張，「說重點啊！」

「重點就是為什麼？為什麼那塊地有問題？為什麼會這麼陰？為什麼第六感都能被遮蔽？啊，還有叫你們的人小心一點，如果靈力會折損，不一定能應付那邊的魍魎魑魅。」這麵包實在太好吃了，蘇皓靖囫圇吞棗後再拿一塊。

一旁的人狐疑的看著他，再看向陸虹竹，她卻肯定的點頭，表示照蘇皓靖說的去做去查。

「我現在什麼都不方便說，對小薰而言，我、我們家，整個祈和宮都是讓她家破人亡的兇手。」陸虹竹也很無奈，「但是她依舊是我們重要的巫女，貓跳棺這件事就是個陷阱，或許從阿瑋死亡開始都是局，表示黑暗蠢蠢欲動了。」

「我知道，若不是睡在這裡，我已經不安穩很久了。」蘇皓靖臉上閃過一絲苦笑，「啊對了，再幫我查幾件事。」

即使過得如此辛苦，這男人卻永遠都要表現輕浮與笑容給大家嗎？明明有著比連薰予更強的直覺，感受性那麼高，怎麼可能沽得如此雲淡風輕？

「請說。」陸虹竹回應時，一旁的風蘭用不可思議的眼神看著她，接著又被她桌下的手按了下。

「仔細查一下小薰的社交圈，所有人，包含同事同學，尤其是——」他眼神略沉，「蔣逸文與羅詠捷。」

陸虹竹眼底閃過一絲驚愕，「為什麼？他們一直都跟小薰很好，我也接觸過……」

「陸姐，妳是精神控制不是讀心術啊！」蘇皓靖調侃道，「上一代的教訓還是要記取一下比較好，搞到最後男友是敵人，醬子太不 OK。」

「我們查過他們了，巫女身邊的人我們當然都查過。」風蘭倨傲的看著他，「也包括你。」

「我沒什麼好遮掩的啊，我就是個孤兒，還在寄養家庭間被踢來踢去，怡然自得的！但不管有沒有查過，就再查一次！」蘇皓靖再三強調，「我看阿瑋的家人也順便吧。」

陸虹竹凝視著他，他不說出個原因是不行的。「蘇皓靖，這是你的直覺嗎？還是小薰明明有感應卻刻意無視？」

「不，這不需要第六感！跳阿瑋棺木的黑貓是有人刻意放進來的，防護是我親自做的，最後卻敗在一扇窗子上？有人在我檢查後偷偷開了窗。」而且還很明目張膽，開了他們睡覺的那間房。「我跟小薰都不可能，那就只有——」

「陸虹竹，官司她們有去查過嗎？」風蘭臉色有點難看，因為如果最後是蔣逸文或羅詠捷有問題，這未免也太可怕了。

官跟司是陸虹竹的保鑣兼助理，照理說當時應該都有查過。

「當然有，可是……羅詠捷在那邊工作四年，跟蔣逸文他們認識四年。」陸虹竹沉著聲，「萬一真的是他們之一有問題的話，會有什麼可怕的後果？」

「上一代不是都直接交往了？潛伏在身邊我倒不覺得意外！但是，我先說，我實在不認為是他們。」蘇皓靖還是很中肯的，「要我猜，我會想說他們被催眠，或是精神控制之類的。」

哼！陸虹竹知道他在拐彎暗諷她，並不以為意，低語向身邊人交代該辦事項。

「小薰應該會要離開這裡，屆時就麻煩你了。」陸虹竹客氣的請託，「我等等要出庭，就先走了。」

「辛苦了！要守著她還要工作，大部分的事可以交給我啦！」蘇皓靖也是為陸姐惋惜的，「妳知道我會護著她的。」

陸虹竹早已穿妥套裝，拿著公事包朝門外走去，不忘回眸一笑。「我知道。」

高跟鞋才走出去沒兩步，她突然扳著門緣後仰身子看向他。「喂，有這麼多機會跟小薰獨處，你要好好把握時機啊！」

「咦？」蘇皓靖才剛塞入一大口麵包，愣愣的看著她。

「該做的事拜託好好做。」她明示得超明顯，轉頭就走。

哇……蘇皓靖真的是瞠目結舌，即刻朝右看向也起身要走人的風蘭，指著十點鐘方向的門口，妳們聽見她剛說什麼了嗎？

幾個人面無表情的離開，一副你不是祈和宮的人就直接開無視的姿態，所以她們非常不解，為什麼守望者會諮詢他的意見？

雖然客觀來說，巫女的男友比巫女有用多了。

一行人才離開，焦急的腳步聲便傳來，連薰予一進門看似想喊些什麼，但卻又收了聲。

「都走了，來吃早餐。」蘇皓靖溫柔的喚她，「吃完我們去找阿瑋，好嗎？」

連薰予咬了咬唇，有點尷尬的點點頭，重新坐回餐桌邊。她的傲脾氣是對祈和宮與姊姊的叛逆，現在人都不在了，倒是不必在那邊死撐了吧。

「我有些疑慮，擾得我心神不寧……我覺得阿瑋家那塊地有問題，祈和宮一定派人在那邊追屍變的屍體，但萬一他們的靈力跟我們一樣受到影響弱化呢？」連薰予連吃早餐都不安心，「應該要叫他們注意安全的！」

蘇皓靖會心一笑，「我們的感覺一樣，我剛已經交代了！」

「真的嗎？那就好！」連薰予重重鬆了口氣，但沒一秒又緊繃起來。「還有阿瑋他的復活，讓我毛骨悚然。」

她應該是最希望他活過來的人，但當真的活下來時，她卻想著：阿瑋是復生？還是屍變？

※　※　※

太倉市區上的鞭炮聲此起彼落，這間響完換那間，那間響完換巷尾，這小城市一共也才三家彩券行，卻家家開頭彩，鞭炮聲不絕於耳。

「恭喜！恭喜！你們也開頭彩啊！」斜對面的彩券行客氣的到對面道謝，其實是想炫耀。「好巧啊，我們也是，開了兩個頭彩，三個二獎呢！」

「好福氣啊！我們開了一個頭彩，五個二獎，三個三獎！」這兒老闆也是得意得很。

「這麼巧！」門外走進巷尾的彩券行老闆，「我是沒這麼多，但我總共也開了幾百萬的獎啊！」

三個老闆面面相覷，這加總起來，好像這一期的前三彩都被他三家給包了？他們立刻聚起來討論，合計一下，他們這小城市這麼幸運，同時這麼多人中獎。

「啊，不對，我這是包牌啊！」第一家彩券行的老闆老譚想起來那組包牌了，「是美和鎮上的人包的。」

「什麼？等等！」第二間的老闆倒抽一口氣，「我也是！這序號是包牌沒錯，他們也去你家包了！」

「當然，他們是合資，一家包一組啊——」第三家老闆電腦一查，人都傻了。「我的天哪，全部都是美和鎮的包牌。」

一夕之間，大獎全落在美和鎮上，竟然幾乎家家戶戶都中獎了啊！

第八章

屍變或是意外死亡的重大事故沒上頭版新聞，但是美和鎮上人人中大獎的新聞卻佔據了報紙與新聞版面，近千萬的獎金全部由美和鎮民獨得，因為這是美和鎮民合資，所以每個人都能分到一筆錢。

這新聞讓阿瑋的阿嬤突然健步如飛，姑姑跟姑丈買了最早的車票，連跟阿瑋交代一聲都沒有，就直接殺回老家了，因為他們的彩券可沒在逃難時帶出來啊。

眾多媒體瞬間湧入美和鎮，看著人聲鼎沸，連薰予心頭一陣涼。

「只有我覺得這不尋常嗎？」

「我也這麼覺得，我們老家的人向來沒這個運氣的！」一旁阿瑋尷尬極了，「也可能只有我沒這個運啦，就我沒有合資買到……」

因為他那時死了嘛！

每家電視台都在報導這神奇的美和鎮，看著美和鎮民們說得信誓旦旦，這裡風水好，他們美和鎮時來運轉，所以才會這麼好運！而且美和鎮民們還連著要買下一期的彩券，說是祖先有託夢，這次會再獲大獎。

『我覺得一定是阿公的保佑。』有個女子露出欣慰的笑容，『阿公怕我們不能好好生活，所以給了我們這麼大筆錢！』

「咦？那是阿財叔家的耶！她的阿公……咦咦！什麼時候過世的！」阿瑋看著電視，還嚇一大跳。「那個阿公走了？」

「可能是那天出意外的人之一吧？」蘇皓靖倒是欣慰有人提起了意外，「至少確定真的有人喪生，不是我們的幻覺。」

「死這麼多人怎麼會是幻覺！說美和鎮上的車禍意外，不足以成為新聞事件合理，但那晚死的不止這些人啊！」連薰予凝視著電視裡的女孩，「她如果有守靈的話，屍變時她不在現場嗎？」

在現場的親眷，應該都死於非命了吧？她記得在路上看過殘缺的屍體、記得許多被黑貓撕碎或啃咬的屍塊、記得那夜淒厲且此起彼落的慘叫聲與求救聲，這些都不假，可是現在美和鎮上卻一片歡樂祥和，家家戶戶都沉浸在中獎的喜悅中。

「那個！阿瑋家對面的女人！」蘇皓靖眼尖注意到記者身後的背景。

前景是訪問，但背後真的是那天見過叫珠敏的婦人，她正與其他人愉快的聊天，雞鳴前第一聲慘叫就是他們家發出來的，因為她公公失足從樓梯上摔下來，而黑貓跳棺那晚，她的慘叫聲也清楚的從對面傳來。

可現在，她毫髮無傷的站在家門口，跟其他人閒話家常？

「她沒事嗎？不可能吧！」連薰予開始仔細的看著電視，「多看幾台，仔細看一下背景拍到的人！」

「我確定那晚有聽到她的慘叫聲。」蘇皓靖說得斬釘截鐵，這種事還用不到第六感。

「嘖嘖，這可有趣了！貓跳棺不是只有棺裡的人會屍變嗎？」

連薰予驚訝的看向他，突然想到如果那晚被邪靈、被屍變殺掉的人躺在地上，外有成千上百的黑貓跳過的話，也會即刻屍變嗎？

「我的天哪！我想到一種很不好的情況！」問題是，她現在想到的就是直覺！

「這是怎麼回事啊？那是對面的敏姨啊！她也死了嗎？」阿瑋丈二金剛摸不著頭腦，「為什麼突然間我認識的人都過世了？」

「你姑姑他們沒跟你說什麼嗎？」蘇皓靖覺得他問一堆問題才莫名其妙。

「沒有，姑姑他們根本不想跟我見面，只問我這樣保險金是不是不能領了！」阿瑋搔搔頭，「阿嬤什麼事都不太清楚，那幾天一直嚷著要回家。」

連薰予嘆口氣，簡單的向阿瑋說明來龍去脈，的確就在他停棺的那天，美和鎮上發生了連續意外，再來則是貓跳棺。阿瑋聽了瞠目結舌，第一件事是再度到鏡前查看自己的狀態。

「但是我好好的啊，陸姐找人帶我去醫院過了。」阿瑋沉重的說，「屍變是活屍那樣嗎？我認識的鄰居都變成……活屍？」

「不太一樣，那晚是許多惡鬼塞進屍體裡行動，他們復活也的確殺了很多人，不過並沒有吃人，據靈司回報，死者像是魂魄被吸走。」這其實比被吃掉更糟糕。

阿瑋不安的打了個哆嗦，「那晚我醒來後的確覺得不對勁，我們美和鎮上本就有很多那、個，我是習慣了，但當晚特別陰。」

「我們本來以為只有你復活了，現在看來不是嘛！」蘇皓靖依舊轉著電視，「整個美和鎮上如果大家都像阿瑋一樣，自然不需上新聞。」

「但我們都知道死了二十一人。」連薰予肯定的回答，在離開美和鎮時，她與蘇皓靖都感覺到了。

「惡靈附身？該不會我們鎮上原本的那些惡鬼惡靈趁機都上身了吧？」阿瑋提出了很糟糕，但似乎正確的想法。「我們鎮上真的超多亡靈跟惡鬼的，但我現在看著新聞……卻沒有那個感覺。」

只怕真有那種可能，極陰之地上的靈體，找到空隙便全塞進空殼的屍體裡了。

「如果是死亡的屍體撐不久吧，亡靈附在人身不會長久的，早晚腐爛，但如果——是進入魂魄被吸走的靈體，有點類似植物人的概念，使用期限會長一點。」蘇皓靖沉吟著，所以現在這些仍舊活動自如的，體內都已經沒有原本的靈魂了嗎？

桌上一陣沉默，大家都有類似的猜想，阿瑋有點煩惱回老家的阿嬤他們，傳訊息問姑姑時，連薰予意外發現他竟有手機可以用。

「我姊幫你辦的嗎？」因為大家已經幫他停話啦，畢竟阿瑋在法律上已經被認定死亡了。

「我買預付卡，姑丈幫我弄的。」阿瑋說到此嘆了口氣，「我沒辦法回去工作，我現在已經死亡了，不知道要怎麼重新申請證件。」

總不能堂而皇之的說，哈囉，我又復活嘍？

那他鐵定變成下一個頭條，被當成動物觀賞，說不定還會被送進醫院當實驗品咧。

「說申請錯了好像也說不過去？這點還滿難解的。」蘇皓靖幫著想了好幾種法子，但結果都不會太好。

因為就是不能對外說出阿瑋復活啊。

「可是那要怎麼辦？阿瑋需要一個身分啊，沒證件什麼事都做不了。」連薰予想到祈和宮，他們應該有辦法對吧？但是她不想要透過他們幫忙。

「這個再說了！」阿瑋舀起一大口飯，「我現在就是知足常樂，好不容易有第二次機會，我可不想浪費了！」

「但你現在什麼都沒辦法做。」蘇皓靖不客氣的直接潑冷水

「那不一定啊，天無絕人之路嘛，過去這麼多年我都度過了，再難我也可以。」阿瑋說著，突然看向了連薰予。「而且有些事，我不能再錯過了。」

連薰予與之四目相對，想起了在阿瑋老家時作的那個夢。

「我去洗手間。」她擠出微笑，尷尬的選擇離開現場。

蘇皓靖望著她的背影若有所思，再緩緩看向坐在他正對面的男人，他完全感受不到邪氣或是惡意，這就是以前那個阿瑋，只是死過一次罷了。

「你的狀況我們幫不上忙，很抱歉。」蘇皓靖捲著麵，悠哉悠哉的開口。「金錢方面我倒是可以先借你過一陣子，或是去租屋？」

「不必啦，我……應該會有保險金吧？」阿瑋自己都說得不確定，「應該能讓我撐一下。」

「好吧，反正有事隨時找我。」蘇皓靖點點頭，大方得很。

「好！」阿瑋端滿了笑，這頓也是蘇皓靖請客的，真好。

「找我。」蘇皓靖聲音略低了幾度，「不要找小薰。」

快入口的叉子停在嘴邊，蘇皓靖的聲音很平穩，但是卻彷彿帶了一種警告，他就看著阿瑋的頭頂，沒有在跟他客氣。

剛剛那些話那眼神他會不知道嗎？他不管阿瑋是什麼時候對小薰有意思的，但現在她是他的女友，就不容他人動腦筋。

「好好！」阿瑋再抬頭時，仍舊端著笑容。「謝了！」

「不客氣。」蘇皓靖嘴角笑著，但眼底並沒有笑意。

避開尷尬的連薰予再度折返時，感受到一絲的怪異，但很快又被阿瑋輕鬆的態度掩蓋過去，蘇皓靖關上新聞，吃飯就好好吃，別再去看那些東西了，省得心煩。

現在的他們什麼都不知道，也無法做什麼，那場在美和鎮上的屍變是個謎，看上去人人安居樂業，還中了大獎超幸運，媒體與外人都對美和鎮感到好奇，沒有屍體、沒有惡靈，好像世界和平似的。

這就是暴風雨前的寧靜吧，連防範都不知道從何防範起，連薰予有著深深的無力感。

或許爸媽跟姊姊他們都知道什麼，祈和宮也明白，但是她就是不想跟他們扯上關係。只要想起自己家破人亡是因為他們，她心中的結就永遠打不開！

※　　※　　※

美和鎮的奇蹟沒有結束，下一輪有買彩券的人真的繼續中獎，鎮民都在一夕之間有大筆的入帳，各種傳聞出籠，什麼鎮上風水好、水質好、先祖庇蔭，這讓不少人心生嚮往，也想試著住在鎮上，並試試手氣。

也因此，美和鎮急遽熱鬧起來，旅館、民宿、商店都在短時間內開設。

『我覺得這是真的！住這裡真的不一般！』一個男人滿臉興奮的說著，『我才剛來這邊住半個月而已，上週開獎前去買彩券，結果中了三十萬！』

鏡頭帶到他身邊拄著枴杖的女人，女人的左腳踝裹著石膏，看起來好像還挺嚴重的。

『這是太太嗎？受傷了也陪老公搬過來嗎？』

『沒有，是來這邊不小心傷到的！』太太尷尬的擺擺手，不好意思面對鏡頭。

『之前不小心摔到的，不過我可以用這筆錢幫她好好補補！』丈夫眉開眼笑著，一邊扶穩太太。

鏡頭切換，記者鍾九琦報導著「美和鎮之奇蹟」，美和鎮上的居民現在不再買彩券了，他們覺得夠用了，反而著重在改善自家環境，做起生意，以應付大量湧入的外地人。

而自外地搬來的人，並不是每個人都中獎，所以開始有人分析這中間的差別，中獎的人做過什麼、住了多久？是都喝這兒的水？是租屋還是住旅館？

總之，這個美和鎮在短短一個月內變得炙手可熱，許多民宅幾乎都轉型經營民宿，供人長期居住，當然，這當中絕對包括阿堃的姑丈。

『這要我們的居民才會知道，不是喝水或吃東西這麼簡單的原因而已。』姑丈在電視前侃侃而談，『要真的融入我們這個美和鎮，成為我們的一分子！』

『那要怎樣才送融入這個鎮呢？』鍾九琦客氣的問。

姑丈斜瞄了她一眼，「這個當然要住進來後自己去體會啊！好運不是這麼容易能有的，對吧？」

「好的，謝謝！」鍾九琦禮貌的頷首，示意攝影師切斷，再三跟姑丈道謝。

她這一個月都在這兒駐守，早半個月前就乾脆的住進這裡的民居，前兩天也去買了張彩券，但連一百元都沒中哩。

「不能給點提示嗎？這麼多人都中獎了，我覺得一定有撇步啊。」鍾九琦連忙拉住要離開的姑丈。

姑丈微笑著搖搖手指，「妳要去發覺，仔細觀察！」

鍾九琦笑著，勾起嘴角，轉過身時卻翻了白眼，有夠小氣的，擺明了就是不想說！她跟攝影師抱怨著，一開始雖然到這裡採訪覺得冷清偏僻，但現在也興起中獎的希望，多想能找到一夜致富的辦法。

「我先回去剪片了。」攝影師心急的要回民宿，有許多工作要做呢。

「好，那我去吃飯，幫你買什麼？」她熱心的問。

「老趙乾麵吧！隨便搭個豬血湯。」攝影師邊說，匆匆朝左的民宿拐去。

鍾九琦點點頭，一路朝著市集去，在這裡這麼長時間，鎮民們多半也都認得她，紛紛頷首打招呼，只是最近她覺得有些鄰里的眼神變得怪異，說不上來的詭譎，甚至連說話方式都不大一樣了。

剛到麵攤前，她卻一怔，整個攤子都不見了，還立了個牌子寫攤位出租。

「咦？老趙呢？」她問著隔壁賣青菜的婆婆。

「搬走了。」婆婆懶洋洋的說著，臉色有點難看。「要不要買點青菜啊？」

婆婆手舉起時，突然有個什麼東西「啪噠」一聲掉了下來，鍾九琦瞧見了想趨前幫忙撿，結果旁邊突然有人大聲吆喝。

「美女！來我這裡啊，我的陽春麵也不錯啊！」老吳高聲喊著，「小菜招待妳，辛苦了！」

「啊……好！」她回身還是想幫婆婆時，卻發現她已經離開凳子，朝裡走進去。「就來！」

她記憶中這婆婆動作一向很慢，年紀大了手腳不俐落啊，怎麼今天這麼快就從矮凳上起身了？但她確實看見婆婆的背影安全的朝裡走，便轉往陽春麵那邊去。

在店裡時她換下報導時穿的高跟鞋，老吳真送了多樣小菜，她吃一半，剩下一半則打包回去給攝影師；他們不知道還能在這裡待多久，他們每天都吃這裡的東西，好運卻也沒沾上半點！

觀察？身為記者，她觀察能不細膩嗎？

這個美和鎮絕對有秘密，太明顯了！許多鎮民經常交頭接耳，談論著什麼，然後有的人會突然變了個人似的，這些都很怪異；還有鎮上雖常有外地人來參觀，但有幾個熟面孔根本是天天來，她原本以為是友台記者，但記者沒必要偷偷摸摸的吧？

她有時在附近走山路運動時也會看見那些人，他們也是來探索幸運的秘密嗎？

拎著餐點往回民宿的路上走去，她想起水喝得差不多了，繞去雜貨店買水，這兒的水她越喝越覺得有味道，就算煮開了還是感覺怪怪的，所以習慣到雜貨店買礦泉水喝。

扭開運動飲料喝了兩口，卻突然看見對面的屋子後方，隱約有人影在移動？她小心的湊近，看見裹著石膏的左腳跟擱在一旁的枴杖，才發現那是今早訪問的得獎者太太。

這戶人家租的民宿就在前面十公尺而已，機車停在屋後也是理所當然，反正大家屋後都有一大片空地，可是為什麼腳不方便的太太會來這兒？她現在也不可能騎車吧？記者的敏銳直覺讓她覺得有問題，但湊近一定會被發現，所以她拿出手機，遠遠的拉近拍攝。

避免被發現，她人也沒現身，以他人屋子當掩護，只露出手機鏡頭一角偷錄，還得假裝是在滑手機，不讓大家覺得她形跡可疑；反正她不急，錄完再回房間放大看看那位太太在做什麼就行了。

當太太起身時，鍾九琦即刻收回手機，快步回到民宿，那位太太應該從頭到尾都不知道她人在那邊，沒問題的！

※　※　※

「我們職業病果然都很重。」攝影師夾著小菜，「今天這攤的肉味道怎麼怪怪的？」

「會嗎？香料放得多了點吧？」她正在放大影片，仔細的觀察著。「這裡的人很愛弄很鹹，醃一堆香料。」

嗯……攝影師點點頭，口味實在很重，都吃不到肉的原味了。

記者緊盯著螢幕上的畫面，看著太太手拿著什麼東西在機車下忙碌……她的身體遮住視線，站起前也是匆匆收起，因此都沒拍到。

「這有問題啊，又不是擦車，在機車下面忙什麼？」鍾九琦真覺得奇怪，「鐵定有秘密。」

「這美和鎮上秘密太多了，說真的，我不想待了。」攝影師突然誠實以告，「我跟上面申請了，再待一週就走。」

「咦？你瘋了嗎？中大獎的機緣就在這裡耶！」鍾九琦倏地看向他。

「小姐，這個鎮突然湧進千人，都是抱著這種白日夢來的，但真的中獎的比例有多少？我們都買一個月了，中過嗎？」攝影師非常實事求是，朝著下方指著。

「說不定就快了吧，下一個就輪到我們了？」鍾九琦還是抱持希望，「我等等要去市區買，你要嗎？」

攝影師實在很無奈，但人性就是爭不過一個賭字，還是請鍾九琦幫他買了！只是有別於之前都買一堆，現在他就買一張，因為如同鎮民說的，真要中，一張就行了。

整理完文字稿後，她便準備騎車去市區買彩券，最近市區那三間彩券行生意超級興隆，不住在這兒的人也會去買咧！只是才下樓，竟看見那位受傷的太太站在樓下等她。

不會吧……她知道她偷拍嗎！

「您好。」鍾九琦佯裝自然的打招呼。

「您好，請問您要去買彩券對吧？」太太客氣的問。

咦？她嚇了一跳，「為什麼妳知道我要——」

「呃，您都待一個月了，我就住斜對面啊，您每次都是開獎前的傍晚去買的！」太太笑起來，只怕這位記者小姐自己都沒注意到呢！

鍾九琦倒抽一口氣，她居然生出規律來了啊？好糟糕！「是啊，我要去市區買彩券。」

「可以幫我買嗎？一張就好。」太太遞出錢，「隨便挑，電腦選號。」

鍾九琦有點呆愣，「妳老公不讓妳買嗎？妳才要偷偷的買？不過他才剛中獎而已，應該不會……」

太太沒有立刻接口，望著鍾九琦，卻揚起一抹帶著神秘的笑容。「沒有啦，我就現在突然想買一張，但是他騎車出去了，手機也沒接，我想就順道請妳帶一張。」

「好！」這沒什麼好拒絕，她自然接下，也絕口不提下午偷拍的事。

「謝謝。」太太再三道謝，便一拐一拐的走回家。

鍾九琦即刻騎車離去，在山路旁的林子裡，她又隱約瞧見了那些天天都來的身影，那些人跑到林子裡做什麼？這附近就是當地人熟而已，要是她才不敢走沒鋪設階梯的陡峭山路呢，真是勇敢。

買好彩券後，她又在市區買了鹽酥雞跟滷味，晚上可以當宵夜吃，最後再返回民宿，將彩券交給太太時，留意到她的丈夫還沒回家，而太太接過彩券時滿臉光輝，彷彿她已經中獎似的。

回到房間，她打開電腦又擬了一篇稿，或許她可以認真的來寫一篇，關於奇蹟小鎮上的致富秘密。

八點，彩券開獎，她與攝影師無奈的對望哀號，又是槓龜的一輪。

「哇呀！哇哇——」斜對面卻傳來了驚呼聲，「我中了！我中獎了——」

咦咦？她忙不迭跑到窗邊往下看，只見太太拄著枴杖走出來，興奮的大叫著，附近所有的人不由得驚呼出聲，紛紛向她恭喜！

「我的天哪！又中？」攝影師即刻跳起來，抓起攝影機就要出門。「走了！」

「就來！」幸好她隨時都是裝扮得宜，將紮起的頭髮放下，補上口紅即刻準備上工。

那位太太居然中獎了！那是她剛剛幫她買的啊，怎麼就她那張中了，真可惜！早知道就不讓她抽了！可心裡儘管扼腕，也只能想著人家就是有那個命！

「太太，恭喜！上一期是老公中獎，這期竟然是妳中獎，還是頭獎！」燈光一亮，鍾九琦即刻擺出專業態度。「你們真的開始變成美和鎮上的幸運兒了。」

「謝謝！謝謝，我也沒想到真的這樣就能中獎！」太太喜出望外的說著，「能再中獎我真的很開心，我會連同我老公的份一起努力，也會回饋這裡的！」

連同？這話說得好像她老公不在似的？

「這張彩券可是我幫妳買的，我記得很清楚，妳是電腦選號……」她繼續報導，遠遠的卻有人連續急按喇叭衝了過來。

叭——叭——她使了眼色，攝影師轉身將鏡頭對準了對方。

『王太太！妳老公出事啦！他摔進山谷裡了！』

什麼？鍾九琦即刻看向王太太，卻在她臉上看見了一閃而過的笑容。

※　※　※

「又一個中獎嗎？」

在遠方高處，三個人正用望遠鏡朝下看著。「奇蹟繼續發生，只會引來更多的貪婪。」

「這件事太詭異了，貪婪是人性中非常可怕的部分，我覺得事情再發展下去，犯罪事件一定會增加。」

「這已經不是我們能掌握的了。」為首的人轉身，「今天到此為止吧，該回去了。」

三人同步收拾，準備朝著西北方離開，只是沒走兩步，就聽見了急促的喇叭聲，聽得人心驚膽顫，不知道發生了什麼事。

「怎麼……啊！」其中一人腳踢到了東西，腳尖一陣疼。

打開手電筒往下一照，來人登時跳開，在土裡的是一隻斷肢手臂。

其餘兩人即刻趨前，蹲下探查，那是只有手肘到手掌的地方，關節處有像是被撕扯下來的痕跡，腐爛嚴重，也說不定是掉落的。

「應該是之前屍變的屍體？」三人低聲討論著，「還有好幾具沒有找到，只怕他們那天躲到山裡後就一路腐爛了。」

「不、不可能，但是……」另一人近距離仔細觀察著腐手，「這個腐爛程度，加上這裡的潮濕環境，不像是一個月前的──嗯？」

喀喀，那腐爛帶骨的手指突然動了兩下，來人還想再近點看時，那手倏地跳了起來。是，斷肢躍起，已經裸露的手骨驀地衝上前，直接刺穿了就近觀察者的雙眼。

「哇啊啊──」那人措手不及，摀著眼睛向後倒，一路滾下去。

「攔下──」夥伴才在大吼，陡然一怔，感覺到身後似有黑影……突然手執短棍向後轉身劈去，但卻即刻被人握住了攻擊的手，同時被掐住頸子向上提。

那是個身高超過兩百公分的人……組合人體，他看見三個頭，敞開的胸膛裡還有一顆鑲在肋骨裡的臉，他們有許多雙手，不僅抓住了她，還抓住了另一名夥伴。

接著，樹上掉下了其他均在腐敗中的人們。

『你們想知道怎麼中獎嗎？』好幾個人異口同聲的說著，被緊掐住頸子的人們只是拚命掙扎著，他們快不能呼吸了！『有你們三個，這裡的幸運可以再多一點喔！』腐爛的人頭們同時張大了嘴，掙扎的人痛苦的開始在內心默唸咒文，但一切都來不及，他們感受到全身被撕扯的痛，他們的靈魂正被強制的拔離身體！

不行——不要，救救我們啊——巫女啊！

※　※　※

喝！連薰予整個人彈坐而起，驚恐的看向透著死白光線的窗外。

「聽到了嗎？」房門外傳來聲音。

連薰予連忙下床，直接打開房門，二話不說撲進了蘇皓靖懷裡；他的心跳也很快，但仍舊緊緊的抱住她，給予一定程度的安撫。

他也聽見了，如此淒厲的求救聲，是對著連薰予的。

「沒事，沒事了。」他只能這樣安撫，「可能是祈和宮的人吧？」

「為什麼叫得那麼淒慘？為什麼要呼喚我？」她難受的環抱住他，「在哪兒出了什麼事嗎？」

蘇皓靖吻上她的髮、她的額，他不會回答她的，因為這些事他不想管，而她如果要知道，只能問陸姐、必須跟祈和宮扯上關係。

「為什麼把我推在門外？我們一起睡的話，保證妳心安！」他輕吻了她的唇，「一直拒絕我是什麼意思？」

連薰予微噘起嘴的抬頭瞪他，「你確定我們一起睡會比較心安？」越親密的接觸，只會使他們的第六感放大，天曉得要是真「睡」在一起會感知到多少可怕的東西？而且——最不安分的就是他本人吧？

「身為妳的男友，對妳沒有企圖就太假了，而且妳明知道我多想要妳。」蘇皓靖直接往前，推著她往房裡走。「同居不是指同住一個屋簷下還分床睡的。」

「喂……」身子被圈住，臉貼著他的胸膛連連後退，連薰予整個手足無措。「不是……你等等，蘇皓靖……喂！」

幾秒後，她的腳撞上床緣，咚的一聲就被壓上床。

「你知道我沒那個心情，我們的事……」她焦急的抵抗著，但根本毫無效果，蘇皓靖俯身一吻，便堵住了她的話語。

他知道她沒心情，嘴上說不想理祈和宮，她不是巫女，結果煩惱的、憂傷的都是這些事，貓跳棺後的屍變產生了什麼變化？有多少人是死而復生的？那個美和鎮上奇蹟連續不斷的背後藏著什麼？看著一堆人為錢瘋狂的湧去小鎮，她就對未來不安。

但如果照她這個理由，他得好幾年後才能得到她吧？

兩情繾綣，蘇皓靖超靈巧的脫下她的睡衣，連薰予腦子有些迷糊，她好喜歡他的懷抱，也總是沉浸在他高明的吻之中，連在身上遊走的愛撫，都令她失去了思考能力，她一直覺得……潛伏的黑暗不明，如果現在……

『巫女——救救我們——』一張驚恐的臉突然衝到她面前似的尖吼著，『幸運是生祭換來的！』

喝！連蘇皓靖都瞬間彈開，兩個人驚恐的相互注視著，前一秒那纏綿的酥麻感頓時消失，取而代之的是突然冒出的冷汗。

「該死！也太煞風景了吧！」蘇皓清翻身躺在床上，「這是有靈力的人傳達來的訊息吧？」

「他好痛苦！但我看不見他在哪裡！」連薰予撐起身子，「你看見了嗎？」

「沒看到，他只是來傳訊息的，生祭啊！」蘇皓靖長吁了口氣，好好的氛圍都被破壞光了。「跟我想得八九不離十。」

「你想的？你什麼時候想的？」連薰予有點不滿，為什麼沒跟她說。

「屍變後得到奇蹟的小鎮，這還不明顯嗎？」蘇皓靖聳了聳肩，「至少二十一條人命換來的幸運。」

意外身亡的死者，二十一名貓跳棺後的死者。

「那這陣子的奇蹟……」連薰予嚥了口口水，「也有傷亡嗎？」

蘇皓靖終於也起身，輕輕的摩挲她的唇瓣。「妳覺得，人們為了錢可以做到什麼地步？」

深深的地底洞穴中，七位婆婆正在陣內，試圖召喚著迷途的靈魂們，靈司派到美和鎮上的人幾乎全數消失，連屍體都沒找到，最後失聯的三位甚至是數一數二的高手，但最後都折在那個奇蹟小鎮上。

所有人的靈魂都召不回，牌位只是個空殼，照理說這些人會主動回歸。憂心那裡陰氣太重，夥伴們一時被鎮壓，所以婆婆們集體出力，試圖召喚他們回來。

「折損了十二人。」靈司首領白姐悲痛交加，「妳知道要訓練一個擁有上乘靈力的人有多難？」

陸虹竹雙手抱胸的低著頭，她怎麼會不知道？

「我們為了誰這麼辛苦？為巫女或為世界都只是冠冕堂皇的理由，大家都是自私的，為的還是我們在乎的人，不讓任何東西危害到他們！」白姐忿忿的看向陸虹竹，「黑暗已經開始行動了，我們的巫女呢？在那邊跟男人過著逍遙的生活，妳的人每天就守著她上下班、約會出遊，她把大家的命放到哪去了？」

「注意妳的言詞，那是巫女。」陸虹竹冷冷的撂話。

「她不是！託你們陸家的福，教育出了這樣一個懦弱無用的巫女，置大家的生死於度外。」白姐不爽的扭頭，「她不配擁有那些能力。」

陸虹竹深吸了一口氣，聽著裡頭的召喚聲，已經召喚了，卻一縷幽魂都沒有歸位，用腳趾頭想也知道怎麼回事！抬頭瞥見未離開的風蘭，她一樣是那副死人臉。

「她說的也沒錯啊，我們現在孤軍奮戰，靈力在那邊不管用，以前好歹有巫女下指導棋——是說這代巫女太弱，我看她也沒什麼用。」風蘭說得直白，「那晚的屍變或黑貓都預感不到，這哪是那第六感無敵的人？」

「我現在沒辦法跟她溝通，我、我們都是殺人兇手好嗎？」陸虹竹也惱了，「當年大家下手害她家破人亡時，就沒人想到這麼一天嗎？」

風蘭瞪圓了眼，「關我屁事，我比妳小耶！」

要問去問上面的啊，例如……風蘭眼色使向正在裡面專心召喚的婆婆們，去問老太婆們，她們鐵定知道！

召喚至少要七天，她沒時間等待了，就算小薰再不願意見她，還是得談談，靈司耗損太多人了，她也不建議再派人去送死，但是明知道那裡有問題而不盯，就是在默許黑暗坐大。

人為財死的事太多了，經手這麼多案件，動機無非就是財與情，奇蹟小鎮製造的有錢人越多，事件就會越多，接著人們為了錢只怕什麼事都幹得出了！像她正經手的案子，便是有人質疑哥哥被嫂嫂謀殺，就為了獲得哥哥剛中的樂透。

即使嫂嫂緊接著也中了頭獎，但哥哥的死因離奇，竟是摔落山谷身亡，機車雖然已成廢鐵，但還是可以發現煞車線被剪斷了。事情就是發生在美和鎮！

「聽說風向開始轉了，樂透已經連槓七期了，頭獎數字一直在提高。」風蘭跟在身邊說著，「如果傳言為真，我看接下來就要腥風血雨了。」

「用血換錢的傳言嗎？」陸虹竹進入電梯，這也是最近暴增的案件。

有位鍾姓記者寫了篇「奇蹟小鎮的好運由來」，她居然認真的做了統計表，論述在美和鎮得獎者的共同點，也查到了第一次集資中獎時，鎮上之前居然同時有十人離世；爾後再中的人也都是有去再買彩券的喪家；接下來入住的外地中獎者，在中獎前家人幾乎都有受傷，一開始傷無論大小都會中獎，再後來變成傷勢較重的人才容易得獎。

像她手上這案件的死者在中獎前幾天，太太因為不熟悉那邊的路摔下階梯，導致骨折裹上石膏，也算重傷，最後他中了三十萬。

但他打電話跟妹妹說，這是鎮民偷偷告訴他的，以血為祭，就能換取錢財，血少錢少，能用就好，妹妹原本覺得哥哥瘋了，與嫂嫂感情好的她還笑著跟嫂嫂說起哥哥的妄想症，要她小心，結果嫂嫂就受傷了，緊接著沒幾日哥哥機車的煞車線被剪，導致煞車失靈直墜山谷，哥哥頭破血流全身骨折，扭曲得不成人形，嫂嫂卻在開獎前兩小時託人買彩券，中了當期頭獎。

妹妹覺得是她害死了哥哥，因為是她告訴嫂嫂哥哥說的胡話，但嫂子當真了，去剪了哥哥的煞車線。

該記者也詳載了這件事，表格列得仔仔細細，每位得獎者家中親友受什麼傷、縫幾針，死亡與否，都寫得一清二楚，唯有一點——得獎者本尊受傷不算，似乎得是親屬。

這篇報導一出就炸鍋了，網路上各種風言風語不斷，許多匿名論壇開始出現「朋友也行」、「親疏與幸運高低成正比」的言論，還有人拿出證據，說他與好友一起去騎自行車，結果朋友為閃狗自摔，結果他本人中了小獎五萬。

「而且這幾期頭獎沒開出來，但其他城市卻開始開出二獎，奇蹟小鎮像是正在遠離運氣似的，這只會逼得狗急跳牆，就怕大家越賭越大。」陸虹竹心急如焚，「我如果說不動小薰，我就找蘇皓靖幫忙。」

「那個男人？」風蘭扳住了她，「妳好像很信任那個人？對他言聽計從，還讓我們去調查蔣逸文，但結果還是沒查到什麼啊！」

「因為他的第六感比小薰強大準確，而且他很冷靜。」陸虹竹如是說，「不是簡單人物。」

「妳不怕他就是黑暗嗎？」風蘭憂心的是這點，「如果我是稱職的守望者，我會把巫女軟禁在這裡，並且想辦法除掉蘇皓靖。」

「絕對不許你們這麼做，這樣我們會永遠失去巫女。」陸虹竹緊張的揪住風蘭的衣領，「蘇皓靖不是黑暗，我可以跟妳保證。」

風蘭高昂起頭，「妳憑什麼保證？妳只會精神控制，不能探索人的內心！」

陸虹竹懶得跟她說，使勁甩開她，電梯抵達一樓，便逕自往外走去。「我不需要跟妳保證什麼，妳只要做好妳的工作就好了！」

高跟鞋在大理石地板上叩叩作響，她們一路走出密室，再從側門走出時，卻看見了不可思議的纖細身影——連薰予！

「小薰？」這下子，反而讓陸虹竹嚇得止步。

「嗨，陸姐。」蘇皓靖在她身邊，笑著打招呼。「妳看，我就說陸姐會嚇到！」

連薰予今天穿著一身簡單的褲裝，做好心理準備後才轉過身，彼此的笑容都很尷尬，她甚至不知如何啟齒。

「發生什麼事了？能讓你們這樣跑過來？」陸虹竹只感到緊張，沒有人回報啊。

「這是我要問妳的，姊，你們裡面發生了什麼事對吧？」連薰予緊蹙眉心，「我需要知道。」

她知道靈司出事了嗎？陸虹竹在心中暗忖，但相當遲疑的未曾開口，倒是一旁的風蘭不耐煩的上前。

「妳不要做些模稜兩可的事，不想成為巫女、又要管事情，妳想當普通人就徹底當個普通人，不要再來跟祈和宮扯上關係，也不要問問題。」風蘭毫不客氣，「妳今天到這裡問事情，就得有個身分！」

風蘭的心在淌血。

連薰予凝視著盛怒的風蘭，完全明白她的怒火從何而來，悲傷與心痛交織著，她失去了朋友與夥伴，即使他們類似工作的同事一般，即使不同部門總有份同事情誼。

蘇皓靖自然也感受深刻，他甚至看見了圍成一圈召魂的婆婆們，還有那根本不會有靈魂回歸的召魂陣。

「他們回不來了……」連薰予幽幽的說著，「召魂陣什麼都召不到的。」

風蘭瞪圓雙眼，「妳什麼意思……妳果然知道什麼，妳就、就——哎！陸虹竹！」

「都我的錯都我的錯，這句話我說幾百次了，但我一樣不後悔。」陸虹竹無奈的看著風蘭，「小薰，他們是被困住了嗎？你們感知到在哪邊，我們可以想辦法救出他們。」

「有人在臨死前向我求救，這一切都是生祭，所以他們的靈魂該是被吸取走了。」

連薰予嚴肅的擰眉，「但我無法確認是什麼方式，不過結論都是靈魂被取走，回不來了。」

風蘭聞言只有更加難受，低咒著一堆髒話回過身，拿出手機到角落去通知下頭的人，或許是時候叫婆婆們不要再費心力了，靈司的夥伴回不來了，淚水滴落在大理石地板上，無聲無息。

「是靈司的人，我們派出去具有靈力的人員，都沒有回來，連屍體也沒有尋獲。」陸虹竹語重心長，「為了避免再折損，我們暫停對美和鎮的監控。」

「妳來救我那晚有人明明死了，但我卻又在新聞中看見他們，貓跳棺的禁忌，是不是不一定要跳棺？而是跳屍就算？」連薰予一股腦兒的發問，「還有網路上關於血換錢的事有可能是真的，因為前幾晚求救的人說出了『生祭』的字眼。」

「生祭！」陸虹竹嘖了聲，旋即告訴連薰予她手上的案子。

「如果這些都是真的，現在連槓七期了喔，各位！」蘇皓靖好心提醒，「當區區擦傷扭腳骨折都無法中獎時，那要怎麼樣才能奪下這幾億元呢！」

話音才落連薰予便全身起雞皮疙瘩，回眸睨了他一眼，明知道他們第六感強，隨便一句都能令她反胃。

「橫豎這是祈和宮內部的事，不必兩位操心。」聯絡完的風蘭折返，即刻故態復萌。

「陸虹竹，妳還有事要處理別忘了。」

「啊，對，我下午得開庭……」陸虹竹用力握住風蘭的手，「但這點聊天的時間還是有的。」

是不能對小薰客氣一點嗎？

不行。風蘭帶脾氣的迎視她，不必讀心術陸虹竹都讀得出來。

反手一握，變成風蘭拖著陸虹竹從他們面前離去。「等等，風……我們會再派人去觀察的，如果有狀況……」

還要派人？連薰予都傻了。

「妳幹嘛跟外人報告啊！」風蘭氣急敗壞的抱怨。

「不行！」連薰予扭頭就追上，「不能再派人過去了！」

喔喔，蘇皓靖泛起笑容，就他慢條斯理的跟上前，不疾不徐。

「不行什麼？妳以為妳是誰？」風蘭果然回頭反嗆，「享受一堆保護卻不做事，這代巫女整個就是爛！」

「我是——」連薰予差一點點就要脫口而出了，但及時煞住車。「我是唯一能預知的人，你們需要我！」

「並沒有。」風蘭冷冷一笑，拽著陸虹竹便離開大樓大門。

她們快步往外頭停著的房車走去，陸虹竹頻頻回首看著連薰予，欲言又止，每每想開口就被風蘭硬扯走，這讓連薰予看得心都揪起來了。

「站住！」她終究還是衝到她們身邊，一掌把風蘭才打開的車門壓回。「我是你們的巫女，不管妳承不承認，我就是那個靈魂！」

風蘭瞪圓雙眼，不客氣的瞪著連薰予，她倒也不甘示弱，因為她知道風蘭心底是服她的。

「風蘭，巫女下令。」陸虹竹驀地接口，「妳不能造次。」

下……下令？連薰予一陣錯愕。「我沒有……」

「是，我會通知靈司，不許再派人去美和鎮！」風蘭一秒變得順從恭敬，並低下了頭。

「對對，不能再派了，連收屍的人也別去，那塊地特會吸收靈力，再厲害的人過去都一樣。」連薰予聞言卻連連點頭，「我現在想要的是阻止這種天降奇蹟，跟獲得意外之財的歪風。」

陸虹竹無言的搖搖頭，「這是最難的，這比對付邪靈惡鬼都難上太多！之前遇見那些厲鬼，我們可以驅趕、淨化，但現在亂象是在人身上。」

他們對人無可奈何啊！就算犯法也只能由執法單位去追，問題是得先犯法，才能有執法單位的跟進；今天有人為了得到意外之財，打算謀害親人，也只能真的下手後，警方憑證據抓人，問題是到那時，人已經死了。

「現在要讓奇蹟小鎮的人撤離只怕也難了，上看七億，最近只會有更多的人衝過去而已。」蘇皓靖終於走來，「而且我這幾天在路上散步，別說那鎮了，這幾期別的地方也都開出獎項，讓每個人貪慾滿滿。」

連薰予跟著頷首，就連昨晚去買個滷味，她都一直聽見煞車聲與車禍聲，這不是創傷後遺症，而是一旁的路人，甚至滷味老闆即將遭遇的事。

「現在，整個社會充滿了殺氣，那些在論壇發表『以血換錢』匿名文章的人，正在帶起這份腥風血雨。」連薰予難受得深呼吸，「我昨天下班時，甚至在六樓看見一個同時間下班的男人，將會從家裡的陽台被推下樓。」

在家裡，動手的只能是家人了。

「真想一把火燒了那個美和鎮。」風蘭低咒。

「那只會增添更多亡魂而已，還沒中獎的說不定心有不甘，反而成為有執念的惡鬼。」蘇皓靖搖了搖頭，「部門不同果然不一樣！」

風蘭掄拳，陸虹竹「哎呀」一聲攔下她。「別鬧了！我還有一小時空檔，我們去吃點東西順便聊？」

連薰予聞言略微遲疑，她絞著雙手，上次跟姊吃飯已經是很久很久以前了。

「好啊，蔣逸文推薦我一間麵攤，要我們無論如何一定要去吃吃。」蘇皓靖直接拿出手機，傳送地址給陸虹竹。「我們直接過去。」

連薰予不解的回頭，「蔣逸文推薦給你？他幹嘛不推給我？」

蘇皓靖哼著歌就轉身，連薰予知道他又在敷衍她，急忙追上前，拽著他說清楚，明明在同間公司上班，為什麼蔣逸文不跟她說啊！

陸虹竹這邊與風蘭一同坐進車裡，兩個人繫好安全帶後，用眼尾瞄了對方一眼，什麼話都沒說，逕自舉起拳頭，輕碰一下——哈哈，剛剛真的差點憋不住，終於讓巫女承認自己的身分並下令了呢！

如果連薰予這麼排拒，但又有想要幫助他人的心，大家就別逼她，越逼只會讓她越反感，不如循序漸進，等她主動來找他們，主動說出關懷與憂心，反正椅子就擱在那兒，她遲早會自個兒坐上去。

他們循著地址來到餐廳，位在市區外環，畢竟祈和宮也不在市中心，所以距離不遠，陸虹竹先抵達，發現那並非餐廳，只是一間普通的麵店，一身專業套裝加公事包的她進入店裡時，略顯突兀，但很多上班族都穿這樣，老闆也習慣了。

「菜單在桌上，先結帳喔！」裡頭一女孩輕聲說著，她正在幫忙擦桌子。

陸虹竹她們才入座，連薰予隨後抵達，她很好奇蔣逸文特地推薦的店，就是間普通的麵店啊，為什麼……嗯？看著整理桌上餐具的女孩，她突然有種似曾相識感。

「小薰，吃什麼？」陸虹竹開口問著，「肉羹嗎？」

小薰慣吃肉羹。

「她今天想吃乾麵。」站在門口的蘇皓靖主動出聲，連薰予才要回應就被搶了白。

「你又知道了！不要拿你的第六感來想——」回身嘟囔著，卻瞬間看見了朝他們看來的老闆。「老趙乾麵！」

蘇皓靖彈了指，是不是，就說要吃乾麵的咩！

老趙露出一個尷尬不失禮貌的微笑，顯然對這時間來用餐的俊男美女相當陌生，不怎麼有印象吶。

「好像乾麵有名。」風蘭聽聞也點了乾麵。

「你為什麼在這裡？你搬出來了？」連薰予驚訝的走到攤子邊，「你是美和鎮的老趙乾麵，我們之前買過！」

聽見美和鎮，老趙的神情變得僵硬，並開始迴避她的眼神。「沒有，沒有，小姐妳認錯了，我厚……」

「不會認錯的，所以蔣逸文才推薦我們來吃！」連薰予了然於胸，「能搬離那邊不錯啊，在這裡生意一定會比較好！不過你們全家都搬出來了嗎？」

她還記得，老趙他們是一對大妻連同個十幾歲的少女。

蘇皓靖越過她，看見在屋子裡聽見他們對話的少女，女孩臉色很差，突然別開眼神，顯得有點緊張。

「沒有，我們就不是……我們叫涮嘴乾麵！」老闆娘趕緊開口，指著外面的招牌。

「我們不會覬覦你們的錢，你們合資彩券有中獎，我知道。」連薰予微微一笑，「黑貓聚集那天，我就在鎮上，為我朋友守靈。」

咦？老闆娘的表情瞬間變了，她想起這對男女了。阿蓉家的孫子死了，由他們送回來，當中有幾個年輕又長得非常好看的人，很是顯眼。

這時的蘇皓靖，卻目不轉睛的盯著少女，筆直走進店裡。

老闆留意到蘇皓靖的動作，回頭看向女兒，焦急的大聲斥喝：「鈴，妳進去！幫我把裡面的碗洗乾淨！」

這聲吆喝反而引起連薰予的注意，她朝裡頭看去，看見少女慌張的站起，匆匆的進入旁邊的廚房。蘇皓靖專心的凝視她，在女孩起身時，「啪噠」一聲，有東西從她身上掉下來了。

「啊——」少女心慌，不會掩飾的抬頭心虛看向蘇皓靖，接著彎身迅速拾起掉落的物品，衝進廚房裡。

「等等！」蘇皓靖看得可清楚了！大喝一聲就要追上前，結果老闆瘋也似的推開玻璃門，衝向蘇皓靖。

一時之間椅子推拉聲此起彼落，連薰予嚇得衝進來，陸虹竹已經起身擋在蘇皓靖身後，風蘭更快的從蘇皓靖面前閃過，直抵老闆面前，用一雙筷子抵住了他的咽喉。

「站住。」風蘭氣勢凌人，筷尖就抵著老闆。

連薰予才跨進來，這緊繃的氣氛是怎麼回事？老闆的緊張、老闆娘揪著抹布的慌亂，而跑進去的少女正被恐懼籠罩。

「他是害怕我們，沒有殺意。」連薰予趕緊趨前，壓下風蘭的手。「妳可以溫和一點。」

風蘭露出嗤之以鼻的神情，她是統籌管理者，溫和個屁。

「我們不會傷害任何人，但我知道妳有問題。」蘇皓靖朗聲朝廚房裡喊，「妳不好現身，我可以就站在門口聽妳說。」

「嗚……嗚——爸！媽——」少女一秒崩潰，在裡頭嚎啕大哭。

連薰予扯扯蘇皓靖的袖子，怎麼突然把少女嚇成這樣？才要開口問，卻立即感受到什麼的朝地板看去，剛剛女孩掉落的東西她沒有撿拾乾淨，那是……看起來像肉屑的東西。

「她蝴蝶袖的手臂肉整塊掉下來。」蘇皓靖毫不遮掩的說，「妳的身體在腐爛，屍變嗎？」

「別這樣！拜託！」老闆緊張的擋在廚房門口，「我們已經盡力了，中獎的錢我們沒花半毛，好不容易才離開那邊，我只求我女兒可以活著！」

「她並沒有活著。」陸虹竹殘酷的說著，「她的身體在腐爛。」

嗚嗚……裡面的女孩痛哭失聲，她何嘗不知道，但她的靈魂跟意識都還在這個身體裡，偏偏身體不停的爛去，活活感受著腐爛的痛苦與恐懼，又有幾個人知道。

「我們不是來驅魔或是淨化妳的，妳不必怕。」連薰予溫柔的上前，「我想知道這是怎麼回事？她真的是你們女兒嗎？」

「真的！她明明活著，但身體卻活不過來！」母親聲淚俱下，「我們不知道該怎麼辦，以為離開那邊一切就會恢復正常，可是……」

連薰予看著那對夫婦老淚縱橫，心生不忍，裡頭女孩的哭聲聽來更令人心碎，回頭看向蘇皓靖，暗示他不要咄咄逼人。

「老闆，我們先吃飯吧，大家坐下來慢慢談。」她看向陸虹竹，眼神中帶著請求。

「沒問題，就四碗乾麵，搭個清淡的湯跟燙青菜——」陸虹竹瞥著桌邊的水餃餡，

「肉類就免了。」

「……好！好！」老闆抹著淚，但又不安的往廚房看。

「我們不會對她怎麼樣，大家和平的說說話，只是想知道事情發生的原委而已。」連薰予肯定的握住老闆的手，這突如其來的舉動老闆沒有反抗，只是覺得難受。

但就這一握的瞬間，她便能知道老闆有沒有惡意，是否帶有殺氣，等等端給他們的食物會不會加料——如此辛勤的一家，扛著壓力生活在美和鎮上，好不容易合資的彩券拿到了錢，他們卻一分都不敢動，接著趁奇蹟小鎮的熱潮掀起，毅然決然的賣掉房子。

他們從賣房子、成交到搬出來，神速的在兩星期內完成，好像在趕進度，或者說是——逃出來更為貼切。

蘇皓靖沒有感受到危險，平靜的坐下，留意到風蘭一雙眼總盯著他瞧。

「我有女朋友了。」他客氣的回著。

「少往臉上貼金，不是每個女人都喜歡美男子。」風蘭挑起眉。

老闆端上午餐，他散發出明顯的恐懼，畏懼他們四個人，陸虹竹拿到麵就先大口吃著，隨即有些驚豔的看向連薰予，這家乾麵的確不錯耶！看著四個人大快朵頤，狀似輕鬆，老闆跟老闆娘卻反而更緊張，廚房裡女孩仍舊在啜泣，一邊哭一邊把自己的肉貼回手臂下方，用保鮮膜包起來。

「拉張椅子來坐吧！」陸虹竹突然回頭，嚇了老闆娘他們一大跳。「從美和鎮開始，從頭到尾說一遍，說不定有機會幫助你們女兒。」

一聽見幫助兩個字，兩老眼睛都亮了，七嘴八舌的開始述說事情經過，但雜亂無章還搶話，最後是在廚房裡哭泣的少女，戰戰兢兢的走出來為大家說明。

「在美和鎮上，每一家都必須留一位未滿七十歲的人守在老家，如果舉家搬離，在數年內那整個家族會全數覆滅。」少女看向父親，「爸爸抽籤抽到留下來，在那邊賣乾麵為生，平常沒什麼事我們也就這樣過；等爸過了七十，我們這一代的堂兄弟姊妹就要再抽籤，但很多人直接逃到外地，不想提起這個話題。」

「為什麼？」連薰予不解的問，「非得要有年輕人留守。」

「因為落葉要歸根，不管大家逃多遠，早晚都得回來，美和鎮上不許火葬，習俗就是土葬、停棺，就像你們朋友那樣。所有人，都埋在自家後面的土地，或是屋子底下。」老闆看著眼前每個人錯愕的眼神，「家家戶戶後面不是都有塊地嗎，然後才跟山連結。延伸的地方全是前人的屍體。」

蘇皓靖認真回憶著，「但是我沒看見密密麻麻的碑啊。」

「不需要那個，有靈位就算數了，而且也能共用，省空間。」老闆說得輕巧，超便利的啊。「七十歲後怕是沒體力處理這些事了吧，我們其實也不知道原委，只知道這個規矩絕對不能壞。」

「但是，你們現在在這裡了？」陸虹竹瞄向牆邊的女孩，她全身裹得嚴實，腐爛的地方應該不少。

但是，沒有氣味。

「因為我們中獎，很多人想成為居民，我們就把房子賣了，遷出戶口，這樣就再也不是美和鎮上的人了！」少女激動的說著，「買家成為那裡的人，爸媽都有交代他們絕不能隨意離開，但那些人根本沒在聽，滿腦子只有錢錢錢！」

「這種事很少人聽得進去，因為太扯。」蘇皓靖實話實說，「那妳呢？黑貓跳棺那晚死的嗎？」

少女微怔，豆大的淚立即滴落，用力的點點頭。「我聽到尖叫聲時跑出去，就看見隔壁阿義叔扭曲的看著我，我嚇得尖叫轉身就逃，結果我被一群黑貓絆倒，然後……阿義叔就把我的手扯下來！」

好痛！那真的好痛，而且她什麼都來不及反應，四肢俐落的被扯下，在劇痛與尖叫聲中失去意識。

「然後，黑貓跳過妳……妳就復活了。」連薰予完全明白這套路，他們親眼看過。

「不是當晚，是隔天的事……我跟老婆嚇得要死，衝出去先把她的身體拖回來，隔天早上才找到她被貓咬爛的四肢，我的寶貝女兒被咬得體無完膚，我都快不認得了！」

老闆說著痛哭起來，「我們都還沒來得及整理，就把她先放在客廳，不敢找原因，也不敢要討公道……然後有人過來發放慰問金，暗示我們這種事對外說的話，只會被當成神經病，說不定我們還會變成殺女兒的兇手！」

連薰予擱在膝上的手略緊，眼尾瞄向陸虹竹，隔天去處理的就是……祈和宮或是政治界相關的人吧？陸虹竹則回以微笑，並不否認這就是祈和宮與政界的力量。

「那晚，黑貓跳過鈴的身體，她就坐起來了。」母親憐惜的看著女兒，「她復活後毫髮無傷，所有傷口都恢復了，我們以為這是奇蹟，然後隔天鎮上集資的彩券中獎，大家都覺得這是長久以來辛苦生活的反饋，是前一日眾多死者帶來的安慰……」

「你們信了？」連薰予並未感受到這點。

「怎麼可能？看著已故的鄰里一個個復活，有的甚至說話的口音都變了，我們嚇得只想逃離那裡！表面就假裝什麼事都沒有，心裡只想著要逃！一定要離開那裡——」老闆雙眼迸出光輝，「很多人中了第二輪彩券，大批人湧進我們鎮上，看著大家開始整理房子，當民宿租出去，我選擇把房子賣掉！」

少女像被掏空般的歪著頭，潸然淚下。「結果離開美和鎮後，我就開始腐爛了……我是個好好的人，我沒有跟以前不一樣！但為什麼我的身體就是爛的！」

「其他死去的鄰里都不是原本的人了吧？一個軀體裡塞了非常多的靈魂，連走路都不正常。」連薰予打量著少女，「但妳跟正常人一樣，我也相信妳沒有變。」

「中獎的錢我完全不敢用，我就怕跟鎮上繼續牽扯不清，但是、但是我的女兒……」老闆心痛如絞，冷不防一骨碌跪下。「求求你們，如果有辦法救我女兒的話——」

咦咦！連薰予可嚇到了，誰叫老闆就跪在她跟蘇皓靖面前，蘇皓靖趕緊扶起他，請他先不要太激動，他們可什麼都還沒承諾咧！

「你先別急，我們得先查清楚為什麼會這樣……」連薰予回首望著女孩，「妳開始腐爛多久了？」

「兩個多月了……我復活是四個月前，但兩個月前開始腐爛。」她說得條理分明，因為她都有在記錄。「每天都會有不同的部位掉下來，我也不能吃東西……說真的，與其這樣不如死了算了！」

「兩個多月還能維持這樣已經很強了！」蘇皓靖從另一角度看，「因為即使身體死了，還有原本的靈魂撐著嗎？」

最好是！風蘭白眼，死了就是死了，屍體就是屍體，如果靈魂可以讓肉身減緩腐敗的話，那它一開始就不會腐爛吧？

少女露出一抹苦笑，用悲傷的神情看向他們，直接走進廚房。

連薰予知道她要他們跟上！蘇皓靖即刻牽起她的手一道進去，廚房裡有股奇異的味道，角落有口大鍋子，鍋蓋蓋得很緊，上面還壓了磚頭。

「我得吃這個才能維持。」她指指鍋，「生肉，我是吃貓或狗，聽起來很噁，但我必須說……嚐起來非常甜。」

「等等，我信妳，不必刻意打開給我們看。」蘇皓靖連忙阻止她要開蓋的動作，「果然是屍變啊，會不會某天開始，妳就會想吃人肉了？」

「我會自殺的。」少女不假思索的接口，「我不會讓自己變成那種人。」

連薰予看著她又害怕又恐懼的神情，她已經知道，少女不會再復生，她會死……不，她已經死了。

「可以的話，我會盡力的。」連薰予說著善意的謊言。

少女漠然的點著頭，淚水撲簌簌的滾落。

他們最後繼續把未竟的午餐吃完，店內安靜非常，一如蘇皓靖初初抵達時的感覺，那塊地就是有問題。

而且把所有人都埋在自家屋後的土裡，也像一種祭品啊。

「貓跳棺是四個月前的事、屍變也是從那時開始，但她是兩個月前開始腐敗。」陸虹竹緩緩的說道，「你們，是不是忘了某個人？」

有一個在那晚、死而復生，也是所有傷口均恢復，像個沒事人一樣的傢伙。

阿瑋。

※　※　※

她才沒忘記阿瑋，因為他之前很常發訊息來噓寒問暖，問到她選擇已讀不回……因為他的關心頻繁到超出平常朋友的範圍！不過這是他離開之後兩週的事，她不回後阿瑋也沒再傳。

當然，這事沒讓蘇皓靖知道，他鐵定會不高興的吧？

陸虹竹今天有庭，不能再待，約好了保持聯繫，連薰予也再三交代不要再派人去美和鎮，由她親自聯繫阿瑋。

呼，拿起手機，她突然覺得有點沉重。

「我打吧。」蘇皓靖很自然的壓下她的手，「打個電話心情這麼沉重。」

「我、我沒有啊！」連薰予居然心虛的別開頭。

嗯哼，就這模樣不必第六感都知道某人做了虧心事，小薰以為他什麼都不知道嗎？

蘇皓靖默默的看著女友的側臉，莞爾一笑。

「說到不一樣，我也覺得阿瑋復活後有些不同，變得更直接大膽了是吧？」蘇皓靖意在言外的摟過了連薰予，她緊張的倒抽一口氣，耳邊聽見電話已經撥通了。

『喂！蘇先生！』電話那頭的阿瑋一樣的熱情。

「聽起來不錯嘛！」蘇皓靖倒是很意外，「這麼久沒聯絡，都不知道你過得如何？」

他過去的社交帳號因為死亡變成紀念帳號了，雖然有另外申請一個，但鮮少貼文。

『啊，我回老家了！我家現在開民宿，生意爆炸好耶！』阿瑋的背景聲音非常嘈雜，『好的！請停旁邊一點，那邊是出入口！謝謝。』

他回老家了？連薰予完全僵住，他、回、老、家！

「你居然……好，那你有沒有什麼變化？」蘇皓靖平穩的繼續問，「身體有不舒服，或是怪怪的嗎？」

『啊？沒有啊，我超健康的！蘇先生，你感覺到什麼了嗎？』阿瑋口吻有點緊張，『我是真的沒事喔！我室友給了我第二次機會，我超珍惜的！我還因為作息比以前正常，更健康了呢！』

「是喔……好。」蘇皓靖無奈的笑了起來，「至少你應該有覺得你鄰里很怪吧？」

『嗯？』電話那頭停頓了一會兒，阿瑋看著街上絡繹不絕的人，哈了一聲。『還好吧！大概都跟我一樣——復活了！』

後面三個字說得很小聲，還帶著點小竊喜。

復活？復活？連薰予全身開始發冷，那根本叫屍變吧！不對，為什麼阿瑋會回老家！

第十章

男人瀏覽著網頁，越看眉頭皺得越緊，因為他正在瀏覽一個匿名網站，而某個匿名代號他很熟，正是她的表妹，記者鍾九琦。

幾個月前她的攝影師請調離開美和鎮，表妹申請由他遞補，他們直接在這裡租下小屋，成為駐地記者，報導著奇蹟小鎮的種種；這裡隨著人潮多而熱鬧起來，但隨著這幾期的樂透連槓開始沉寂，但又因為連槓數期，成了人人有希望之處了。

表妹為了賺流量，以匿名帳號開始散播一些似是而非的言論，什麼以血換錢？祭品？流的血越多得到的錢越多？平時他就是做個稱職攝影，對表妹的行為再不齒也無法，畢竟上頭對表妹的採訪與吸睛標題可是很讚美。

但是，她這兩天撰寫的文章讓他瞠目結舌，她居然開始「明碼標價」。

「九琦！妳放這些人的照片是什麼意思？」他喚著正在洗澡的表妹，「這個是議員耶，那個是李委員……還有這個不認識，什麼便利商店店長？」

男人仔細看著文章，上面居然寫著：「福星高照的幸運者，運氣高低決定獲得財富的機會與金額？」

「什麼?」鍾九琦擦著濕髮走出，她剛沒聽清。

「妳把一些無關人士的照片放上去做什麼?扯什麼運氣?」表哥有些不耐煩，「妳之前說那種親人受重傷就會中獎的文章我已經覺得有點缺德了，現在又搞怪力亂神?」

鍾九琦瞥了他一眼，不以為意的聳聳肩。「我那是有根據的!」

「什麼根據?」

「世界上每個人都有專屬的磁場與力量，有的人天生就幸運，讓運氣好的受點傷，能得到更多的錢!」她自信滿滿的說著。

「不是才說要親人?而且如果大家都這麼做，獎金能有多少?就算十億元讓一百個人去分，那也才——」表哥一頓，好歹也有一百萬耶!

「不是親人的話，只要註明就好了!例如這是我鍾九琦的奉獻!」鍾九琦說得頭頭是道，「而且表哥，你傻啊，意外之財不一定只有樂透好嗎?能賺錢管道多得很!」

表哥顯得非常厭惡，「我覺得妳在這裡待得太久，心態都變了，應該要早點離開這裡。」

「我才不要，這裡工作悠閒又輕鬆。」她到桌邊找吹風機，準備吹頭髮。

表哥搖搖頭，順手點開了她的草稿，看起來是過兩天要發的……嗯?文章中有好幾張照片，其中有一個女人他認識!

「這是律師吧！之前被兇嫌綁架的美女律師，陸虹竹！」新聞鬧得這麼大，他之前也跑過現場。「必得鉅款？」

再往下滑，文末有兩張特大的照片，一位是清秀恬靜的女人，另一個則是很像明星的俊美型男，記者下的標題是：三代吃穿享用不盡，權力金錢握於手中。

表哥突然感到一股惡寒，趕緊仔細看著表妹寫的文章……世界上有許多人屬於珍貴物種，如果你的手能沾上他們的血，幸運便會到你身上，這比親人的血更強大，必須要親自動手……

表哥直起了身子，「我的天哪……妳這是唯恐天下不亂啊！鍾九琦！妳怎麼變得這麼變態？說不定會有惡性傷人事件的！」

鍾九琦望著鏡子裡的自己，眼神沉了下去。「說什麼呢？表哥，我就是匿名亂寫，有人要信的話，能怪我嗎？」

她輕撫著自己的臉龐，發黑的指尖讓她一秒身子震顫，倏地握拳把指頭收起。

「妳這就是散播謠言啊，絕對有人信的！」表哥異常氣憤，「妳這是在造成社會大亂吧！刪掉！」

「為什麼？只要大家不貪就好了啊！」她輕笑起來，「你真的覺得有人會為了要有錢有權，刻意去殺陌生人嗎？」

表哥呆坐在電腦前，很遺憾的，他覺得會！絕對會！

「不許妳貼這個文章。」表哥疾言厲色的警告，「妳太小看人的貪慾了，人為了錢，什麼傷天害理的事都做得出來。」

鍾九琦沒回應，她正在注意自己大腿的肉，好像又快滑下來了……

「明天我們就離開這裡吧！」表哥起身，朝她走過去。「妳心理已經出問題了，我不能讓妳繼續待在這裡！」

「我不要。」她冷冷回著，她不能。

「我現在就跟主管申請，我有的是辦法讓妳回家！」表哥警告著，接著聽見了「啪噠」一聲。

有東西，從表妹的睡裙裡掉了下來。

他即刻被分散了注意力，尷尬的本想別過頭，以為是衛生棉，但卻突然覺得有點奇怪，那是一大坨黑黑軟軟的……什麼？

他彎身靠近，怎麼覺得那很像是……肉？

砰！後腦勺一記重擊，鮮血飛濺而出，鍾九琦拿著吹風機狠狠的砸向表哥，他瞬間倒地。

「我一直不想這麼做的。」她看著倒地的表哥，他正撫著後腦勺掙扎要起身。「但想想，總該讓我中獎了吧！」

她瞪大雙眼，喜出望外的拿起吹風機再砸下去，鮮血飛濺，她還因為用力過猛，自個兒的眼珠子跟著掉下！

一輩子辛辛苦苦為了什麼？被派到這種荒山野嶺做什麼常駐記者，努力這麼多年也爬不上主播台，她之前的人生，跟行屍走肉有什麼不一樣？

那天她趁機去問對面的太太，是不是她剪了丈夫的煞車線，原本想勒索一點錢，結果那位太太竟然一刀就割開了她的喉嚨！

意識消失前，她只記得聽見貓叫，再度醒來時，她已經回到了自己的房間，頸子上一絲傷痕也沒有。

然後，她知道自己有任務，腦子裡總是有許多聲音在命令她做事，她依舊是那個專業的記者，也必須是流言撰稿者，然後……她必須把這份福音傳給全世界，如何用有價值的人的生命，換取自己的財富與權力！

那些人已經擁有很多了，現在輪到他們了吧！

「我再不願意也沒辦法！」她尖吼著，一下接著一下，直到敲爛了表哥的頭顱。

「我……不是我……」

手臂上的肉又掉下來了，她頹然坐倒在地，望著地板上那頭顱與地板黏在一起的表哥，不由得笑了起來。

「呵呵……我明天一定要去買樂透。」她伸出手，抓起表哥的肉往嘴裡塞。「總該輪我中獎了吧。」

※　※　※

剛結束一庭，陸虹竹到飲水機旁灌了一大杯水，她還需要一杯特濃咖啡，因為兩小時後還有一場。

「看起來很累啊，陸律師。」檢察官訕訕走來，「這陣子的案子多到大家都忙翻了。」

「還不都是為了錢。」陸虹竹無力的嘆氣，「你們也很忙啊，各種意外命案不斷，疲於奔命。」

檢察官兩手一攤，「還不都為了錢。」

陸虹竹不由得笑了起來，再寒暄幾句後就轉身要回小辦公室去，她的辦公室剛好在轉角處，而長廊上突然有名警衛朝她打招呼，人卻站在她的辦公室門口，看上去有些緊張，手還擱在槍上。

陸虹竹緩下腳步，與那右前方的警衛隔了五公尺的距離。

「您好。」她劃上職業用微笑。

「……您好。」警衛緊張的抽著嘴角，胸膛起伏到明眼人可見的急促。「陸、陸律師。」

「怎麼了嗎？」她隻手環身，另一隻手肘輕靠其上，指尖握著杯子搖晃。「您站在我辦公室門口呢！」

「剛剛……剛剛要去找妳，妳不在辦公室。」警衛往前邁開步伐，緩慢且沉重。「我有事……」

陸虹竹即刻打直手臂，要他站住。「有事站在那邊說，你不必靠過來，如果你能把手離開腰間的槍，我就更感恩了。」

警衛凝視著她，「網路上說的是真的嗎？關於某些人代表很高的價值？」

「什麼？」陸虹竹不太明白他在說什麼。

「有些天生擁有福星的幸運者，能換到更多的錢，今天如果我讓妳受傷了，我就會得到高額的意外之財！」警衛喉頭緊窒的嚥了口口水，「我是真的需要錢，我就只是讓妳受點傷，陸律師——對不起！」

在說什麼啊？陸虹竹後退準備避開這種莫名其妙的場景，誰知身後驀地一隻手臂出現，轉眼扣住了她的頸子就往後拖！天哪！

對方非常高大，手臂孔武有力，左手扣頸、右手擎著把短刀，就要朝她刺下。

陸虹竹想掙開無果，因為對方太強大了……當然，她也不急著浪費氣力。

「說好只讓她受傷就好了！」眼前的警衛驚恐大喊，原來他只是讓她分心的工具。

「開什麼玩笑，她被明碼標價是超級富貴的人，要就做到底！」身後的男人咆哮，舉起短刀直朝著陸虹竹的心臟刺進去。

刀尖就要觸及她套裝外套的零點五公分時，停了下來，甚至連扣著頸子的手也僵硬的往外鬆開；一點鐘斜對角方向的警衛錯愕非常，他看著陸虹竹從容的蹲低身子，從男人的控制中俐落脫身，好看清楚襲擊她的是什麼人。

喔，也不意外，是另一名警衛，算是法院裡數一數二高大威猛的傢伙，這些警衛平時跟他們都不錯啊，狠下心時倒是六親不認。

高大的警衛開始冒汗，他發現身體完全不受控制，驚恐的與對面的夥伴相望。

辦公室前的警衛見狀不對，轉身就想跑——連一步都沒邁成功，懸在半空中的腳停了下來，陸虹竹望著他，想在她眼皮子底下逃掉，好像有點呆。

走廊上都有監視器，她得展現出一定的慌張，縮起身子，向後退到牆邊，再踉踉蹌蹌的朝外頭奔去；她的兩位助理被她派出去做事了，這點小場面對她而言還是小菜一碟。

「救命啊！」她往外衝去，想著剛剛那檢察官應該還沒走遠。「有人要殺我！」

在另一區廊上行走聊天的人們原本正在話家常，瞧見陸虹竹時眼神有點複雜，接著聽見呼救聲時，人人還是趕緊奔向她。

「陸律師，怎麼了嗎？」

「有兩個警衛想傷害我！」她驚恐的尖叫著。

適才的檢察官果然還在附近聊天，連忙奔來，一把拉過她。「一定是網路上的事，你們都守好陸虹竹。」

大手一揮，聽見風聲的其他警衛趕緊跟著往前，但大家還沒靠近出事的地方，就聽見了吼叫聲與慘叫聲。

高大的警衛舉起刀，朝著矮小的警衛衝了過去，矮小警衛嚇得擎起槍反擊，槍聲大作，嚇得一法院的人失聲尖叫，許多人直覺的伏低身子，也一併壓著陸虹竹蹲下身。

「沒事，陸律師！」另一名同事低聲安慰她，「網路效應而已，妳別怕。」

又是網路？「網路是什麼意思？」

「哇啊——」吼叫聲與落地聲同時從遠處傳來，其他警衛們看著高大的警衛踉蹌撞上牆，身上滿布著彈孔，卻吃力的還想舉起刀做些什麼，但最終只滑坐在地。

那舉著槍的警衛嚇得屁滾尿流，雙手抖得劇烈。

「放下槍！放下！」

警衛搖著頭，他放不下啊！甚至連手都不是他自己舉的！槍也不是他開的，他才不敢殺人，他不知道為什麼自己會做這些事！

「好像被控制住了？」同事們拉著陸虹竹朝角落躲去，「最近大家都得小心點，我們也有幾個人被點名了，說什麼你們的血可以造成其他人的發達富貴，奇蹟小鎮的事知道吧？」

陸虹竹呆住了，「我的血？我手上有好幾件相關的案子，不是親人嗎？」

「哎唷，昨天更新了，同一個匿名論壇發的，說可以把一些幸運的人當祭品，只要註明是自己傷害對方就可以了。」同事翻著白眼，「妳喔，價格很高，搞得像殺掉妳就可以中這個連槓九期的樂透一樣。」

「最可笑的，是上面還寫了天生福氣值的高低！」另一名律師完全不能接受這個詞。

「天生福氣值是什麼東西？要是我喔，寧願被寫專業素養。」

原來如此！陸虹竹輕闔上雙眼，這樣那個警衛也不需要了。

原本要放下槍的警衛突然一怔，他抬起頭來看著眼前的同事，雙眼淚水噴湧，哭得泣不成聲……他不要！他不想這麼做！

但他的手卻緊緊握著槍，抵住了自己的下巴，「砰」的一聲炸開了自己的腦子——

他不想死啊！

「哇！」眾人又嚇了一跳，怎麼還沒完啊！

鮮血染紅了地毯，濺在法院的牆上，檢察官沉重的出來跟大家說解決了，但是這區現在成了封鎖現場，接著他再焦急的跑到陸虹竹身邊，要她先避避，暫時不想讓她露面，這種事，不該曝光。

陸虹竹認真的道謝，由其他同事護著找地方躲，但再怎樣也不能避開等等的開庭，她只是換個地方辦公而已。

在警察來詢問前，她先查看了網路論壇，她只看見文末兩張特大的照片，是小薰跟蘇皓靖的！

這個匿名者是誰啊？小薰！

※　　※　　※

「啊——」連薰予從夢中驚醒，嚇得用力握住原本就十指交扣的手，還因為過度緊張差點撞上前面的椅子。

大手及時貼上她的額，手背手骨是撞上前方的椅子，但至少護住了她的頭。

「啊……」她一轉頭，驚魂未定看著坐在身邊的男人。「姊姊她——」

「沒事的，找她麻煩真的是註衰。」蘇皓靖趕緊加以安撫，他正在滑手機咧。「放心，等等她就打來了。」

「沒事嗎……」連薰予一顆心跳得好快，她看見有人從後架住姊姊，然後舉刀刺下，緊接著是槍聲，這都代表姊有危險啊！「你感覺她沒事了嗎？」

餘音未落，口袋裡的手機震動，連薰予趕忙接起，藍芽耳機閃著光。

『小薰！你們在哪裡？千萬要非常小心，別待在外面！』陸虹竹嚴肅的說著，『我手下說妳打發他們回來，要去辦事不讓他們跟？』

要不是她今天開庭，她鐵定跟著，哪可能讓連薰予任性！

「姊，妳沒事吧？有人想傷害妳，都追到法院去了！」連薰予心有餘悸啊！

「喔，我沒事，惡徒已經解決了，等等就要做筆錄，然後我還要出庭……唉。」陸虹竹感到有點心累，「我剛說的妳聽見了嗎？我們被人明碼標價了，有人可能會為了得到意外之財傷害妳跟蘇皓靖，最好待在家裡。」

明碼標價？連薰予還在困惑，身邊的蘇皓靖揚揚手機，他剛剛就在查這玩意兒，他們的照片就在網路上，到處都是！他還挺喜歡自己的照片，挑得不錯！

咦？她驚訝的看著蘇皓靖，這是怎麼回事？蘇皓靖只是搖搖頭，叫她專心的跟陸虹竹講完再說。

「我跟蘇皓靖出來了，我們要去找阿瑋——不要激動，我們覺得要從源頭開始找，也不要再派人過來。」連薰予沉著聲，「我跟蘇皓靖在一起，不會有事的……吧？」

電話那頭的陸虹竹簡直傻了，他們去了美和鎮？去那完全污穢之地？

「妳瘋了嗎？妳怎麼能去那裡？」陸虹竹快瘋了，「那裡一定是個陷阱，所有罪惡與血腥都是從那邊開始的，妳這去不是自投羅網嗎？」

現在湧去奇蹟小鎮的人，多少人都是想發財想瘋的？大家現在手上的案子都是為錢謀殺，更別說刻意待在鎮上的人啊！

「姊，我終究得去的。」連薰予意外的平穩，「不入虎穴，焉得虎子。」

不行……陸虹竹心急如焚。「叫蘇皓靖聽！」

蘇皓靖立刻搖頭擺手，他知道陸姐　定是叫他帶小薰回去，問題是這可是他們兩個共同決定的！

在家裡煩惱是沒有用，成天看著新聞甚囂塵上，各種論壇說出離譜神扯的言論，但許多人卻聽之信之，他們都知道，秩序正在朝著鮮少人留意的方向瓦解。

錢，然後是情，總之情感的培養需要長時間，但破裂只要瞬間，一切的源頭如果是在美和鎮、或是起點於那場屍變，貓跳棺，都是遠在都市的他們無能為力的。

如果這是對方設的局，他們就得去。

「姊，不許派人來，只是送死而已，而且我擔心惡靈吸收了靈司的人，力量反而更強，我們會更麻煩。」連薰予匆匆說著，「我先掛了。」

『連薰予！連——』陸虹竹激動的大喊，但連薰予毅然決然的掛斷手機。

帶著歉意看向蘇皓靖，撒嬌般的依偎上他。「姊好生氣。」

「氣炸了吧？身為守望者，她絕對認為自己失職到爆。」蘇皓靖輕笑著，「我們最好能在她殺過來前把事情解決。」

連薰予苦笑，「有可能嗎？」

不知道。蘇皓靖聳聳肩，關於美和鎮上的一切，他們沒有預感，沒有直覺，連個方向都沒有，只能順其自然，抵達那邊後再說吧。

「那邊會讓我們的第六感鈍化，最近可能又更厲害了，所以——」蘇皓靖溫柔地扣住她的頭，俯下就是一吻。「妳要記得隨時跟我保持親密聯繫啊！」

「噢！」她抱怨著，「你是不是都在想這個？才願意陪我來？」

「對啊！我們可能得動不動就接吻，而且是深吻……這種日子多愜意啊！」蘇皓靖大言不慚的貼在她耳邊呢喃，「可以的話，如果我們要……」

啊呀！連薰予面紅耳赤的推開他，不要在她耳邊吹氣啦！討厭鬼！

扭著身子卻被輕易環抱住，蘇皓靖輕而易舉的把她摟在身邊，車子就這麼大，她能躲到哪邊去？虧得前面的司機鎮靜自若，假裝後面沒人似的，無視開到最大，省得彼此尷尬。

「我很可憐好嗎，妳知道以前在公司時，我可以當天認識，當天就去開房的。」蘇皓靖居然還敢說，「妳要不要算一下我們交往多久了？」

連薰予大感不可思議的深呼吸，「一般男友提起前任是大忌，你直接跟我提……」

「妳都知道啊！我何必瞞？」蘇皓靖覺得好笑，多少次跟客戶在電梯裡吻得難分難捨，電梯門一開，正對著的櫃檯就是連薰予啊！「我難道要假裝很純情嗎？」

「是不必啦！但……算了，反正我也真的不介意！」她嘟囔著，貼上他強而有力的上臂。「我知道有點委屈你，但我就一直沒那個心情……」

而且她其實會怕。

不是怕性愛這件事，而是他們光隨著接觸的深入，就增幅了第六感的強度，那如果、如果萬一他們上床了，會造成什麼樣的後果？

她會不會無時無刻都在感受別人發生的事？意外、恐懼、讀心？這樣子她還要過日子嗎？跟蘇皓靖交往後，接吻擁抱這類親密接觸，已經大幅提高了她的直覺，她很努力的去習慣，但還沒有做好接收更強大第六感的準備。

加上貓跳棺後的未明狀況，屍變者已經漸漸潛入他們生活的世界中，人們開始為了意外之財而瘋狂，殺害親人的案件層出不窮，明顯有人在操弄這一切，如果是與她並存的「黑暗」的話……她鎮日為此憂心忡忡，真的沒有心情沉溺在愛情當中。

她很愛蘇皓靖，她真的覺得他們就是天生一對，契合非常，對他既依賴又依戀，但就是……走不到最後一步啊！

除非心無旁騖，自在快樂，或許這樣她才能放下一切與他恣意纏綿吧？

「我心裡有道檻，跨不過。」她吳儂軟語的撒嬌著，「再給我點時間吧！」

「唉！」蘇皓靖俊美的臉上滿是哀愁，看向窗外。「再下去，我都要出家了！」

「說什麼！」她使勁的搥他，反正有在健身的他根本不痛不癢。

「但我先跟妳把話說在前頭，如果有必要時，我可不會客氣。」蘇皓靖突地勾起她的下巴，認真的凝視她。「我們都不知道美和鎮上的情況，妳該明白……」

不管是要增強預感，或是……可能需要龐大的力量驅走邪惡，他們的「結合」必須緊密的話，哎唷！連薰予咬著唇，用想的都很不好意思。

奇怪，為什麼他們之間一定要用這種方法才能增幅力量啊？

正在害羞，蘇皓靖毫不客氣的含住她的唇。再一次把司機當透明人，蘇皓靖無視連薰予的害羞抵抗，照樣吻好吻滿。

漸漸的，霧氣籠罩前方的路，他們都意識到奇蹟小鎮近了！

第六感越來越弱，再也沒辦法感受到「有什麼」，至少連薰予現在在蘇皓靖的臂彎裡，只能感受到他們彼此……

「咳！快到了喔！」司機真的是迫不得已才開口打斷他們。

吻得依依不捨的蘇皓靖嘖了聲，抬頭朝前方看去，車子緩緩向左轉下陡坡，彎道旁那曾被撞毀的山產店，現在建得更堅固、更大間，山產店外加卡拉OK。

一路駛到小鎮，光景已截然不同，很難想像四個月前的荒僻，現在簡直比市區還熱鬧，宛如超級觀光鬧區啊！不只什麼店都有，還有不少連鎖店都來這兒開了。

「哇……」連薰予下車時，看得是瞠目結舌，腳踩的還是剛鋪好沒多久的柏油路吧？之前的道路坑坑窪窪的，飛沙走石一堆啊！「我們來對地方了嗎？」

「嘖嘖，看看這金錢流動的成果。」蘇皓靖深表讚賞，「這大概是最成功的偏鄉改造吧？效率超高！」

視線即刻襲來，大部分是看向蘇皓靖的，平常連薰予是習以為常的，人家就是帥，活脫脫像個大明星，但今天的視線有點不同，大家眼神裡帶著話，正交頭接耳的還拿著手機猛照。

「我現在身價可高了，明碼標價，可以讓人三代吃穿不愁。」蘇皓靖依舊一派輕鬆，還揚手朝眾人打招呼。「嗨！」

「是那個人吧？」一堆人拿著手機拍照，跟著看見旁邊的連薰予。「唉，旁邊那個女生也是耶！」

連薰予低下頭，一點都不習慣被注視的她，拉了蘇皓靖就往前走，他們的車是停在距阿瑋家很近的地方，趕緊進阿瑋家避難；只是沒走兩步，又差點以為自己認錯地方……雖說還是三合院，但那全新閃亮亮的紅色鐵門，停滿車輛的稻埕，還有完全翻新的鐵捲門呢！

而且他家對面的兩層樓混搭風屋子也變了，翻新得很好看，而且大家都有招牌了！全是民宿！

「咦！小薰！」阿瑋喜出望外的奔了出來，主屋現在沒有紗門了，是敞開的大門，人可以自由來去。「蘇先生！」

「阿瑋……你家？」抬頭看著招牌，「海芬民宿？」

「我姑姑的名字！我們家現在隔成民宿了，超多房間的！」阿瑋正興奮的介紹著，「啊，可是你們太突然了，這兩天沒有空房給你們耶！」

「沒關係，我們自己有預約了。」誰想得到這裡還能有旅館，不但有，還不少間。

「兩天後就有空房了，到時就來我這裡住，不收錢。」阿瑋拍拍胸脯，「我現在也是半個老闆！」

「你？老闆？」蘇皓靖非常狐疑，下一句差點就要說會倒吧？

「我的保險金啊！」阿瑋說得眉開眼笑，一邊領他們進屋。「你們也知道，我沒有證件，沒辦法找工作，剛好我們變成奇蹟小鎮，人流湧入，所以我就乾脆回來了！」

踏進主屋，那曾經簡單空曠的大廳現在放了兩張大桌子，當初他們折紙蓮花的地方擺放了沙發跟茶几供客人暫坐，內部並沒有重新裝潢，就是盡量擺上桌椅跟裝飾，顯得整齊些罷了。

蘇皓靖瞥見最裡頭用大塊黑布蓋起的東西，忍不住笑。「喂，後面那個蓋起來的，該不會是閣下的靈堂？」

「噓！」阿瑋趕緊擠眉弄眼，「我們來不及撤，也不知道要怎麼處理啦！」

「我覺得這是一個大賣點。」蘇皓靖誠懇的說，「想想看，老闆的靈堂在後面，老闆本尊在前頭招呼客人……」

「我是開民宿，不是開鬼屋探險！」阿瑋翻了個白眼。

「反正，這裡的人也見怪不怪吧。」連薰予驀地說了這麼一句，接著幽幽的看向阿瑋。

呃……阿瑋臉色一變，緊張的嚥了口口水，接著朝外瞥去，朝他們使眼色搖頭：不可說。

「你在這裡應該比我們更清楚，更別說你這特殊體質。你有什麼可以分享的嗎？」

「我覺得你們不該來。」阿瑋語重心長，「傳聞都傳得沸沸揚揚了。」

「不來就不知道情況多糟糕……這裡到底有多少是活死人？」連薰予突然轉身，大膽的箝握住阿瑋的手。「你呢？你完全沒事嗎？」

蘇皓靖一個箭步上前，拉開連薰予的手，擋在他們之間。「這種事我來代勞就好了，妳不必親自動手吧？」

「就只是檢查而已啊！」她沒好氣的唸著，吃莫名飛醋耶他！

「我？我應該要有事嗎？」阿瑋雙臂平舉呈大字形，蘇皓靖活像搜身一樣拍著他全身上下。「我跟你們說，回老家感覺很好，順風順水的，就是……那、個多了點，但都不會傷害我，反正從小就這樣。」

「嗯啊，因為大家忙著傷害活人，才能中樂透啊。」蘇皓靖非常疑惑的大退幾步，來到連薰予身邊。「結實有彈性，妳光看他敢穿短袖就知道了。」

短袖怎麼了？阿瑋還故意曲起手臂用力，露出二頭肌。「最近事情做多了，肌肉都練起來了。」

沒有任何腐爛痕跡，同樣是屍變，阿瑋並沒有腐爛啊！連薰予開始好奇他之前那位室友了，到底是如何過命給他的？

「這兩天我們想在鎮上晃晃，你能帶我們嗎？」連薰予主動提出要求，「我在想有當地人帶會不會好些？尤其想進山。」

阿瑋嘶了聲，顯得有些為難。

「你們現在炙手可熱耶，我是不知道那個傳聞是真是假，但至少最近受傷的人越來越多！」阿瑋其實是顯露出害怕，「你們也知道好多人都不是……真正的人，還有我們是山谷耶，要上山超陡的，一點都不好走……」

「阿瑋？」連薰予瞇起眼，「這樣真不像是當初奮不顧身，衝向馬路要救我的阿瑋。」

阿瑋微怔，旋即笑了起來。「所以我不能再傻第二次了。」

喝！連薰予突然覺得有點受傷，也驚覺自己說了過分的話。「我不是那個意思，我沒有認為你應該救我，我也不是在責備你，我只是以為阿瑋是那種一直熱心助人的人，羅詠捷也說過不管是誰阿瑋都會——」

「我知道！妳不要緊張，小薰！」阿瑋連忙制止她，「如果在都市，我可能還是那個我，但在這、裡啊……太多奇怪的亡靈了，我甚至分不清好壞，只是它們不會傷害我而已。」

「不勉強的，我們不搞情緒勒索這套。」蘇皓靖大手朝他肩頭拍拍，「不過如果我們要處理，你或許這些天離開鎮上比較好。」

「……哇靠，我覺得是你們該離開耶！」阿瑋由衷的說，「你們不會知道什麼時候有人會殺害你們的！我說真的，這裡的人會直接用殺的！」

因為大家的目標，是昨晚又落空的連九期頭彩啊！

「我們知道，現在這份貪婪已經不限於這個鎮了，外面的世界早為錢瘋狂了！」人為財死這句話，真是一點都沒錯。

「後面那邊又有人亂來了，得快去處……」門外的老人急切的走進來，看見門邊的蘇皓靖時愣了住。「啊……啊這個是……」

「阿嬤，我朋友！」阿瑋趕緊從櫃檯裡繞出來，「妳記得嗎？之前有來過我們家！」

「啊系厚……」阿嬤的枴杖點地，再瞄向連薰予。「有見過捏！」

「好啦！妳剛說後山又有人亂丟垃圾嗎？我請姑丈過去！」阿瑋拍拍阿嬤，扶她往左護龍那邊去。「妳先進去休息啦，多喝水，我在冰箱幫妳留了水果。」

「厚……厚啦！」阿嬤回頭對他笑著，「歡迎捏！」

連薰予看著阿嬤一拐一拐的走進在左護龍角落的房間，也不知道這時的她是記得，還不記得他們？但是精氣神好了許多呢。

「抱歉，阿嬤還是老樣子！」阿瑋笑著走出來，「一堆人喜歡挑戰那個五十度的山，又野餐加放鞭炮的，我們等等要去清。」

「在這裡放鞭炮啊……」蘇皓靖指向這整片山，是不怕森林大火嗎？

「你才知道！」阿瑋重重嘆了口氣，「啊等等我會有幾組客人入住，暫時不能陪你們……」

「我們就住在前面的大頭旅館。」蘇皓靖即刻朝連薰予伸手，「走了！」

那是平常的習慣動作，他抬高手，她負責走過去依偎著就好，但現在阿瑋在啊……連薰予有點尷尬的也舉高手，硬把他的手拉下來，改成牽手。

「你們……很恩愛耶！」阿瑋微笑說著，「真羨慕。」

「你也快點找個女朋友吧。」蘇皓靖看著他，意在言外。

送他們出門時，恰好又有一輛車駛入，阿瑋便急急忙忙過去招呼；蘇皓靖一出門就摟緊了連薰予，他們兩個最好都不要分開，尤其看看這整條路上，每個人都用吃驚的眼神看著他們，好像他們是大明星似的。

福星高照的兩塊大金塊吶！

第十一章

「真的是耶，他們怎麼到這裡來了？」

「該不會來跟大家搶中獎機會吧？」

「搞不好啊，他們福星高照不是？」

蘇皓靖掃視四周，連薰予可以感受到他很緊繃，戒慎恐懼，因為他們現在什麼都感覺不到，就像普通人一樣，這該是他們嚮往的生活，現在卻因為「平凡」而「不安」。

「雖然是老生常談，但是要得到多少東西，就要付出多少代價。」蘇皓靖突然高聲宣揚，「天下沒有白吃的午餐！」

「喂！」連薰予緊張的拉拉他的衣服，在做什麼啊？

「反正都在注視著我們，順道宣揚一下啊！」蘇皓靖一派輕鬆，「對，別看，就是我們！我們來純參觀的，看看這塊被邪惡詛咒的地是怎麼樣。」

圍觀的人群有人訕笑起來，但也有人嚴肅擰眉，這裡可是赫赫有名的奇蹟小鎮，怎麼莫名其妙變成被詛咒了？

「不要在那邊烏鴉嘴！我們發財致富都靠這裡了！」果然有個男人不爽的反駁。

「是嗎？要不要去問問那些得獎的居民怎麼了？」蘇皓靖不客氣回嘴，「喔，我忘了不少人都逃難似的搬走了嘛！」

咦？這一句話惹得眾人驚愕不已，旋即交頭接耳起來，是啊，這裡一開始中獎的那些居民呢？為什麼說是逃難似的搬走呢？

竊竊私語聲四起，蘇皓靖面無表情的摟著連薰予繼續往前走，反正路就這麼一條，旅館離阿瑋家不過五分鐘距離而已，遠遠的就能看見招牌了。

連薰予忍不住讚賞，突然間都沒人注意他們了，許多人對於搬離的居民，還有「被詛咒」這件事心懷芥蒂，自然還是有不少人用貪婪的眼神盯著他們，殺氣不言而喻，畢竟連槓九期了。

旅館前一樣有片空地供大家停車，他們兩個才從大路拐進去，就已經有人站在門口恭候了。

「蘇先生、連小姐，等兩位很久了。」接待人員還一字排開，出動了五個人呢！

「可以再誇張一點……怎麼？有誰想立刻出手讓自己飛黃騰達的嗎？」蘇皓靖嘖嘖兩聲，搖著頭。「那篇報導也很賊，說了上半部，沒提到下半部。」

「咦？」領班愣了一下，「我們純粹是歡迎住客，兩位現在太有名了，請！」

下半部是什麼？連薰予狐疑的忖度著，這上半部從一開始就假的啊，哪來的下半部？

由蘇皓靖負責辦理入住，接待人員倒水前就被連薰予婉拒，她欣賞著嶄新的旅館，這些接待人員都很年輕，而且明顯不是這兒的人。

「好新的旅館啊！剛蓋好沒多久吧！」連薰予微微一笑，「這裡以前是……麵店呢。」

老趙乾麵，還有旁邊幾個小攤子，這兒曾是簡單的平房。

「是，我們老闆買下來的，很快的整修加蓋成旅館。」接待人員禮貌說著，「執照還在申請中……時間短嘛！」

木造房屋，的確很容易蓋，而且挺有商業眼光的，衝著這些想發財的人，當然要蓋旅館來賺錢。

「老闆應該也住這兒吧？」蘇皓靖隨口說著，「畢竟他應該不太能離開這裡。」

「嗯？」櫃檯愣住了，「為什麼？他住市中心耶！」

「什麼？」連薰予也吃驚的轉過去，「全家族都沒一人在這裡嗎？」

飯店人員面面相覷，尷尬的搖搖頭。「我們就經理帶著……老闆常過來。但不住在這裡！」

經理剛好正從裡頭步出，看見連薰予眼裡也是一陣燦爛光芒。

「他是不是沒聽老趙說？」連薰予憂心的問蘇皓靖。

「我怕聽了沒進去，自以為是。」蘇皓靖搖了搖頭，「反正都各人的命運，大家做事都只聽一半的，跟我們兩個明碼標價一樣，就沒人問要三代不愁吃穿的代價是什麼。」

連薰予垂下眼神，默默點點頭。

雖然她根本聽不懂蘇皓靖在說什麼，應和就對了！

「為您安排指定的角落房間。」接待人員趨前，比向樓梯。「兩位行李只有背包嗎？」

「請等等——」外面突然傳來緊張的聲音，蘇皓靖一轉頭，看見的是女記者與攝影師的陣仗！

「上去！」蘇皓靖即刻背對門口，推著連薰予往上走。「旅館要保障住客的安全及隱私。」

「但是我們也要保障人們知的權利啊！」有個女員工居然笑了起來。

笑屁！連薰予瞬間明白，抓著鑰匙一馬當先衝上樓。

「請問身為身價最高者的感想是什麼？如果您出意外，您的直系血親可以得到想像不到的財富與權力嗎？」鍾九琦蹬著高跟鞋追進來，「如果有人意圖傷害你們獲取財富，你們想對他們說什麼？」

幸好旅館就兩層樓，連薰予衝上去後很快找到他們的房間，剛剛那女性服務人員真的完全沒有任何阻擋的動作，還提醒鍾九琦上樓後，是左轉最後一間！攝影機上的燈光大作，蘇皓靖刻意背對鍾九琦，不回應的以身擋住她想往前追的舉動。

看著房門打開，連薰予連推開門也不敢大意，謹慎的先踢開房門，就怕裡面有人。

「請回答一下嘛，不是每個人都能被刊登上去的！」女記者持續追問，「以一人換多人的幸福平安，富貴發達，你們覺得這是否是造福人群？」

蘇皓靖在門口突然拉住了連薰予，接著帶淺笑看向鏡頭。「妳覺得呢？」

他看著鍾九琦問的。

「我覺得？我覺得是。」鍾九琦的笑容燦爛非常，眼神裡一點人氣都沒有。

蘇皓靖勾起笑容，然後將連薰予拉進懷中，隻手扣住了她的頭。

「咦？蘇皓——」意識到他想做什麼時，已經來不及了。

仰著的她角度高度都恰到好處，任蘇皓靖俯頸就吻上。

咦咦！閃光燈閃個不停，這對「價碼」最高的男女居然是情侶，而且突然就在媒體面前接吻，引得眾人一陣驚呼。

真的驚愕的是突然被吻上的她吧？連薰予伸手抵著卻掙不開，蘇皓靖非常認真的扣著她的身體吻著，而且吻得超級放肆，攻城掠地的讓她無從招架……到底是——

畫面一幀幀飛快闖入，連薰予身子微顫卻即刻再被蘇皓靖壓住，他加深了他們之間的吻，如果小薰也能享受其中的話，他們或許可以感受到更多更多……

「欸？」攝影師發現透過攝影機看出去的畫面開始出現波動，跳動著像是收訊不佳，怎麼回事？這附近有什麼強大的電磁波嗎？

左前方的鍾九琦突然縮起身子，看上去臉色很差，她回身撥開了攝影師跟旅館人員，搖搖晃晃的就要離開這裡。

怎麼回事？攝影師騰出手拉住她。「採訪結束了嗎？」

「我不舒服……」她臉色鐵青的抽回手，急著要離開。

「怎麼走了？我們還沒回答完呢？」前方的蘇皓靖氣定神閒的開口，「還沒請教記者，妳在匿名論壇上寫那些文章的證據是什麼？目的又是什麼？把我們兩個普通民眾丟出來，是要讓我們生活不得安寧嗎？」

什麼？攝影師的鏡頭原本是對著蘇皓靖他們的，但聽得一臉錯愕，連薰予此時正羞得埋在他胸膛前，蘇皓靖用手指在半空中繞著圈，提醒攝影師轉個身，去拍拍他的合作夥伴啊，第一手消息喔！

「那些匿名文章是妳寫的？」攝影師吃驚得驚呼出聲，動手攔下欲下樓的鍾九琦。

攝影機上的燈光照過來，她尷尬的立刻用手遮擋，剛剛引導她上來的接待人員卻幫她阻擋，並拉著她往樓下逃。

與此同時，連薰予他們毫無阻礙的進入房間，輕聲關上房門，上鎖。

接著就是分工檢查房間的時候了，廁所的每個角落，衣櫃、床底下，所有地方都不放過，幸好這房間沒鋪地毯，不然就怕地毯下有符咒，

「呼！」連薰予依舊難掩粉紅雙頰，「這裡還滿乾淨的，我沒找到什麼。」

「剛剛接吻時就在門口，有問題的確不是房間或旅館，是人！」蘇皓靖即刻放下背包，拿出最上面用塑膠袋包裹的東西。「該防範的還是得做。」

連薰予無奈看著塑膠袋裡的各式符紙，上前抽過一張就看見熟悉的圖案，很久以前姊姊曾炫耀過，還說她排六小時才拿到的呢……唉，思及此，又是謊言。

「別感嘆了，善意謊言還不是為妳好？不製造宗教狂的假象，怎麼把巫水符咒法器拿來保護妳？」蘇皓靖太了解她在想什麼了，「這些保證有用，貼吧。」

「知道啦！」連薰予嘖了一聲，還是開始將符紙貼上門與窗。

樓下人聲鼎沸，很多人追著鍾九琦問，她寫的那些是真是假？憑據在哪裡？當然更多聲音是問她怎麼知道的？

高大的蘇皓靖在窗邊掛了法器後，悄悄打開窗戶，見被包圍的女記者踉踉蹌蹌，走路非常的扭曲怪異。

「我們剛剛接吻時，應該也釋放出力量吧，所以她受影響了。」蘇皓靖冷冷朝下望，「今天也算悶熱，包得那麼緊又這麼瘦，我想裡頭應該爛得差不多了。」

「那張臉倒是挺好的。」連薰予不以為然，「已經不是人了，才會寫出那種荒誕文章。」

她啪的關上窗子，貼上了符咒。

蘇皓靖則用力再壓緊，但其實他們都知道，這種東西防鬼防惡靈但不防人，雖然房內上鎖可以拖些時間，但如果換作是他，會直接拿石子砸。

「呀！」樓下開始傳來驚呼聲，「你看她！」

「沒事吧！」

或許是肉掉下來了，或許是關節無法支撐那具腐爛的屍體了，總之下頭的騷動不斷，不過聽得出來聲音越來越遠，沒多久便恢復了平靜；或許這只是片刻寧靜，但至少能讓他們稍微休息一下。

他們躺在床上，喝了點水，享受難得的平靜時光。

「天黑前我想去走走，尤其是山林的部分。」連薰予相當穩重的開口，「靈司之前都會在那兒居高臨下的觀察小鎮，但即使如此也是全軍覆沒。」

「林子裡有東西。」剛剛他們接吻時都感受到了，「而且山勢非常陡，一般人不好行走。」

「我們該帶的都有帶了。」

剛剛他們看見了血腥、黑暗，許多猙獰兇惡的臉孔，還看見繩子、電話線、刀子，刺眼的車燈與轟鳴聲，最後是大地晃動，然後看見了瀑布，這些不相關的東西，最後都會在未來一一驗證吧。

即使感覺不強烈，但是密集得讓人喘不過氣，這就是他們第六感的結論：極度危險。

連薰予依舊決定去一探究竟，她其實已經跟初認識時不一樣了。

看著她拿起手機聯繫陸虹竹，電話已轉進語音信箱，想必正在開庭中吧？連薰予沉穩的交代著，嚴禁相關人等進入美和鎮，但是希望有人在附近接應，如果有事時隨時能支援。

她或許自己沒察覺，但無形的環境與力量，正逼著她一步步往自己抗拒的路上走去，善良的她會憂心他人，明知道自己能阻止的情況下便無法置之不理，更別說這些「黑暗」會逐漸的擴大，他們誰也無法置身事外，因為早晚會燒到自己……是，現在已經燒到他們了。

再光怪陸離的說法，照樣會讓人起心動念，絕對會有人要他們的命，反正「黑暗」想傷害他們也不是第一次了。

不過如果沒遇到連薰予，他應該會選擇避世，運用自己的第六感找一處地方躲藏，撐到最後再說，他沒有這麼大愛啊……因為他不覺得一己之力能做到多少，擁有直覺已經夠辛苦了，他不想再為他人拚命了。

「喂？」聯繫完後，連薰予趴上床，在他面前揮揮手。「還想休息嗎？」

蘇皓靖回過神，視線聚集在眼前那有點疲憊，頭髮略亂，但卻一個眼神就能讓他覺得安心的女人。

「嗯……」他冷不防伸手勾住她身體，一秒將她壓上床，困於身下，流利到連薰予根本措手不及。「我在想一些不正經的事！」

「蘇皓靖！」整個人被圈在他懷中，連薰予動彈不得。「你這傢伙，剛剛在門口的事我還沒跟你算！」

「算什麼？」他勾起迷人的笑容，朝她唇瓣啾了一下。「不喜歡嗎？」

她像被電到般的抿緊唇，這傢伙湊這麼近，感覺又要意圖不軌啦！雙手趕忙掩住唇。

「剛剛那種時候，什麼都沒說就突然吻上。」

「就是要挑那種時候，我們才需要感受一下啊。」蘇皓靖勾起絕對不懷好意的笑容，從她頸側就吻下去。「不然怎麼看得見……」

「呀！」她敏感的縮起頸子，整張臉即刻紅透。「你很……」

就等這空檔。

蘇皓靖即刻封住她的唇，老實說，這方面要跟他這種萬花叢中過的人相比，小薰還嫩得很咧！

「蘇……」她用力撇過頭，雙眼卻覆上一層淡淡的迷濛。

「放鬆點，妳不放鬆很難進入狀況的……」他的手自然的由下竄入她的上衣裡，並吻住她，不讓她有再多說話的機會。

進入什麼狀況啊？連薰予有時很討厭自己，每每想抵抗蘇皓靖的吻或是撫摸，但老是敗下陣來，事實上先失去思考能力的總是她，他的輕咬，他的舌尖繾綣，每個動作都只會讓她覺得輕飄飄的。

吻一路往下，如此的親密卻沒有感受到什麼危險，蘇皓靖哪可能放過這大好機會，大手在衣內輕易的就掌握住柔軟，進而揭開了連薰予的上衣，吻落上了雪白的渾圓上。

「啊……」連薰予逸出了令人難為情的聲音，蘇皓靖滿意的抽空上前再度吻住她的唇，同時靈巧的挪動她的身子，唰的一下就把她的衣服脫了下來。

躺在床上的連薰予雙眼泛著迷濛，此時的他性感無比，正坐在她上方，亦脫下了T恤，其下性感無比的肌肉，只是更加令人臉紅心跳！

「等等，在這裡……」她伸手想抵住俯下身子的他，張開的手掌剛好貼在他壯碩的胸肌上。

可惡！這也太性感了吧！

「地點永遠不是問題。」他笑著，隆隆笑聲帶著震動傳到她的手心中。

實在無法移開視線，她突然能理解為什麼他在女人間這麼吃得開了！這傢伙真的太過分了，高顏值、口才好，身材又這麼令人心跳加速，全身都在散發費洛蒙啊！

「親愛的，妳看我看呆嘍！」蘇皓靖輕哂，性感的舔過她的唇，然後便是繼續進攻。

他是喜歡連薰予的，愛著她，如果依照她的想法可以慢慢來無所謂。

但是，他現在覺得這件事應該要速戰速決，因為他們需要更強大的力量，來抵擋可能的屏蔽或鈍化。

反正順其自然，他們早應該發生關係了吧？他忍夠久了耶！

連薰予處於放棄狀態了，她滿心滿腦子塞得只有蘇皓靖，與他不停的深吻，接受他的撫摸，可以接受他的一切……她原本就能接受他的——

砰砰砰！外頭突然傳來連續敲門聲。

「小薰？蘇先生！」阿瑋在外頭連續敲著，「是這間吧？哈囉！我是阿瑋！」

蘇皓靖倏地撐起身子，連薰予嚇得雙手掩住身子也半坐起身，兩個人喘著氣朝外頭看去。

這什麼程咬金啊！

※　※　※

阿瑋說安排好客人，姑姑他們剛好也回來，他就得空來找連薰予他們，可以帶他們到處逛逛，只不過走在大街上時，兩個人都不太自在，蘇皓靖臉色超級難看，而連薰予滿臉通紅，她頸子上都是草莓，還新鮮剛結果的，遮都遮不住，尷尬極了！

「你小子很會挑時間耶！」蘇皓靖不爽的一把勾過他，「早不來晚不來！」

「哎唷哎唷，我哪知道！」阿瑋壓低了聲音，「我哪知道你們心這麼大，在這裡也敢……」

「哪有什麼不敢的？地點完全不是問題。」蘇皓靖驕傲的抬起頭，開玩笑，他什麼地點都有經驗。

路過的房舍裡隱約傳出哭聲，連薰予朝裡頭看了眼，門窗緊閉，但是好像發生了什麼事似的。

「啊啊……啊！」前方則是傳來撕心裂肺的哭喊聲，「你怎麼了！爸爸！你醒醒啊！」

鄰居紛紛探頭，也有人漠然的轉過頭去，那神情相當嚴肅，連薰予回頭張望，果然有很多人跟著他們，雖然刻意保持一段距離，但絲毫沒打算遮掩，而人數比剛剛包圍他們時，少了非常多！

「救……救命！」後方遠處，傳來狂奔的吶喊聲。「誰來幫幫我！」

所有人同時回首，看見的是沒有扛攝影機的攝影師，他慘白著一張臉，向後舉起的手都在發抖，張口欲言卻半天說不出話來，下顎猛打顫。「她……她……她……」

「別慌張啊！」他前方突然跑出一個人，出手擋下他並向回推。「我陪你去看，不必這樣大驚小怪。」

「不是，她變得……」攝影師都語無倫次了，但另一邊突然湧出三五個人，不約而同擋住他想往前求救的路，並且以身體逼退他。

甚至有人從後面硬將他扳過身，扯著他，要拉他回民宿。

「等一下！」連薰予高聲喊叫，並且回身就朝他們快步走去。「攝影師，鍾記者發生什麼事了？你跟我說！」

小薰！蘇皓靖立即甩開阿瑋追上前，見她大步朝前，但原本跟在他們身後的人卻直接站成人牆，甚至開始往前邁開步伐，不僅阻止她的前進，還要將她與攝影師隔開。

兩旁有些商家攤販，有人默默的退到遮雨棚下不看不管，有人倒是狐疑的皺起眉。

「她——」攝影師的聲音沒了，像被摀住一樣只剩悶哼。

「你們……」連薰予想通過人牆，蘇皓靖先一步把她往後拉，不該這麼靠近那些人。

「讓開啊！你們要幹嘛？」

「借過啊！」人牆還不在意的逼向連薰予，彷彿是她擋了路。「走開行不行啊！」

「喂！小姐！妳從我這兒過！」左手邊一攤賣烤玉米的老闆娘突然開口，「從我攤子裡繞過去！」

唰，齊刷刷整齊劃一，一整排十幾顆頭同步朝老闆娘那兒瞪去，老闆娘愣了一下，看著眼前一排滿布惡意殺氣的臉，她反而扠起腰，一個個指著鼻子罵。

「瞪我幹嘛？這路你們開的喔？人家要過硬擋在那邊，一看就是此地無銀三百兩啊！」老闆娘向後讓開，一把拉過連薰予。「過，妳過！現在這裡人人有病了！」

但烤玉米隔壁的鹽酥雞攤老闆即刻想攔住連薰予，跟在她身後的蘇皓靖輕易抵住鹽酥雞攤老闆的身體，讓阿瑋跟連薰予快速通過。

「我看你撐得很辛苦啊，是不是該休息了？」蘇皓靖早留意到手腳不協調的鹽酥雞攤老闆，一點兒都不需要使勁，向後一推。

老闆踉踉蹌蹌，其妻子焦急上前的扶住丈夫。「喂，你這人怎麼這樣？有嘴不會說話啊，動手動腳的——」

丈夫整個人全靠到她身上的沉，妻子邊罵邊死撐著老公的身體，但鹽酥雞攤老闆卻像撐不住似的雙腿一軟向下滑，而頸子上的頭顱則像沒黏好似的，在一個搖晃後仰後……咚。

掉進了他們身後的油炸鍋裡。

劈哩啪啦，頭顱入滾油鍋，炸得冒泡，一眾人先是錯愕的愣住，連薰予回頭看向整個身體倒地的老闆，那完全不是一具人體，而是手骨盡碎的疊成一落啊！

「哇啊——」街道上尖叫聲大作，一堆人嚇得退避三舍，也包括隔壁的烤玉米攤老闆娘！

「他頭……頭……」阿瑋嚇得魂飛魄散，「啊……那個攝影師呢？」

他朝前看去，卻發現攝影師人已經不見了，被帶回民宿了嗎？

「老公！老公——」鹽酥雞攤老闆娘歇斯底里的對著油鍋尖叫，再跪上地抱著那一堆「身體」哭喊。「你不能這樣啊！不是說好不會走的嗎……」

她哭喊著，然後抬起頭，忿忿的看著蘇皓靖。

「對，都是我，把妳已經屍變的老公再送回去。」蘇皓靖兩手一攤，欣然接受這份怪罪。「不必去看那個女記者怎麼了，我想應該也是這個樣子吧！活死人的身體是會腐爛的，貓可以跳一百次，你可以重新復活，但爛掉的身體是撐不久的！」

啊啊，原來……連薰予知道剛剛那些哭聲是怎麼來的了，因為屍變的人都腐爛了嗎？

她下意識的撫上自己頸項，難道是她剛剛跟蘇皓靖的親熱……他們忘情深吻時有淨化厲鬼的力道，所以剛剛那快達本壘的愛撫，一併將那些共享屍身的惡靈也處理掉了？

不知道是否能淨化那些惡靈，但至少可以讓屍體歸於塵土，不再被利用。

她看向走來的蘇皓靖，焦急的撲進他懷中，這該不會是蘇皓靖早就想到的結果吧？所以才這麼不分環境的就挑逗她！

「我真心覺得，沒有你我該怎麼辦？」她甜甜的仰頭看著他。

「那就永遠別離開我。」蘇皓靖綻開醉人笑容，低首以鼻尖磨了磨她的。

「咳！不好意思！」後頭傳來聲音，「我還在喔！哈囉？」

蘇皓靖當沒聽見，他對壞他好事的人不會給好臉色的，摟著連薰予大方的往前走，剛剛那些人牆都還瞪著在油鍋裡浮動的頭，鹽酥雞攤老闆娘哭得聲嘶力竭，而其他人則是嚇得逃躲無蹤。

「所以你們真的有力量對不對！」在人牆後方、剛剛攝影師奔來的那個方向，傳來了喊聲。「那你們的命，我要了！」

對方話音未落，駭人的槍聲即刻響起，失去直覺的連薰予他們，根本無法預知這次的危機——

「呀！」尖叫聲響起，所有人嚇得伏低身子，蘇皓靖自然也護著連薰予蹲下身體，但有股力量幾乎在同時衝撞而至，把他們兩個用力撞進了烤玉米攤的後方，落進擺玉米的箱子裡，上頭的玉米嘩啦啦下了一地玉米雨。

「啊……」連薰予驚魂未定，她眼前一片黑，還搞不清楚發生什麼事，但伸手一抓，上頭至少是蘇皓靖溫暖的身體。「蘇皓靖！」

「我在，妳沒事吧！」蘇皓靖正在努力撥開玉米，他盡可能的護住連薰予的頭部。

連薰予慌亂的要坐起，檢查他有沒有受傷之際，槍聲再次響起，又嚇得眾人驚呼連連，紛紛逃竄，越過蘇皓靖往後看去，街道上頓時都沒人了，只有抱著頭蹲在柱子邊的阿瑋在那兒瑟瑟發抖。

緊接著有記悶棍的聲響，接著是騷動跟咒罵聲，熱鬧從他們這兒，移轉到約莫十公尺遠的地方去。

「按住他啦！開什麼槍！」

「報警啦！」

連薰予與蘇皓靖雙手緊緊握著，她忍不住全身顫抖，聽起來像是槍手被人制伏住似的。

槍殺他們嗎？連薰予想過各種攻擊，她最近不間斷的接受訓練，但她真的沒有想到槍枝。

「還好吧！小薰？」靠近角落的人爬了起來，呈跪姿的看著他們倆。「嚇死我了！我一看見他掏槍，就衝了過來！」

蘇皓靖跟連薰予瞠目結舌的看著來人，就是這個人在剛剛撲向他們，將他們撞進烤玉米攤裡，否則說不定他們早就被射中了，問題是——

「羅詠捷？羅詠捷！」連薰予立即精神飽滿的開罵，「妳為什麼會在這裡！」

「啊？」羅詠捷眨了眨眼，「你們不是也在……」

「這裡不是觀光勝地啊！」蘇皓靖覺得頭痛，「蔣逸文呢？你們兩個……」話沒說完，右方馬路邊衝來了蔣逸文。「嗨，小薰，蘇先生，我們快走吧！他們打起來了！而且爭著要你們的命！」

「為了九期樂透這麼拚嗎？」羅詠捷邊喊著邊拉連薰予起來，「走了啦！」咦咦？連薰予被猛然拉起，踉蹌不已，阿瑋也在那邊要扶蘇皓靖起身，他根本不必人扶，拽過連薰予閃躲，其間不忘搜尋老闆娘的身影，砸了她攤子得還人啊！

「在那邊！」一個男人大吼著，非常直接持著菜刀殺過來。「這筆錢我要了！」

「都動刀了，再回旅館不妥。」蘇皓靖很快想到木製的旅館不耐打。

「去我家！」阿瑋立即回應，「左右護龍的鐵捲門都重做了！」

男人使勁扔過來的刀沒劈中任何人，準度很低，力道也不夠，就這麼落了地，同時還有另一個人從後奔來，一拳向後偷襲的揍了扔刀男。

「那是我的！三輩子花不完的錢！」

連薰予只能拔腿狂奔，雖然逃命中不該回頭，但她還是不由得想看看，想錢想瘋的人究竟有多少！為了錢財願意殺人的又有幾人！

好不容易到了阿瑋家門口，對面的珠敏姨居然已經在等待了，她手裡也握著水果刀，但手卻不自主的發抖，都還沒舉起，蘇皓靖便不客氣的直接朝她揮拳，把她打回家門口。

「妳這具屍體養得真好。」居然能躲過剛剛他與連薰予的力量。

不過話說得太早，女人撞上自己家門口的瞬間，頭就斷了。

阿瑋吆喝著蔣逸文幫忙把大鐵門關上，兩人一人站一邊，焦急的把沉重的大門闔上，羅詠捷則跑去幫忙，一邊唸著門做這麼重要死喔，還這麼難推！

「你砍了我一刀，他再砍我一刀，那錢算誰的？」連薰予卻突然往前走，自信滿滿的朝著追來的人大喊。「接著如果再有人砍掉我的頭，那下一個是要刺進我心臟才算嗎？錢是幾個人分？還是算最後一個人？」

放眼望去，令人心寒的有幾十個都是想要一夜致富的人，拿刀拿鋸子的，連鐵鎚的都有，比較有新意的是拿電鑽的。

「對啊，你們就算有本事殺了我們，怎麼樣算誰最後一個？」蘇皓靖也朗聲說著，「朝兩邊看看自己的競爭對手，我們沒這麼好被解決，而你們……只有一個人有辦法殺掉我們，一人獨享？還是均分？或是這麼多人一起上都不算？」

都不算？殺紅眼的人們開始面面相覷，是啊，論壇上沒提到怎麼分啊？是不是應該問那個女記者？

「如果都不算就糟了。」

「如果一起上，均分也沒關係吧，可以吃三代的錢耶！那有很多吧啊！」

「問題是誰知道怎麼分？如果你砍最後一刀，但其實我第一刀就殺死他們，註記了我的名字呢？」彪形大漢粗嘎的說，「中獎號碼就只有一個！」

蘇皓靖與連薰予緩步後退，默默的退進了阿瑋家的民宿裡，阿瑋及蔣逸文連忙把鐵門關上，咚鏘一聲，才讓疑惑中的人們回了神。

「啊幹！他們躲進去了！」一個矮個子即刻擎刀要往前衝，但下一秒居然被一把鐵鎚直接從後腦勺掄了下去！

誰要跟你分啊！

「你怎麼動手了！喂！」

「幹！殺人啊！」

外頭爭執遂起，與此同時，阿瑋家的鐵捲門全數放下，形成一個暫時的堡壘，但進入阿瑋家的蘇皓靖並無懈怠，就算沒有空房，也必須把左右護龍的連通門盡數上鎖。

「這是怎麼回事？」姑丈急匆匆的跑過來，「怎麼把門……啊！」

一看見連薰予他們，他登時愣住。

「把連通門關上，不能讓左右護龍的人過來。」阿瑋急忙喊著，姑丈一臉錯愕。

「什麼？……這、這確定？」他困惑不已。

「確定！快點！」阿瑋回頭就衝向右護龍，率先關上了右護龍的門。

連通門都因為改成民宿改變過，不再是普通木門，而是沉重的不鏽鋼門，關門上鎖，姑丈也趕緊跑過去協助，此時阿嬤像是聽見騷動慌張的進來。

「那A關門？系安怎？」

外頭敲門的聲音不斷，因為阿瑋老家牆加高了，不若以前那麼容易爬，但仍可以聽見刀劈鐵門的鏘鏘聲。

「瘋了嗎？」蔣逸文終於在大家穩定下來的這刻大喊，「殺人是犯法的！」

「三輩子，這筆錢誘惑太大，而且殺人又不會判死刑。」蘇皓靖冷冷的說，「這些人一定會用精神有問題來進行抗辯，畢竟待在這裡的每個人幾乎都陷入瘋狂。」

「也是有正常的人，像烤玉米攤的老闆娘，還有那些壓制開槍者的民眾啊！」連薰予覺得為錢發狂的就一部分人，「只是，只要理智，就拚不過瘋狂的人。」

「還有那、個吧？」羅詠捷緊張的問道，「快天黑了，如果有好兄弟或是屍變的人……」

「屍變的人我們剛剛差不多解決了！」蘇皓靖意有所指的說著，一邊不懷好意的瞄向連薰予。

她羞赧的咬著唇，「對，所以現在剩下的活人才可怕。」

「呃……那那些屍體爛掉後，原本在裡面的惡靈呢？」阿瑋弱弱的舉手問著。

蘇皓靖心痛的倒抽一口氣，這真的是他不想去思考的問題，他覺得現在沒有這麼多腦容量去考慮亡靈了，就算他們又找到身體附身，他們也沒辦法啊！

「你們為什麼會在這裡？」連薰予抓過羅詠捷就開始拚命的搖，「明知道這裡有問題，我是不是都有說！」

「呃呃嗚嗚哇哇喔……」羅詠捷被搖得說話都說不清了，「哎唷！妳等等啦！小薰！」

她用力撥掉連薰予激動的手，蔣逸文連忙上前拉過她，好讓連薰予冷靜。「別激動，我們還不是擔心你們？」

「擔心我們？」蘇皓靖微蹙眉，「哈囉？角色是不是顛倒了？」

「可是你們在這裡的第六感不強啊！」蔣逸文突然正色，「我們才想知道，你們為什麼要跑回這裡？不是說這裡極陰？而且最近發生這麼多事，就是個大陷阱啊！」

蘇皓靖在瞬間領會到了什麼，「為什麼你們會知道我們到奇蹟小鎮來？」

「陸姐跟我們說的啊，我嚇死了！」羅詠捷劈哩啪啦的滔滔不絕，蔣逸文連要掩住她的嘴都來不及。

厚！厚！連薰予氣不打一處來，她繃緊身子，雙肩高聳，兩拳緊握的開始在阿瑋家客廳走來走去，姊怎麼能這樣！她不讓她派任何祈和宮的人，她就讓羅詠捷他們來？比起來他們是普通人啊！

等等！普……普通人，不一定比有靈力的人差啊。

第十二章

「別誤會喔，小薰，陸姐只是跟我們說你們跑到這裡來，並沒有叫我們來！」蔣逸文連忙越描越黑，「是羅詠捷一聽說，就立刻請假過來的！」

阿瑋咯咯笑了起來，「啊你也剛好請假喔？」

「呃……」蔣逸文嗯了聲，已經漲紅了臉。「就、就……我也不放心她一個人來！」

「你們明明就一對，為什麼就是沒正式交往啊？」蘇皓靖覺得真是太奇妙了，「羅詠捷？」

「哎唷！這都什麼時候了，還提這個？」她噘著嘴，回頭瞥了眼蔣逸文。「就、就我覺得不急啦！」

「我很急。」蔣逸文突然誠懇的表示。

角落的阿嬤跟姑丈完全插不上話，默默的在一旁看著，櫃檯的電話開始響起，連通門也傳來了敲門聲，接下來就是姑丈的手機聲了。

「不是，阿瑋的朋友都在這裡……什麼？外面的人在砍我們家的門？」姑丈趕緊向沒來得及回來的姑姑解釋，而阿瑋則跑到櫃檯去解釋關門的事。

「現在有臨時狀況，是為了大家的安全我們先暫時關門，是，請待在自己房間裡。」

阿瑋再接另一支，「您好，現在外面有紛爭，為了保護大家才關門，請待在自己房內……唉！」

阿瑋索性把電話線拔掉，然後打開廣播系統。

因為聲音太吵，姑丈只好改用傳訊息的方式與姑姑溝通，而阿嬤也開始煩躁的拚命敲著枴杖，突然間，整個大廳變得讓人心浮氣躁。

『各位客人請注意，現在外面很危險，關鐵門都是為了大家的安全，請勿離開自己房間，等安全後我們會通知大家的。』

阿瑋廣播後，民宿裡傳來片刻的寧靜。

真的只有片刻，左右護龍的連通門開始傳來重擊聲，咚、咚、咚！

「呀！」羅詠捷輕聲尖叫，那聲音聽起來超可怕，像金屬碰撞聲！

「開門！喂！你們是不是想獨佔啊？」咆哮聲從另一頭傳來，「卑鄙無恥！那麼多錢應該大家一起分！」

羅詠捷愣愣的看向正被狠砸的門，「這裡也有想要殺你們的人！」

「你們不能待在這裡，太危險了！」阿瑋焦急的朝後方奔去，也就是他靈堂後方。

「等等我！」

姑丈一邊憂心的看著被砸的門，一邊看向蘇皓靖，眼神裡的情緒非常複雜。

「姑丈，朋友一場，請千萬不要輕舉妄動。」在蘇皓靖開口前，連薰予竟然先出聲了。「你動不了我們的。」

「說……說什麼呢？」姑丈話說得心虛，皮笑肉不笑的嘴角抽動著。「我沒要幹嘛啊！」

「我們並非你想的那樣弱小。」連薰予望著姑丈的雙眼，「好好照顧阿嬤就好。」轉過身，迎向羅詠捷充滿崇拜的眼神，她雙手都已經做出要鼓掌的姿勢了，她壓下她的手，難為情的回到蘇皓靖身邊。

「我的巫女大人，看起來真有點樣子。」他笑著低語，但滿是驕傲，前額輕靠上她的。

連薰予雖難掩羞澀，卻捧著他的臉，踮起腳尖主動啾了他一下。

啊……面對總是害羞的女孩難得的主動，蘇皓靖怎麼可能會放過這個機會呢！他歡愉的大方接吻，羅詠捷羞得即刻轉過頭，卻面對了正用炙熱眼光看著她的蔣逸文。

「別看！」她伸出手，遮住他的眼睛。

蔣逸文輕輕拉下她的手，滿是掙扎。「我究竟要怎麼做，妳才願意跟我在一起。」

我們不是已經在一起了嗎？羅詠捷憐愛般的撫著他的臉，彷彿一切都盡在不言中似的……

「喂喂喂！」擊掌聲傳來，「各位可以不要這麼誇張嗎？一批狗糧已經很難吃了，還兩對！」

阿瑋跑回來搖著頭，「你們現在越來越行了耶，都可以當外面那些聲音不存在。」

「重點？」連薰予淺笑著問。

「有後門，你們從後門離開，反正他們都認為你們待在民宿。」阿瑋已經想好了對策，在櫃檯裡翻找手電筒。「天越來越黑了，我們後面的路都沒有很好走，要小心。」

「可是——」阿嬤緊張的開口。

「沒有什麼可是的，我們現在沒有別條路了！幸好我們美和鎮是在山谷，環繞高山，後面都不是坡或山崖，全是上坡。」阿瑋找到數支手電筒，「基本上他們都聚在我們家門口，在前面很難瞧見後頭狀況。」

蘇皓靖看著遞到眼前的手電筒，有幾分遲疑。「家家戶戶都有後門嗎？」

「嗯。」

「那他們怎麼會不覺得我們從後門逃了呢？」蘇皓靖懷疑的問著，「後面的路聽起來更狹窄，如果他們在那邊堵我們的話——」

「也就沒辦法一群人進攻了，狹窄的道路只能一個個來，這樣更方便我們一個一個解決。」連薰予贊同阿瑋的接過手電筒，「謝了。」

「那要去哪？」蔣逸文提出關鍵問題，「離開阿瑋家後能去哪裡？回旅館？」

「回我們民宿啊！」羅詠捷雙眼一亮，「我跟蔣逸文都只是普通人，沒人想追殺我們。」

蔣逸文望著羅詠捷，只能苦笑。

「民宿的人會知道，早晚有人通風報信。」連薰予用力握住了羅詠捷的手，「真的很謝謝妳！但我現在只需要妳跟蔣逸文立刻馬上離開這裡。」

「不行啦，我們——」羅詠捷斷然拒絕，但即刻被蘇皓靖打斷。

「蔣逸文，交給你了，天黑後你們不能待在這裡。」他沉重的交代，「我剛已經聯絡送我們來的司機了，他會在上面那間山產店等你們，麻煩趁亂走上去。」

步行恐怕需要個三十分，但這點時間應該是夠了。

「不行！」羅詠捷再次搖頭，「我不能把你們扔在這裡，車都叫了，還是一起走吧？」

「你們會變成我們的弱點。」連薰予突然殘酷的說出了實情，羅詠捷當場愣住。

「對，只有我跟蘇皓靖的話，我們能自己想辦法；但你們什麼都不會，如果被挾持了怎麼辦？」

眼淚迅速在羅詠捷眼中累積，顯得無盡委屈。「我不是這個……意思……」

「你們打從一開始就不該來。」連薰予繼續冷淡的說，「拜託，快走。」

氣氛變得嚴肅，外頭卻益發熱鬧，無法破門而入的人們已經動手拆鐵捲門，他們打算如同屍變那夜般，拆掉鐵捲門後進入。

「不要獨佔！把人交出來啊！」

阿瑋緊張的聽著這聲響，阿嬤也緊緊握住枴杖朝外看。「姑丈，你帶路，立刻帶他們走！」

「是！」姑丈領著大家往後頭走去，「快跟我來！」

「你呢？」蔣逸文緊張的問向阿瑋。

「我待在這兒啊，能撐多久是多久，反正我都報警了，警察等等來就沒事了吧？要讓外頭那群瘋子以為你們還在裡面，你們才走得了啊！」阿瑋拍拍蔣逸文的肩頭，「小心點！」

蘇皓靖跟連薰予皺著眉看向他，「謝謝……」

「別謝了！快走了啦！」阿瑋推著他們往後去。

姑丈也在前頭催，事不宜遲，他們趕緊朝大廳後方走去，走到一半時蘇皓靖突然暗示蔣逸文跟羅詠捷走前頭，他跟連薰予壓後，情況緊急到沒時間爭執，總之他們便往靈堂後面鑽去。

靈堂後面有許多雜物，櫃子旁果然有扇小門，姑丈帶著大家躡手躡腳朝外走去，蘇皓靖卻突然回眸看了那被布遮蓋的靈堂一眼。

連薰予緊緊貼著他的身子，兩個人跟著魚貫走出。

天色昏暗，才五點這兒的天色就快黑了，地面泥沙甚多，各家各戶寬窄不一，連薰予想起老趙說過，家家戶戶後面的這些土地裡，都埋著前人的屍體，層層疊疊，而他們正踩著呢。

回頭看著離阿瑋家越來越遠，蘇皓靖喚住姑丈。

「姑丈，這路就一條，我們知道怎麼走，您快回去吧！」蘇皓靖禮貌的說著，「剩下的路我們自己來，別牽連到您。」

「不會，怎麼說牽連？這是我該做的。」姑丈竟然婉拒，「我還是得帶你們到安全的地方。」

「哪裡是安全的地方？」連薰予語氣幽幽，問得姑丈啞口無言。

「他們會去坐車，我跟她會回旅館，旅館就在前面，請放心。」蘇皓靖拍拍姑丈，並邊推著他回去。

姑丈很是掙扎，但最終拗不過他們幾個人，只得再三叫他們要小心後便折返了。

其實他們原本以為姑丈那種人會立刻說好，轉頭就跑，現在這般仗義還挺詭異的。

「等等不管發生什麼動靜，你們一路往前走就對了。」連薰予趕忙交代羅詠捷，「用跑的。」

羅詠捷很想說些什麼，但現在說什麼都是多餘，蔣逸文只得拉過她，不捨的跟他們無聲道別。

「會再見面的。」蔣逸文嚴肅的說道。

蘇皓靖凝視著他，微微一笑。「會，會再見面的。」

看著他們放輕手腳的奔跑離去，蘇皓靖跟連薰予卻誰也沒有急著移動，而是選擇在某戶人家後院靜靜待著。

這裡很安靜，除了後面有塊非常大的土地，立了塊刻著密密麻麻名字的墓碑外，騷動遠在數十公尺的阿瑋家外，屍變的屍體都已經回歸塵土，他們的不變反而能應萬變。

連薰予拿出手機，發了封預約發送的信件，非常簡短而快速，是留給陸虹竹。

「這麼悲觀啊？我們不一定會輸啊。」蘇皓靖失笑出聲。

「我們就兩個人，但外面是為了錢不惜殺人的傢伙。」連薰予仰望著灰暗的天，「記得曾看過某句話，沒有錢買不了的東西，只是價碼高低的問題罷了。」

「加上這裡的磁場多少也影響了他們吧？殺一個人換三代不愁吃穿，真是滿聰明的一步棋。」蘇皓靖的口吻裡倒是充滿讚賞，「之前讓亡靈出馬總是失敗，現在讓別人對我們出手，自己手上又不沾血，好像牢靠多了。」

「那個網頁裡列出不少人，其他人不知道怎麼了？」連薰予有點哀傷，其實下午他們親熱時，就已經看見血花四濺的世界了。

「沒辦法，這是他們的命。」蘇皓靖長吁一口氣，「另外，老趙的女兒已經死了。」

連薰予點點頭，她在剛剛也感受到了。「跟我們沒關係，她擁有原本的靈魂，又身處遙遠的地方，結果被多數邪靈入體的屍體反而撐得比較久，真諷刺。」

「惡靈也是有求生意志的啊！」蘇皓靖覺得這該表揚，「唯一幸運的只有真正復活的阿瑋了。」

「他真的就是個活人，不是屍變……呵，我真的很想知道那位室友是何方神聖。」連薰予笑裡都是惋惜，「之前就該認識一下，我們竟還勸他不要跟非人住在一起，以免會出事！」

「是出事了啊，看人家把好好一個車禍死亡的人復活了。」蘇皓靖闔上眼睛，泛起一抹笑。「連之前彭重紹他表姊在樓上出事時，我也沒感覺到，無緣得見那個『室友』，真的很遺憾……」

連薰予點點頭，「說的也是……」

貼著人家屋牆的她，突然緩緩往右轉過去看向蘇皓靖，見他從口袋裡拿出了一個裝酒的小瓶子。

連薰予張大嘴，但立即明白這是怎麼回事，姊到底給了他多少東西？

「效用不知道多長，但就一人一半，感情卡不會散！」他搖著酒瓶，率先喝下半瓶。

「超俗。」她嘖著聲，伸手要接過剩下的一半，但蘇皓靖卻笑著又喝下她的那一半。

「喂！蘇皓靖！」

他挑高了眉，伸手再度扣住她的頭，直接就往懷裡拉，親自餵酒。

唔……感受到流入口中的酒，還真是熟悉的味道，又是符水味！灌入嘴裡的是酒，可加了香灰的東西，再好的味道都會變得很糟。

酒已餵畢，但蘇皓靖沒有要離開的意思，順著香灰酒下肚，她突然覺得各種感覺都變得敏銳起來。

「皓靖……」連薰予心跳開始加快，瞪大眼看著他。

「好好趁機看看該怎麼辦，還有……阿瑋他們會不會出事？」蘇皓靖簡短交代著，再度開始深吻。

這種接觸方式實在令人尷尬，怎麼沒有簡單點的呢？

這是哪門子設定啊！

大量的影像再度破碎又片段式的闖入腦海，但都是剛剛在旅館時的詳細版罷了，一樣的血腥、一樣的瘋狂追殺，但是他們還看見更多的人……人與人之間的相殺？等等？為什麼？

「停！」連薰予別開頭，停止了深吻。「這裡會有屠殺嗎？」

蘇皓靖意猶未盡的舔著唇，「看來應該有，似乎是避不了的事，不過阿瑋不是報警了嗎？警察來的話……」

「我沒看到警察……不，他們不會來。」連薰予斬釘截鐵的搖著頭，「沒有警車聲，沒人會進來，沒人敢進來，他們想坐收漁翁之利？不，不……是因為——」

「警察根本不知道這裡的事。」蘇皓靖深吸了一口氣，衝口而出。

「天哪，剛剛才有人開槍……被掩蓋了嗎？」連薰予只覺得不可思議，「不可能每個人都見利忘義吧？」

咿歪，他們身邊的後門陡然打開。「因為打不通。」

咦！連薰予趕緊掩嘴，才避免自己發出尖叫聲，蘇皓靖即刻防禦，但開門的高大的男人卻皺著眉朝他們頷首

「不是每個人都這麼見利忘義，我們到這裡也只是圖一份夢想，但這份夢想不會用任何人的血去換。」頭上紮著紅頭巾的男人沉聲道，「我知道有票人目標在頭獎，但也

不一定保證中獎，如果你們有空看新聞的話，那篇文章的照片中，已經有幾個人意外身故，同時有幾個人手上股票大漲，也有人莫名其妙的得到龐大遺產。」

換句話說，錢不一定從彩券得到，但一定會得到。

「這下把傳聞坐實了呢！」蘇皓靖欽佩不已，「這樣就能解釋為什麼沒人懷疑我們可以讓人三代不愁吃穿了，因為不一定是彩券，畢竟就算連槓十期的金額也很難這麼威。」

「要躲嗎？」頭巾男打開門，「我們保證不是——」

「我相信你。」連薰予露出微笑，這裡非常乾淨。「但我們不能躲，我們有更重要的事情要做。」

男人的身後，有個小孩子在那兒偷瞄著。

「保護好自己跟孩子吧。」蘇皓靖交代著，就要拉連薰予離開。

「請等等。」男人卻喚住他們，「請問剛剛你提到的屠殺，是什麼意思？」

※　※　※

阿嬤將倒好的茶擱上櫃檯邊，謹慎的看著阿瑋，外面的嘈雜聲依舊，已經有人拿來電鋸，打算割開鐵捲門，住在民宿裡的客人想是用消防器卻砸不開連通門，便也加入外面的行列。

不過外面剛剛傳來爭吵聲，不是每個人都會輕易的被欲望驅使，鎮上聚集這麼多人，總是有理智型，出聲阻止只想要錢的這派，並在外面吵了起來。

阿瑋揉著下巴，面色凝重的走來走去。

「他們叫你回來，你就回來了？」阿瑋得用力深呼吸才能壓制怒火，「我讓你跟著他們的！為什麼不聽我的？」

「啊他們……就很堅持叫我走啊！那種局勢就是非得我離開不可！」姑丈焦急的解釋，「你別急啊，他們說要回旅館的！」

阿瑋冷不防的抓起剛倒好的滾燙茶水，就往姑丈的方向扔過去。「他們不會回去的！」

咚！杯子不偏不倚砸中姑丈的額角，阿嬤嚇了一跳，姑丈也疼得直撫額，蹲下身子。

「哎……」阿嬤趕緊趨前要察看，但只走兩步就回頭瞥了阿瑋一眼，滿臉戒慎恐懼。

「正常人都不會回去的，全世界都知道他們住在那裡，怎麼可能回去？」阿瑋氣急敗壞，「我要你跟著是有原因！」

「啊，他們會不會跑了？跟另外兩個年輕人一起坐車離開？」阿嬤也擔憂起來。

「應該不會——」阿瑋緊握雙拳，瞪著撫著淌血額角的姑丈。「最好不會，不然你就得祈禱了，姑丈！」

「放心好了，不會的。」

聲音驀地從靈堂後傳出，連薰予噙著笑走了出來。

阿嬤驚嚇般的立刻回身張望，伸手要拄枴杖，卻發現……她枴杖放在廚房了！驚慌的雙腳一軟，姑丈連忙上去攙扶。

「媽！妳A枴仔咧！」

阿瑋完全愣住，看著走來的連薰予。「我的天哪！小薰，妳為什麼還在這裡？」

他著急的迎上前，但後面快步跟來的蘇皓靖飛快的拉回連薰予，還伸長手叫阿瑋止步。

「欸，別對別人的女朋友這麼熱情，退後！」蘇皓靖牽起連薰予的手，像宣示主權似的，越過阿瑋看著姑丈正攙扶著阿嬤，緩緩的往沙發那兒走去。

「蘇先生……」阿瑋向後再探，沒見將逸文的身影。「你們不是走了嗎？他們已經有電鋸了，鋸開是早晚的事耶！」

「沒辦法，因為太擔心你了。」連薰予滿是歉容，笑容溫婉。「不能再放你一個人在這裡，不能再讓你為我犧牲一次！但我感受不到你，這真的叫我心慌。」

阿瑋吃驚的略啟嘴，順著連薰予的前進逐步後退。

「雖然身為男友並不喜歡女友為另一個男人感到慌張，但是……唉，我也感受不到你的情況，所以不得不回來看啊！」蘇皓靖一臉無可奈何，「要是你又出了事，這份人情太大了。」

「哎呀，我沒關係啊！而且你們不是說我老家會讓你們第六感鈍化？」阿瑋急得直撓頭，「你們、你們何必再為了我——」

「阿瑋。」連薰予溫柔的打斷他，「為什麼，我們從來感受不到你呢？」

咦？阿瑋的手還在抓頭，愣愣的看向連薰予。

「對啊，我們想起來，我們的直覺從未感應過你身上的事，就連你在鬼月招惹到什麼時，我們也都沒預感！每次感受到的都是你同事或朋友。」蘇皓靖走到櫃檯前，看到一地碎片，再轉向按著額角的姑丈微微一笑。

「還有你所謂的室友，我也從未感應過，不管是在你家門口，或是你家樓上，那可是鬼啊，那麼的近，我卻毫無所感？」連薰予依舊笑看著阿瑋，但淚水卻緩緩從眼角落下。「你跟我姊一樣呢！我的第六感從來無法感知她的想法與行動。」

她是笑著哭泣的。

阿瑋是她的大學同學，他們大一就同班，雖然關係一般，但畢業後，卻意外的繼續當朋友，實在是難得的緣分……但如果，這個緣分是刻意的呢？

「這邊沒傷藥嗎？擦一下吧！」蘇皓靖在另一頭跟姑丈閒聊，「阿嬤，妳也別裝了，我知道妳身子硬朗得很，用不著枴杖了！嗯……是他復活後好的嗎？」

「哈、哈哈！」阿瑋原地轉著，輕快的移動。「你們是怎麼了？出去一趟回來就變這樣？」

「你是那個室友還是阿瑋？」蘇皓靖開門見山，「阿瑋應該在車禍裡就死了吧？你利用貓跳棺的方式接管了這具身體——不過卻沒有腐爛，這點實在太神奇。」

「你們到底是怎樣啦！」阿瑋皺起眉，左右來回望著他們兩個。「我就是阿瑋啊，為什麼好好的突然懷疑我？小薰，我們是同學，我才救過妳——」

「你就是所謂的對立面嗎？那個黑暗。」連薰予拋出一句話，緊接著轉身走向被黑布覆蓋的靈堂。

「小薰！」阿瑋突然跳了起來，直接追上前要阻止連薰予。

蘇皓靖飛快的上前阻止，打橫手臂從斜後方欲擋下阿瑋，阿瑋卻突地俐落回身一個肘擊，在蘇皓靖出掌擋下的瞬間，他曲膝向上踢去，也虧得蘇皓靖出腳勾住他的腳踝，抵銷那股力量。

兩個人招招對峙著，誰都沒攻擊到對方，雙雙互扣的同時，連薰予已經一把扯下了靈堂上的黑布！

「啊！」阿嬤嚇得冷汗直冒，看著灰塵飛起，黑布落地，靈堂沒有變，熄去的蠟燭或電子蠟燭依舊完好，空著的花瓶等待著鮮花置入，只是正中央本是阿瑋的照片，現在擺放的是兩幅照片。

連薰予與蘇皓靖的。

蘇皓靖正扣著阿瑋的手臂，兩個人算是纏在一起了。「阿瑋，我們沒有懷疑你，我們是已經確定是你了！」

連薰予看著靈堂上的照片，這與被發在網路上的照片一樣呢。

阿瑋倏地收手，與蘇皓靖相互鬆手同步後退，彼此拉出一段安全距離後，阿瑋重重的嘆了口氣。

「阿嬤，茶！」他嘖了聲，「為什麼會發現？這不合理啊，我明明盡最大力量遮蔽你們的第六感了。」

呵，剛剛阿瑋要姑丈帶他們離開時，姑丈回應的那聲「是」，是讓他串起一切疑心的關鍵點。

「你的確屏蔽了九成，但再怎樣還有一成。」蘇皓靖聳了聳肩，「祈和宮還是有方法可以片刻增強的。」

阿瑋若有所思，像是突然明白了似的，輕哦了聲。「原來……不過怎樣都不該懷疑我吧？因為我不可能是那個人！」

「就算現在我也不想相信！」連薰予悲傷的喊著，「但是我就是感受不到你啊！」

「你的防備過度了！因為你害怕，所以我們的第六感絕對不能用在你身上，你怕會曝光，或是你室友害怕……總之，你就跟陸姐一樣，因為擔心曝光所以全面防堵，結果反而露出馬腳。」蘇皓靖大方的摟過連薰予，「我們兩個在一起時的直覺是跳躍增幅的，更不可能感受不到你——會讓我們感受不到的就一種：恐懼者。」

不管是如同陸虹竹害怕曝光洩露身分，或是潛伏的「黑暗」。

「之前每次事件都跟你有關，或近或遠，不管繞多少彎，我們的直覺也從未感覺到你……你的家、你的室友。」連薰予痛苦的沉下眼神，「所有！」

「哎呀！」阿瑋萬分遺憾，接過雙腳健全的阿嬤遞來的茶。「我以為你們不會注意到的，上次我被捲進鬼月禁忌時，你們都有感受過我那些同事啊，真煩！」

喝了口茶，阿瑋依舊是那個阿瑋，外表完全沒變，表情依然輕鬆，但眼神已不復以往。

「所以你是人嗎？」連薰予再問。

「是，貨真價實，陸姐不是讓人帶我去醫院過了嗎？」阿瑋張開雙手，「歡迎親自過來檢查。」

連薰予用力抹去擠出的淚水，訊息量一時大到她無法負荷，換句話說，從大學開始，阿瑋就是有意接近她了。

「不是從你死後是個局，是從大學開始就是個局了……你在我身邊這麼久，多的是機會殺我，沒必要這麼拖拖拉拉的！」怒火開始竄燒，連薰予深深覺得被騙了。「有必要耗到現在嗎？」

「因為那時我還不是我啊，你們以為只有你們會拆分嗎？」阿瑋竟也一臉惋惜，「我也很無奈，但是我一直到醫院才正式遇到我的另一半！」

咦？蘇皓靖聞言相當驚愕，醫院……是之前連薰予去探病時，曾有同學犯了探病的禁忌而招惹了在醫院的惡鬼，也就是那一次，某個亡靈從醫院跟著阿瑋回家，從此成為他的「室友」。

「你就是室友！一直跟在阿瑋身邊是在等機會……哦，話說回來，彭重紹也是你介紹的，涂靜媛的臨時居所也是你建議的，小薰遇到的各種事情，多少都跟你有關。」蘇皓靖突然深感佩服，「也是辛苦了耶！這麼用心。」

「好說！但我每次那麼認真的設計，也說好了讓那些死靈對付你們，每個都跟我說好，但沒有一個成功的……一群成事不足、敗事有餘的傢伙。」阿瑋滿臉怨嘆，「我最最最寄予厚望的就是你朋友的新居，入厝那件事記得嗎？我的前一代利用柯茂軍拿全家的命生祭了，居然只傷了你們幾滴血。」

連薰予雙拳緊緊握著，青筋都暴突了，但開口時還是維持平穩的語調。

「所以阿瑋的靈魂已經不在了嗎？」她不能有一絲哽咽。

「嗯……不在了，他為了救妳而死啊，不記得嗎？身體都撕開了，很可憐呢！」阿瑋刻意提醒，「不過能為了喜歡的女孩而死，應該死而無憾吧？」

蘇皓靖漠然的瞥了眼連薰予，阿瑋現在開口閉口提救命之恩，他有些擔心小薰會受到影響。

「好了，現在事情到這地步了，大家也不必藏！她是光你是暗，打算怎麼辦？」蘇皓靖擊了響亮的掌，「設計這麼大的陣仗，就是要害她嘛！」

「誤會，我覺得這有點誤會！」阿瑋朝靈堂走來，蘇皓靖再度叫他站住。「好，我就站這兒講！為什麼擺兩位的照片，因為還沒走到最後啊，其實你們兩個死一個就好了，都死了我也無趣。」

連薰予失聲而笑，無趣吶。「要謝謝你嗎？」

「我們是共生的啊，有光才有暗，祈和宮那些老太婆沒跟妳提嗎？沒有光就不會有影子的！」阿瑋誠誠懇懇的解釋，「我上一世很認真的談戀愛，我也真的很喜歡她，這份感情延續到現在，所以阿瑋或是我始終都對妳有好感，覺得共生沒什麼不好的。」

蘇皓靖一點都不想聽，只是用一種你是在練什麼肖話的臉瞪著他，連薰予有男友了！

「說什麼廢話，一會兒說要共生，一會兒又說我跟蘇皓靖死一個就好，你的目標是我！」連薰予扭掉搭在肩頭的手，大步向前。「有本事衝我來，別動蘇皓靖！」

阿瑋一時困惑，看著盛氣凌人的連薰予，再看向她身後的蘇皓靖，突然覺得莞爾。

「我的天哪！妳到現在還沒搞清楚啊？」阿瑋嘲笑般的鼓起掌來，「哈哈哈，虧我之前還覺得妳超厲害的，也學我分裂靈魂，結果妳居然不知道？」

分裂？連薰予一怔，阿瑋剛說了什麼？

『你們以為只有你們會拆分嗎？』

她震驚地回頭看向蘇皓靖，他略帶無奈的頷首。

「我不知道喔！我只是略有感覺，但這種沒有得到實證的事我不敢說，也說不準。」蘇皓靖誠實以告，「我的確覺得我們的接觸能讓第六感加大這件事很怪，而且妳的力量也沒祈和宮那些人說的強大……」

一個以第六感為主的巫女卻比他還弱？可是他們接觸越深入力量卻越大？他一開始就想過該不會是能力被分散了吧？接著又想過靈魂拆開的可能性，不過他覺得自己就是個個體，而且跟連薰予性格不一樣啊，大家都有獨立靈魂……這有點矛盾吶！

「所以我們是……同一個靈魂嗎？」連薰予緊皺著眉，「這不可能，太誇張了！」

「不會啊，妳眼前就是一個例子啊。」阿瑋轉了個圈，「我掌管了所有負面與不滿，另一個阿瑋則是樂觀和正向，不然——妳真的覺得一個從小做事必失敗的人，心理素質這麼強大喔！」

做什麼事都失敗，好的沒有壞的一堆，喜歡的女孩不敢告白，又被條件這麼好的人搶走；人生一直都是屋漏偏逢連夜雨，有誰能每天遇到這種事還真的天天向上？這種人多半都是苦往肚裡吞，強硬忍耐，表面裝作不在意的樣子，壓抑著情緒罷了！

而這些負面的東西就全部由另一個靈魂承擔，否則阿瑋早就瘋掉了。

不……不會的！連薰予用力的搖頭，她不想相信這個阿瑋說的話，他如果是那個邪惡的黑暗，講的話就不可能是真的！因為他要的是他們的消失……其中之一的消失！

「如果你希望我跟他互相殘殺，你就太傻了，不可能的。」連薰予重新站到蘇皓靖身邊，「你打算停手嗎，吳家瑋？」

吳家瑋凝視著他們，露出了「還真是蠢貨」的笑容，朝空中一彈指，駭人的機器音頓時傳來——嗶！

姑丈早就在鐵捲門開關旁等候已久，等阿瑋一聲令下，即刻將門升起。

「雖然大家好像都說景氣很好，但現實就是薪資追不上物價，每個人都生活得很辛苦呢！」吳家瑋堆滿笑容，「給大家一個幸福的未來吧！就算造福大家嘍！」

「走。」蘇皓靖即刻將連薰予往靈堂後的後門推去，但眼神沒有離開過吳家瑋。

那不帶情感的眼睛，為什麼他們一直都沒有感受到？不愧是與巫女對立的存在。

「相信我，人永遠比鬼難對付太多了。」吳家瑋的笑聲從後面傳來，「你們能驅鬼，但要怎麼驅人呢？」

惡鬼的襲擊可以用法器、咒文逼退傷害他們，甚至能運用各種力量制伏，逼他們魂飛魄散都沒問題，但人呢？有個人拿著刀子朝他們身上砍時，他們只能採用物理攻擊。

不回擊回砍，要怎麼活下去？

「姑丈，扶著阿嬤坐，別起身。」他轉而面對門口，此時的鐵捲門已捲起過半，一堆人在外頭猛敲著門。「來了來了！大家不要急！」

吳家瑋連忙上前到門邊，請大家退後點，瞧著外頭略靜下後，這才把門打開。

「不急不急——大家先聽我說，他們不在這裡了！你看，他們把我姑丈打傷，還推倒我阿嬤跑了。」吳家瑋一臉憂傷，無辜。「唉，大家怎麼傷得這麼重，你們互砍沒有意義啊！」

「他們跑了？跑多久了？去哪裡？」

「再怎樣就一條路，他們要出鎮嗎?」外頭有人大喝著，「快追。」

原本在這群人後頭的人，反而奪得先機似的，轉頭就跑，接著一堆人急著回身都要擠出他們家了。

「大哥大姐冷靜點啊！如果真的有那麼多錢，大家合作均分就好了啊！」吳家瑋不忘追出門口喊著，「合作才能得利啊，不然，萬一全落空就得不償失了！」

幾個跑最後的男人紛紛回頭，他們都是剛剛站在最前頭的兇惡之輩，吳家瑋的話進入他們的腦、他們的心與潛意識，因此手上的兇器握得更緊，人也火速衝出。

與此同時，不遠處傳來了響亮的貓叫聲——

「喵！」

屋頂上曾幾何時滿布的密密麻麻的貓，一同追著正在狂奔的連薰予他們叫著。

喵——他們在這裡！

第十三章

只有一條路的地方真的很爛！蘇皓靖在心裡忍不住抱怨，不管大路還是後門，就只有一條啊，他們能做的只有跑得比那些人快而已……問題是——前方某戶人家的後門突然大開，衝出一名持球棒的少年，外加拿著床單的母親。

不是只有追他們的人才想要他們的命啊。

見到有人要攔截，蘇皓靖自然停下腳步，但後有追兵，他們現在唯一的選擇就是左拐兩間屋子中的迷你巷到大路上去！

「我們不會殺你的！」母親柔情的說，「就只是讓你受個傷，醫藥費我們會負責的！」

連薰予真不敢相信有人能說出這種話來，「謝謝喔！」

找了處至少一人寬的防火巷奔出，他們順利逃回大路，但持球棒的少年跑得非常快，兇狠異常，一臉志在必得的模樣，輕易的追上連薰予！不過在他球棒揮下前，球棒突然恍惚間就到了連薰予手上。

「對不起了。」她沒有遲疑，拿球棒尖端朝少年的鼻粱狠狠砸下去！

衝出大路時，一整票追殺者已經距離他們只剩十公尺，果然不能小看一個人想發財的衝勁啊！

「在那邊！」最兇狠的鬍子男手裡只握著一支粗大鐵鎚，「大家留意，均分才有希望！」

「誰要跟你們均分啊！」

「不均分的話，他們逃掉誰都別想分！」

回旅館嗎？連薰予腦子飛快的轉著，貼滿符文的符防鬼不防人，沒有用……回旅館只會把自己困在籠子裡！啊！

前方的蘇皓靖戛然止步，連薰予差點直接撞上，他沒有回頭，反手就拉穩了她。

因為這是個略往右彎的彎道，他們一彎過來，就發現前方居然早站了另一票人，手上的武器一個比一個厲害，甚至比後面的追殺者看起來更可怕，幾乎都是自家營業用的東西……天哪！

蘇皓靖看著正中央的一名阿姨，手裡拿著擦到晶亮的大刀，她絕對是賣水果的。

「請快過來！」大刀姨粗嘎的吼著，「到我們後面去！」

開玩笑吧？蘇皓靖正打量左右兩方的攤販區，這些攤子的帆布後應該就是埋前人的土地吧？

鬍子男追上，一看見前面這票陣仗都愣住了，跟著止步。

於是，兩隊人馬就隔了區區三公尺遙遙相望，而連薰予與蘇皓靖尷尬的卡在中間。

「均分！」鬍子男發出訊息，「我們所有人，按戶均分！」

「可以吃三輩子的錢，那是幾百億元，今天你一刀我一刀的，要怎樣去計算他們是屬於誰的？」電鋸男跟著大喊，還揚起手中的樂透。「我們派一個人幹掉他們，以血換錢，明天就去買彩券！就這一張！」

蘇皓靖與連薰予相當滑稽的背對面，原地轉圈，活像在拍電影！

「笑死，那萬一獨得的那個人不分錢怎麼辦？」

蘇皓靖同時留意到了四周環繞的山……鎮上就一條路，根本沒地方逃躲，但往山上是不是就不一樣了？

他們只要越過了各家的後頭土地，拚命往山上爬就好了……那個讓靈司的人消失的地方。

「誰跟你們一樣喪心病狂？你們在談的是殺人耶！隨便亂殺人，然後期待不一定會有的中獎？」大刀姨滿臉嫌棄，「那個女記者亂寫的東西，她就是……被附身的惡鬼！我們剛剛去看了，她房間裡就剩一堆解體的屍塊了！」

「那是真的，她沒有亂寫，你們沒看新聞嗎？那份名單上有人被車撞、也有被推下月台的，加害者的確得到錢，而且都很大筆！」追殺者信誓旦旦，「你們查一下新聞就知道了！」

「查過了！」大刀姨那邊另一個粗獷男人卻搖著頭，「所以你們就真的要這樣殺人？你們有問過這兩位嗎？他們是無辜的啊！」

「我們也是無辜的啊！我過的是什麼日子你知道嗎？我老公死了之後被貓跳棺，我知道那裡面不是我老公，但就算是行屍走肉也比我原本的老公好！至少他可以換錢回來！」

「對！我們過得很辛苦啊！我家的收入沒辦法養全家啊！」

「我雙薪拚得要死要活，連棟房子都買不起！孩子要補習要保險的多難捱！」

「我孩子生病了！我拿不出醫藥費啊！」

追殺者你一言我一語，每個人彷彿都是世上最不幸的人，他們就是需要錢、想要錢的欲望凌駕於所有，有錢就能讓生活變好，這是他們的希望。

而且，這都不是空想，在這個奇蹟小鎮上發生太多次了，家人的傷亡也的確帶來財富，更別說論壇文章中那些「福星高照」者已經為他人帶來大筆財富，所以現在有兩個閃閃發光的金塊在這裡，他們怎麼能遲疑？

「那也不關他們的事啊，憑什麼他們就要犧牲？」剛剛的紅頭巾男人滿臉的不可思議，「你們在奢望不屬於你們的錢財，然後不惜殺人犯法？」

「一條命吃三輩子，非常值得！」鬍子男咆哮著，「況且我們只要處理妥當，誰也不會知道他們的事，自然就不會有命案！」

一個想法閃過連薰予的腦中，她默默按壓口袋，手機還在呢。

「你們簡直喪心病狂！要讓我的家人用殺人得到的錢，他們也不會要的！」大刀姨義正詞嚴。

「假道德！妳會說那些話，是因為手上還沒捧著錢！」

「你們兩個還站在那邊做什麼？過來啊！」大刀姨這方朝連薰予喊著。

別開玩笑了，失去第六感的他們，完全無法判斷大刀姨這方是敵是友啊！

「哎唷！」大刀姨身後突然鑽出一個女人，焦急的衝過來。「都什麼時候了，快點到最後面去！」

烤玉米攤老闆娘？連薰予尚在遲疑，蘇皓靖已經一個箭步上前擋住了老闆娘，但這一動，卻讓鬍子哥等追殺者瞬間瘋狂，大喊著就衝上來。

「不是每個人都是壞人！不是每個人都會為了錢不擇手段！」烤玉米攤的老闆娘反手抓住蘇皓靖的手，往大刀姨那邊推。「你們快點跑！」

咦？連薰予也被推著走，而大刀姨這堵人牆飛快讓出一條路，讓他們通到最後面。

這就是大屠殺的預感！

「不行！你們不夠狠，會被他們傷害的！」連薰予意欲止步，但蘇皓靖突然回身抓過她的手，不顧一切的往前拖。「蘇皓靖，他們會受傷，會……」

會死的！

「但要我們看著這群瘋了殺人，做不到啊！」烤玉米攤的老闆娘一路陪著他們穿過人群，每個人都緊張的拿著自己吃飯的傢伙吆喝，氣勢一點都不輸人。

「我們擋著啦！他們不會對我們怎樣的！」幾個大叔拍拍胸脯保證著，「死神經病……」

「我們報警了，等等警察就來了！」

不，他們不會來的，只怕連接電話的都不是真的警察，而是吳家瑋給的假象。

大刀姨這邊也有幾十人，人數是比鬍子男那邊多出許多，但如果他們沒有殺心，是敵不過那些為錢發狂的傢伙的！連薰予突地握住玉米姨的手。「開直播！直接把現場上傳到網路上！」

「咦？」玉米姨愣住。

「他們以為在鎮上發生的事神不知鬼不覺，你們就開直播！沒有網路就開錄影！」

連薰予被蘇皓靖拖著往前跑，「一定要留下些什麼！」

他們到了人牆後端，眼前就是條無人大路，再往前跑二十分，會看到往右上坡的馬路，就能離開美和鎮了；玉米姨推他們往前後就回身回到人牆去，而蘇皓靖從頭至尾沒有停下腳步，一路拉著連薰予往前狂奔，在某處突然左拐進入小巷，結果折返回奔。

他們不可能離開鎮上的，既然出去只有一條路，吳家瑋也知道，絕對設有陷阱，他們沒必要自投羅網！

慘叫聲開始傳來，咆哮與械鬥聲同時響起，電鋸聲令人膽寒，在奔跑的過程中，他們從每戶間偶有的小巷望出去，看見的淨是互相殘殺，鮮血四濺。

他們在殺人，那群人不只是要殺他們，他們現在是要殺掉所有能阻止他們獲得財富的人！

金錢，如此迷人吶！

天色更黑了，他們幾乎要看不見路，大路中間的路燈亮了起來，而每戶人家屋後的路卻顯得有點陰森且黑影幢幢。

「就這裡吧！」蘇皓靖找了處較平穩的坡度，「我們要爬上去。」

連薰予氣喘吁吁的看著因天色暗去而成了大片黑影的山，也只能點頭，現在山上比山下安全多了。

他們踩過埋有大量「前人」的土地，從背包裡拿出手套與安全索，他們當然準備妥當，怎麼可能毫無準備就深入虎穴呢！

「我走前面。」蘇皓靖打算開路，卻有點不安。「妳要踩穩啊，這裡這麼陡，我怕妳滑下去……」

「別開玩笑了。」連薰予堅定的看著他，「這幾個月來我是特訓假的嗎？」

搬出來後，她持續重訓與特訓，不曾間斷過一日，為的就是不要成為任何人的絆腳石！至少，不能再有下個彭重紹！

坡體斜度有四十到五十度，他們不能亮手電筒，只能踩穩腳跟，抓著樹一步步往上爬，紮實的訓練第一次讓連薰予感受到成果，當她越爬越高而不覺得累或需要依賴人時，就感覺非常欣慰。

但回頭望向下方那條通亮的道路，這麼遠，都還是能聽見廝殺聲。

「啊！」前方的蘇皓靖腳一滑，幸好雙手隨即穩住。

「還好嗎？」連薰予趕緊抵住他的身子，以防他往後倒。

蘇皓靖沒說話，因為他用來煞車的手沒入落葉土堆裡時，掌心好像摸到了……人的五官。

「小心腳邊。」他沉下嗓音，「這裡可能滿山遍野都有屍體。」

連薰予瞬間打了個寒顫，「沒、沒有味道……」

「屍臭會引來警察，吳家瑋不傻。」蘇皓靖穩住重心，持續往上。「我們等等到前面休息一下，然後得找個較平的地方休息躲藏。」

「……好。」她懷疑會有這種地方嗎？白天時的記憶告訴她，這裡只有高聳的山而已啊！

蘇皓靖開始轉向左邊走，他們越來越遠離了主街的方向，而是朝著吳家瑋家的方向走去，當連薰予靠在某棵大樹邊稍事休息時，腳邊的土裡好像有一隻手。

「希望我們下午的淨化能力，有把這裡淨化徹底。」她無力的說著。

「妳覺得呢？」蘇皓靖無奈的笑著，事實上在這直覺鈍化的時候，他依然覺得這片山令人毛骨悚然。

他們漸漸聽不見美和鎮上的聲音了，但卻聽得見風聲裡帶著哭聲。

「走吧！我不信吳家瑋會這麼好心給我們時間。」連薰予深呼吸幾口氣後，背靠著樹幹準備起身。

然後，一個毛毛的東西，從她的後頸項掃了過去。

「唔──」連薰予嚇得往蘇皓靖那邊跳過去，他及時穩當的接住她，抬頭看著一抹影子從樹上唰的遠離。

「糟了！」是惡鬼嗎？如果他們跟吳家瑋通風報信的話──

剎——說時遲那時快，那跳離的影子發出驚恐的叫聲，然後被釘上了就近的一棵樹幹上！

沒敢開手電筒，今天可不是月圓，這種幾乎伸手不見五指的漆黑中，他們都能遠遠的從側面看見有顆頭顱被一支箭矢釘在樹上。

只是，聽著遠處的窸窣聲，卻讓人湧起更大的恐懼：有人在這裡！

「快走！」蘇皓靖用氣音穩住連薰予，讓她向左繼續移動。

由於山勢甚陡，但他們已經發現只要從樹的上方走，就可以利用樹的阻擋減緩地心引力，只是再如何便利，還是有人追上來了啊！對方太輕巧了，為什麼可以移動得這麼快？

蘇皓靖不是沒帶武器，只是非到萬不得已，他也不想傷人！雖然陸姐給他的刀除了可以砍鬼，也能殺人。

身後的沙沙聲又急又快，那速度比他們快上太多了，蘇皓靖不得不抽刀準備，他現在就在小薰身後，而來人的確是從後方追來的，不管是什麼，都不會讓他碰小薰一根寒毛！

「啊！」連薰予本想踩過一棵樹跳往前，結果那棵樹體太滑，她直接一腳踩空！

小薰！蘇皓靖趕緊伸手抓住她的手，連薰予半懸在空中，腳連忙找立足點，右手也試著攀住就近的樹幹，待她穩住後，蘇皓靖準備將她拉起之際，耳邊卻聽見了那極為靠近的足音。

「還好嗎？」來人緊張的喊著，蘇皓靖舉起的刀怔住了。

接著另一隻手也向下握住連薰予的左手腕，「站穩了嗎？一二三起來喔，一、二——」

連薰予都呆住了，他們一起用力，重新踩穩上去，這次她不敢再碰那棵樹，而是偎向蘇皓靖，與他共享一棵樹，靠在那樹上撐著。

「這邊很暗，照不到光，所以樹幹上容易生苔蘚，就會超滑，盡量不要踩。」對方手上拿著罩有紫黑玻璃紙的手電筒，「妳看！」

波長如此短的光源，的確照不遠，但是卻勉強看得見樹幹上的苔蘚。

以及來人的模樣。

「為什麼？」連薰予連聲音都在顫抖了，「為什麼妳會在這裡？」

「嗨。」她笑了起來，「祈和宮護衛司羅詠捷，在此為您服務。」

※　※　※

護衛司是什麼東西？她不懂，但是她聽到祈和宮，羅詠捷是祈和宮的人——打從一開始，她就在她身邊！

「我的天……」連薰予無法壓抑滿腔怒火，「我身邊……我身邊到底都是些什麼人？蔣逸文呢？」

「他真的是普通人。」羅詠捷有點無奈，「小薰，我比妳早進公司耶！」

「但是……但……」連薰予一時語塞，對啊，羅詠捷比她早進公司兩年。

「妳那份工作是自己找的嗎？」蘇皓靖非常好心的突破盲腸。

連薰予當即翻個白眼，是姊幫她找的！

「妳也是個局……到底在我身邊有多少——真的要害我好像太容易了，大家都能潛伏在我身邊——」連薰予倏地看向蘇皓靖，「你是什麼要不要交代一下？」

「我還沒怨妳咧？我比羅詠捷還早好幾年進我公司，而且我離職後是妳硬出現纏著我的好嗎？」蘇皓靖故意學她的語氣，走在前頭的羅詠捷低聲笑了起來。「妳傻吧，妳身邊這些就是以防妳出事的吧！」

「蘇帥哥正解。」羅詠捷開心的回頭說著。

羅詠捷帶路，她說她早就找到躲藏處了，而且她在這陡峭的山林間健步如飛，除了有雙特殊的登山鞋外，全身上下都是特殊訓練的產物，肌肉極其發達，而且非常熟悉這裡。

所以她帶他們走較平緩的路。

「妳來這裡幾次？」蘇皓靖好奇的問，燈不用打卻輕車熟路。

「基本上阿瑋離世後，凡是假日或特休時我都過來，小薰知道我的假表，靈司的人覆沒後我也來過幾次，因為我覺得小薰一定會再來。」羅詠捷真不愧是閨密，知之甚詳。

「我沒有靈力，所以這邊於我沒多少影響……嗯，我有法器跟佛印，所以遇鬼不怕。」

連薰予的呼吸很大聲，拚命的喘大氣，不是累，而是怒火中燒。

他們爬得更高了，但是在一處漸緩的小徑上，終於出現了幾塊大石跟平坦的地面。

「就這裡，因為這邊有大石，所以周遭樹不多，我都砍掉了。」羅詠捷滿意的比劃著，「而且這裡很高，屍變後的屍體根本爬不上來。」

「惡鬼呢？例如剛剛……」

「大部分的死靈、惡靈你們下午就淨化掉了，剛剛那些就是僥倖躲過的……」羅詠捷有點為難的說，「不過都是心有不甘，因為被家人殺了拿去換錢。」

什麼？連薰予嚇了一跳，「被殺……」

「好幾個，還有被騙來的外甥或姪子輩的，他們的家人可能以為孩子還在這兒等發財，卻不知道已經埋在哪邊了。」羅詠捷相當無奈，「為了錢，人真的可以六親不認呢。」

「聰明啊，不殺自己親近的家人，找遠親下手耶！」蘇皓靖也不得不說，人們為了錢也是能想到各種花招的嘛！

「小薰，你們應該有帶帳篷吧，就在這裡搭一下，捱過今晚。」羅詠捷一邊說，一邊從包裡拿出一捆繩子。

紅橙黃綠藍靛紫，七種顏色。

「婆婆身上的繩子？」連薰予驚呼出聲，「她們……」

「她們沒事，這是很重要的法器，所以交給我帶來的。」羅詠捷起身，「請待在中間點，搭好帳篷，我這裡有麵包飲料，先吃點充飢。」

羅詠捷禮貌的頷首，起身後走到外圍。

連薰予看著她熟練的拿出紅繩婆婆的紅色繩子，開始繞在樹上，一棵接著一棵，剛好可以把她與蘇皓靖圍在中間；她從來不知道婆婆身上的繩子有這麼長？它們像自動延展般，完整的繞一圈後，讓羅詠捷綁在起點的樹上。

蘇皓靖讓她別說話，因為羅詠捷相當專注，口中還唸唸有詞，只怕有對應的咒文吧？他則從背包裡拿出折疊壓縮帳篷，鋪設在中間平坦處，他甚至發現土裡也放了驅魔之物，看來前置作業羅詠捷都做足了。

他與連薰予身上都帶著必備的物品，像連薰予背包裡就是軟墊，至少鋪在帳篷裡不會這麼硬，水跟乾糧自然必備，符咒跟法器現在用處不大，因為連殺人都敢了，怎麼可能怕神佛？

羅詠捷走著特定步伐，慢慢的繞著，直到他們周圍的樹幹繞出了七彩彩虹為止。

「好了，這些能夠阻擋各種魍魎魑魅或是邪鬼感應到你們，是一種障眼術，婆婆說也能擋住黑暗。」羅詠捷愉快的彎腰進入，「至少能維持三、四個小時的時間，但再多就無法保證，因為不確定這一世黑暗的力量多大……」

「妳知道黑暗在哪兒嗎？」連薰予小心的問。

「……我知道在這裡，一定是在這個美和鎮上，不知道潛伏在哪裡，為的就是要置妳於死——」

「是阿瑋。」

「——地……」羅詠捷愣住了，「什麼？」

「是阿瑋，吳家瑋。」連薰予再次重複，「他車禍時就已經死了，詐屍後那個室友進入了他的身體。」

羅詠捷一時無法反應，也無法接受這個事實，阿瑋？那個阿瑋？救了小薰犧牲自己的好人阿瑋？

「我不懂……是附身嗎？他有個好兄弟室友……所以那個好兄弟就是所謂的黑暗？

是個亡者？」羅詠捷混亂的看著他們，「所以他也屍變且被附身了！那為什麼沒有腐爛！」

蘇皓靖向她解釋，關於「黑暗」刻意拆成兩部分的靈魂，等阿瑋樂觀善良的那部分死去後，剩下的他便堂而皇之的回到身體，怎麼做的他們不清楚，但現在的吳家瑋就是長久以來與祈和宮對立的黑暗面了。

但他是人類，貨真價實的人，他真的屍變了，可卻是活人。

「我的天……所以他一直都在小薰身邊？」羅詠捷顫抖著，想起來就一陣驚怕。

「妳也是啊。」連薰予蹙眉，半斤八兩吧。

「我不一樣，我又不會害妳！」羅詠捷覺得委屈的嚷起來，「我只是被要求過一般日子，不要曝光而已耶！我平常零任務的！」

隨便。連薰予已經懶得去追究這件事了，說不定巷口賣早餐的阿伯也是祈和宮的人呢，科科。

「妳一直待在小薰身邊，都沒任務嗎？就只是……正常生活？」蘇皓靖沒忘記她家樓下鄰居入厝出事時，她的確沒什麼用！

「對啊，正常生活，最多就是注意小薰有沒有危險，或異常……平時很少聯絡我，又沒有任務要做！我也沒靈力，所以樓下鄰居犯禁忌那件事我無能為力啊！只是，到了萬不得已的地步，我必須保護小薰！」羅詠捷含蓄的說著。

連薰予略微深呼吸，「為什麼……會進入這個宗教？還願意為一個、像我這種普通人服務？」

「為什麼不？」羅詠捷笑了起來，雙眼卻閃閃發光。「我知道妳很介意小時候那場車禍，我也知道這件事跟祈和宮有關，甚至確定車禍是人為造成的，但是，我卻非常非常感謝那場車禍。」

連薰予瞪大寫滿了不可思議的雙眼，蘇皓靖趕緊摟過她，就怕她失控。「妳往人家痛處踩啊，羅詠捷！嘖嘖。」

「立場不同啊！那次的車禍造成大追撞記得嗎？妳不知道中間有幾輛車如果沒相撞，會影響多少人的一生；有一輛車是要去某間工廠大屠殺的，他車上載著槍枝彈藥，就因為他偷竊被開除了；有人是專販毒給學生的人渣，還有一個家暴變態，車上的妻女因此重生。」羅詠捷的伸手握住連薰予，「我爸媽都在那間工廠工作，如果沒有車禍，那個人會順利下交流道，就會到工廠殺掉所有人，我便會成了孤兒。」

連薰予驚訝至極，「難道、難道妳沒想過，那個人註定不會成功？他本來就沒辦法殺掉工廠的人……或是……」

如果沒有車禍，她也不知道會有什麼辦法能阻止那些人。但她卻能確定販毒者會繼續戕害少年們，而所謂的家暴者，將照樣虐待他的妻小。

那場車禍，中止了這一切。

「但也有許多幸福的家庭，因此中止了。」蘇皓靖提出另一個觀點，「例如被控制的肇事者。」

「為什麼他成為植物人後，都沒人探視過呢？」羅詠捷反問蘇皓靖，「如果我從小被我爸強暴，我應該也是不會想去看他啦！」

什麼？連薰予倒抽一口氣，那個植物人……強暴自己的女兒？蘇皓靖暗自哇了聲，他突然想起那個叔叔給他車輪餅時的眼神，還寵溺的摸他的臉耶，該不會……欸……

「但的確，不是每個人都是壞人，像小薰的父母也不是。」羅詠捷聳了聳肩，「我受到的教育是：大我與小我的取捨。」

犧牲小眾，成就大眾，稱為必要的犧牲。

「說什麼風涼話！死的是我的家人！」連薰予果然不能接受，「你們被救的就是大我，自然無所謂，可以站著說話不腰疼啊！那我呢？我的爸媽呢？我的幸福呢？」

「嗯，我懂啊！但這就是現實啊！總是會有犧牲，就看命了！」羅詠捷依然一臉泰然，「所以，陸家才視妳為己出的呵護妳，保護妳的願望，不說出妳轉世的事，想給妳幸福的家，盡全力補償；而我，就願意投入祈和宮，保護守衛妳，這就是我對妳犧牲的回饋。」

羅詠捷有話沒說完，蘇皓靖聽得出她說話很謹慎，如果陸姐已經是守望者了，那她所屬的「護衛司」又是什麼意思？更別說羅詠捷沒有靈力，她什麼都不會，以及剛剛提到的「萬不得已的地步，她要保小薰萬全」。

怎麼保？

「太扯了！這太扯了！」連薰予沒辦法接受這種邏輯，「你們說得像是為了報恩，我家犧牲……」

「就是報恩啊，如果這關大家過得了，妳可以去查查那場車禍的所有人！被家暴的那對母子，現在也在祈和宮裡服務。」羅詠捷再度拉過她的手，「我知道我沒資格說大道理，易位而處，我也會很恨自己家破人亡，但我們就是那場車禍的受惠者，所以我對妳，只有萬分的感謝。」

連薰予覺得哪邊不對，但她竟然沒辦法衝著羅詠捷發脾氣，因為她不能罵人，她能罵什麼？責怪羅詠捷的幸運嗎？責怪受虐者該繼續受虐、工廠裡的人應該被屠殺？還是孩子該繼續被父親侵犯，他們都該去死，不該死的是她的家人？

淚水滴落，連薰予痛苦的抽回手，選擇埋進蘇皓靖肩頭；蘇皓靖朝羅詠捷使眼色，話帶到就行了，小薰會思考的。

羅詠捷站了起身，「好了，我該走了。」

咦？連薰予緊張的看著她。「妳要去哪裡？如果這裡面安全的話，妳該待在這裡。」

「我護衛司的耶！現在只剩我在這裡保護小薰，我哪能躲在這裡？」羅詠捷笑出一臉燦爛，「放心好了，我都設計好了，你們就待在這裡把握休息時間，但凡聽見聲音，就表示結界變弱了，要提高警覺。」

說畢，羅詠捷即刻轉身，就要離開結界中。

「不！等等！等等！」連薰予跳了起來，「太危險了，妳跟我們待在這裡就好了！」

羅詠捷無奈的回頭，「小薰，我得守衛、觀察、並引開敵人，爭取多的時間。」

「爭取什麼時間？」蘇皓靖狠心的戳破她的謊言，「祈和宮會派人來嗎？要有人早就到了吧？」

羅詠捷搖搖頭，「六小時前他們就說進山了，但現在……連警察都看不見，我想黑暗……吳家瑋屏蔽了所有。」

迷路或鬼打牆，天曉得，總之，沒有車進來這兒啊。

「那……蔣逸文呢？我們剛為你們叫的車有來嗎？」連薰予想到讓他們離開的座車。

「不會！」提到蔣逸文，羅詠捷有些許激動。「但他知道怎麼走，我讓他步行走出，他不是重要人物，不會有人為難他。」

看著她略微動容，連薰予心像被人揪著似的。「妳遲遲不跟蔣逸文交往，是因為——我嗎？」

「這種時候我怎麼能談戀愛？」羅詠捷突然捧起連薰予的臉，「巫女大人，拜託妳快點想辦法解決這些事，光跟暗相比，贏面應該比較大吧？快點解決這些，我就可以跟蔣逸文說 YES 啦！」

說著，她突然轉身衝出繩子外。

「羅詠捷！」連薰予激動的想追上前，但只是一眨眼，羅詠捷就消失在他們眼前，蘇皓靖自然扣住她，不能讓她衝動。

不不！

什麼是對？什麼是錯？她分不清了！什麼是小我與大我，她不想理。

難道就沒有一條讓每個人都能平安的路嗎？

※　※　※

街道上的戰況稍早便漸歇了，連空氣中都瀰漫著血腥味，原本只是各持立場的紛爭，最後成了殺戮；因為追殺派的開始砍人，對他們而言，殺一個跟兩個沒有什麼差別，如果他們的目標是那個能讓他們發家致富的人，那麼阻礙者都該殺。

反對者、目擊者，都有可能造成阻礙，他們希望最後活著的人，都是與他們有共同目的，共同均分財富的人，大家都在一條船上，那才叫完美。

「屍體都直接散在路上，我還看到有小孩子的屍體。」姑姑狼狽的走回來，報告狀況。「也有不少人躲在屋子裡，假裝不知道這件事，但是……」

「大鬍子那票人應該不會放過他們吧？」姑丈壓低聲音，因為他們民宿裡也住了許多不想介入的人。

「阿彌陀佛。」阿嬤在一旁抓著佛珠祈禱，這真的嚇壞她了。

姑姑點點頭，她剛剛才從鬍子男那邊回來，他們的確擬定好計畫，要先殺掉金雞母，再回來把知情者都殺掉，最後一把火將這個美和鎮燒盡；執行者在明晚開獎前去買彩券，家人分別給眾人作為人質，最後分贓，展開從此一帆風順的人生。

吳家瑋坐在櫃檯裡，轉動著筆，看來此地不宜久留了。

「我感受不到那女人，連薰予或是蘇皓靖都感受不到。」他不爽的甩下筆，「一定用什麼方式藏起來了！」

「找到他們很重要嗎？」姑姑相當焦急，「我覺得其他人已經殺紅眼了，這樣下去連我們都難逃一死。」

吳家瑋驀地瞪向姑姑，「很重要嗎？廢話，我生存的意義就是她，好嗎？他們就是我們的阻礙！」

姑姑嚇得噤聲，說實在的，復活後的阿瑋，比之前更加嚇人。

以前他明明是個總是笑著的孩子，什麼都不會反抗，國中時有一次她出手打他打得太兇，吳家瑋突然一把抓住她的棍子，跟換個人似的出言警告她，眼神裡毫無人性的冰冷，還向她及母親宣告了該盡的「義務」，就是繼續守住這老家，等待他的回歸，誰敢離開，他就會讓他們不得不死。

他的神情真的可怕到她全身發冷，連母親都被嚇得半死，講完後的阿瑋旋即暈倒，醒來後卻說什麼都不記得。

當阿瑋的死訊傳來，就與他當時的預言一模一樣，他們不敢怠慢，拿出他早先留下的本子照說照做；原本她老公是不太信，滿腦子想著錢而已，直到他復活後……那天從棺材爬出來的他，看起來跟之前都一樣，但是在他朋友沒注意的時候，他看向她或母親都是當年的那個眼神——是他，他們那時就知道，活過來的是那個可怕的吳家瑋。

他治好了他們的病，媽的腳與老人痴呆，然後徹底教育他們，然後——他們每個人必須對他言聽計從！

「好！沒事沒事！」姑丈忙不迭出來打圓場，「我們這兒就一條主要幹道，他們會不會躲進山裡了？」

「就算在山裡……我也應該知道啊……」吳家瑋突然一頓，他的確感受到山上有人。

「得讓鬍子他們上山去獵捕！」

「咦？再去找他們？」姑姑嚇死了，那群人現在跟野獸一樣啊！

只見阿瑋起身，微微一笑。

「不，我親自去。」

※　※　※

半夜兩點，山上人聲鼎沸，坡度斜陡的山體對於許多人來說異常難爬，但想到龐大的金錢，就能讓不可能化成可能。

有人連狗都放出來了，讓牠們去追蹤人跡，結果狗兒都忙著挖出沒有異味的屍體。

羅詠捷人就在鎮子範圍的山上，輕盈的移動著，她刻意到處製造聲響與留下足跡，就是要讓所有人認為他們藏在這裡，引開追殺者才是她的主要目的。

她相信人為財死，而且為了錢殺人這絕對自然，但是會到如此偏執，甚至大開殺戒，絕對是被什麼力量蠱惑了！讓他們的心裡與腦海裡，只剩錢、錢、錢，為了這個目的，不擇手段。

這些都不意外，她剛跟小薰說，光與暗兩者，光的贏面比較大是假的，光明看似正向威武，可實際上黑暗才是真正能吞掉光明的能手。

那些護著小薰的民眾就是光明，就算金錢在眼前也不為所動，那是因為他們心中有更重要的信念要守護，可是代價如果是重傷或是死亡，他們還會覺得值得嗎？

有時只要一個轉念，或是有人慫恿，光明就能在眨眼間輕易落入黑暗中。

「汪……汪！」狗朝著她的方向吠叫，蹲在樹後的羅詠捷沒有回身，她身上揹著弓箭，雖然這是很罕見又麻煩的武器，但這就是她在祈和宮受訓的內容。

不能用槍，因為槍殺了平民很難收拾，所以他們練習的都是除了槍之外的格鬥技巧；飛刀這些她也會，但她喜歡百步穿楊的感覺，因為很有機會能夠一擊必殺。

「這裡！快點上來！」到了山上，體型龐大的鬍子男反而動作僵硬許多，小個子的男人更為輕巧。「拉好握好，小心腳步。」

「出來啊！你們躲不掉的！」鬍子男走得氣喘吁吁，怒不可遏。「還要造成多少傷亡你們才甘願啊！看看剛剛那些自以為可以護著你們的人！」

狗兒輕快的奔跑，再陡的坡對狗兒來說都是輕而易舉，牠們早嗅到羅詠捷的氣味，輕鬆的來到她身邊。

羅詠捷靜靜的背靠著樹，看著來到右手邊狂吠的狗，溫婉的說：「我知道不是你的問題。」

下一秒，她手裡的刀便刺進了狗的咽喉裡。

「但是你會曝露我的行蹤啊……」羅詠捷使勁扣著狗兒，直到牠癱軟倒地為止。「對不起了。」

聽聲音應該還有兩隻，單靠人是很難在這麼漆黑的山上與如此陡峭的坡度找到她的，但有狗就沒問題了，牠們的嗅覺與動作都很靈敏；起身後甩了甩手上的鮮血，羅詠捷謹慎的從樹後往下瞥了眼，手電筒正胡亂的四處照，她抓準機會，繼續朝南方走去，將人帶離越遠越好。

「汪！」狗兒還是敏銳的，有一隻狗在她一移動的瞬間就即刻轉向，急起直追。

「那邊！快點追上！」手電筒齊刷刷的照過去，「看見了！有人影在移動！」

「她想離開這裡嗎？」有人意識到羅詠捷是往整個鎮的出口方向走去。

「不可能！已經有人守著那個出口了！

眾人吆喝著追上，但動作都不如羅詠捷輕巧，地形也不熟悉，中間還常被凸出地面的屍體嚇著，一群人的氣勢其實也正在被這山的地形削弱中；連兇悍的領頭者大鬍子都覺得這樣下去不是辦法，遲早會把人追丟。

「明天就要開獎了，絕對不能讓他們跑掉。」鬍子男抓著樹枝低語，「他們動作也太靈巧了，這樣我們一旦錯過……」

「至少要先把他們困在這裡，這一期來不及，還可以寄望下一期，而且不是說了，不一定跟中獎有關？」小個子男搖了搖頭，「但我覺得能吃三輩子的財富，應該不只區區樂透獎。」

這絕對是未來的一片光明，或許事業成功，或是有更多的天降巨款，總之，只是連槓幾期的錢，不太可能讓三代不愁吃穿。

「問題是他們會跑！」其他人也開始煩惱起來，「這裡的事也瞞不了太久，不是說要一把火燒掉嗎？」

「屍體沒兩天就會臭了，還有……」另一個小眼睛的男人提醒著大家，「明早天一亮，我怕剩下的活人就會搶著離開了。」

有反對他們的倖存者，有事不關己躲在旅館或民宿房間的人，剛剛吵成這樣即使他們不站邊，也聽到了可怕的廝殺聲，明早天一亮定是逃得逃躲得躲，但他們不能讓這些人出去！

「啊！我的Q比！」上方傳來激動的哭喊聲，「我的Q比被那賤貨殺掉了！」

另一隻狗追到被殺死的狗，主人激動的哭天搶地，看著一地紅血與氣絕的寶貝，怒不可遏。

「居然殺狗！也太沒人性了吧！」大鬍子緊張的大喊著自己的狗，「長毛！長毛回來！」

遠方正一路嗅聞的大狗聞聲，回頭朝著主人奔回，大鬍子緊張的撫摸著寶貝愛犬，幸好他的寶貝沒事。

「太過分了！那兩個人竟敢殺掉我的Q比！也太殘忍了！」上方的狗主人歇斯底里，「我也要這樣殺掉他們！」

「盲目的追是沒有用的，這裡太難走了。」人群中，有個男人提出了建議。「我們有狗也有人，要不要計畫一下。」

所有人往下，看著坐在大石上的男子，他也是追殺組的一員，但大家記憶點在於：他好像是那兩個金塊的朋友。

「怎麼？」

男人瞇起眼，笑得一臉意味深長。「圍捕獵物吧。」

※　※　※

從來沒想過，世界會這麼的安靜，明明在樹林間，但卻一絲風聲都聽不見。

連薰予躺在帳篷裡，眼睛適應黑暗後，倒也不是真的伸手不見五指，她看著近距離的帳篷頂端，這會兒連點風吹樹葉的聲音都聽不見。

「靜得太詭異了……」她喃喃的說著。

「婆婆們的繩子也滿厲害的！」蘇皓靖倒是很喜歡這種舒服，「上一次在這麼安靜的環境裡是什麼時候呢？嗯，沒有過。」

是啊，就算待在家裡，也總會有直覺與第六感帶來的聲音打擾吧？她轉頭看向蘇皓靖俊俏的側臉，尤其他一個人住，屋子外又沒有任何防護，也沒有像她一樣住在姊姊設的堡壘裡，可以阻斷八成的第六感影響。

所以，在這個直覺被屏蔽、聲音又被結界阻隔的地方，或許是蘇皓靖此生以來待過最靜謐的地方了。

突然，心裡湧起些微心疼。

向左側了身，指尖順著他高挺的鼻尖往下滑。

「嗯？」他伸手抓住她的手，「怎麼？要好好珍惜這浮生半日閒？」

「這麼靜你習慣嗎？」她淺笑著。

「習慣，太習慣，最好一輩子都可以這麼習慣……噢，當然是威脅解除以後。」蘇皓靖喃喃說著，抓著她的手往嘴邊送。

「威脅解除……唉，我們能怎麼做？我想不到啊！」連薰予悲傷的蹙眉，「我就只是一個普通人，唯一的第六感在這裡毫無用武之地，剛剛還得靠其他人保護，就算給我把刀，我也不一定能拚得過那些殺紅眼的人。」

而且那些有十幾人啊，兇狠異常，看著他們時瞧見的只怕不是人，而是兩疊金子吧？

「有句話說，要讓水停止流動，就得關上水龍頭。」蘇皓靖闔上眼，握著她的手朝胸前放，轉向右側面對著她。「但是我剛剛一直在想，要怎麼關掉水龍頭。」

彼此側身的他們，相互看著對方，呼出的鼻息都能吹到對方臉上，四目相交，這一切的源頭是那個「黑暗」，也就是吳家瑋。

殺了吳家瑋？

「吳家瑋以前最多諸事不順，我不知道他有什麼能力……能造成屍變，還能讓一個女記者發表文章，造成現在的局面？」她覺得不可思議，「人們真的有這麼好被控制？」

「是啊，就是這麼容易！」蘇皓靖輕點了她的鼻子一下，「寄養家庭為了拿政府的補助金，可以假裝慈祥父母，我在那些家庭經歷的事，一點都不比現在發生的事遜色呢！」

咦？連薰予又聽見寄養家庭的事，事實上跟蘇皓靖在一起的這段日子，他只提過沒有父母，卻沒有提過他的童年……絕口不提。

「那我們……潛下山，回到吳家瑋老家，抓住他然後——」

殺了他？

「能造成大規模屍變，引來大批邪靈寄生的人不會這麼容易解決，就算是，我也下不了手。」蘇皓靖皺起眉，「我是花心，口才好，但要我殺人我只怕做不到，妳呢？」

「不可能，那是我同學……更別說我還欠他一條命。」連薰予咬著唇，她覺得這就是吳家瑋的卑鄙之處！

就算現在的吳家瑋不是她認識的那個阿瑋，但他的的確確曾救了她一命啊！這份情是存在的。

「說不定吳家瑋自己也下不了手，所以每次都叫別人做。」蘇皓靖無奈的笑了，其實他也不需自己動手，現在多的是自願殺掉他們的人，還爭先恐後呢！

沉默瀰漫開來，他們不是沒有思考過各種可能性，但贏面都很低，而蘇皓靖早在羅詠捷離開後，就已經想到了一個萬全之計。

他突然挪前幾寸，摟上連薰予的腰際，冷不防把她拖進懷裡。

「咦？」連薰予嚇了一跳，「喂，你這人實在……好像無時無刻都在想一些有的沒的！現在是什麼時候啊！」

「嗯……」他貼著她的額，輕吻她的鼻尖。「就是這種時候，才絕佳啊！」

「什……」每次話沒說完，蘇皓靖就又吻上來。

但這次不太一樣。

連薰予感受到有些積極的進攻，連吻都格外熱情，她略有些措手不及的想要閃躲，但每一次都被攫住芳唇，恣意的纏綿著。

濃厚的呼吸氣息讓她感受到這不是日常的索吻，在身上游移的手已經大膽到宛如下午在旅館裡的狀況——蘇皓靖！

「你想做什麼……」她緊張得聲音都變緊了，雙手抵著那健壯的胸肌，硬是不讓他欺身下壓。

蘇皓靖雙膝抵地，把她夾在中間，並突然色氣十足的脫下了上衣。

不會吧！連薰予連忙想要轉身逃離，卻驀地被蘇皓靖握住了雙手，直接壓制著。

「我覺得贏面太小了，還是回到單純原始的起點比較好。」他深情款款的凝視著她，「如果我快死了，都還沒跟我喜歡的女人滾床單，我個人覺得非常虧。」

「什麼叫你快——」連薰予驚呼出聲，蘇皓靖已然欺身而下，封住她所有的抗議。

他們快死了嗎？連薰予也知道不能一直逃避這個問題，因為他們並不知道怎麼去瓦解這些為了錢殺紅眼的人；說實在的，除了外援外，如果要自己處理就只有殺盡這些人一途。

他們就必須變得跟那些人一樣，要殺掉彼此，事情才會停歇。

不是你死就是我活，他們都只有一條路可以走；但她與蘇皓靖只怕都做不到，除了氣力有限外，就算一對一也下不了手……如此最後當面對吳家瑋時，她能怎麼辦？

車禍中的救命之恩沒有消失，一命抵一命的話，她好像該把命賠給他才能抵銷是吧？

是啊……連薰予不再反抗，這好像是唯一的途徑。

她跟蘇皓靖之間，只要死一個就好對吧？吳家瑋提過的，光與暗是必須同時存在的，他沒有要消滅任何一個，只是如果這代的光明有兩位，削減力量即可。

所以，她可以去死。

為了保全蘇皓靖，為了還吳家瑋一條命，就讓她去死吧！羅詠捷不是才提過小我與大我？犧牲她這個小我，是值得的。

思及此，連薰予突地變得熱情如火，回應著蘇皓靖的擁吻與愛撫，他顯得有些驚喜，也就更加熱情的挑逗著。

難得沒有第六感的影響，連做愛都不必擔憂結合時會感受到什麼可怕的事而分心，再也沒有比這個環境與這個時刻更適合的了。

然後，他會趁著連薰予睡去之際，獨自下山。

他的人生本來就沒有多快樂，能遇到一個與他一樣、有著共同經歷、相知相伴的女人已經非常難得了，如果吳家瑋所言屬實，他遇到的還是靈魂的另一半耶，世界上沒有多少情人是真的遇到另一半的。

這樣他算幸運的了，完全滿足，人生這樣就夠了，還有很多人等著小薰的領導，所以如果非得死一個——

那就他死吧。

※　※　※

人與狗飛快的自右前方包抄，狗兒狺吠不止，羅詠捷才想朝左方閃躲，卻發現另一隻狗衝上來，而更多的手電筒突然亮起。

怎麼回事？他們剛剛不是都在右方嗎？何時分開走的？

羅詠捷打了個寒顫，這群人也學她，用聲東擊西的方式，悄然包圍她嗎？沒想到烏合之眾也有人具謀略！她抓著樹趕緊再往上方爬去，此時左後方的追兵異常的靠近，也有人抓到了在這陡坡中移動的訣竅了！

真的佩服人為了錢的衝勁啊！

羅詠捷咬牙硬朝上爬了兩公尺高，再趕緊繞到另一棵樹邊，靠著樹穩住重心，毫不猶豫的朝著疾速追來的人就是一箭。

箭矢射進了對方的喉嚨裡，霎時便向後翻滾而去！

「哇！下面小心！」上頭的人才閃過，就見一具屍體向下滾動，撞上第一棵樹時就聽見骨頭折斷的聲響，接著又「砰」的撞上另一棵樹，鮮血飛迸，最後捲了三、四個人一起朝山下去。

「啊啊啊……」慘叫聲接連而至，骨頭碰撞碎裂聲不絕於耳，這種坡度摔下去，一路又都是樹木，不死也是半條命。

大鬍子暗暗揚起笑容，這樣又少幾個人分錢了！

羅詠捷再朝另一方拉弓，射中了幾個人的腳，趁著他們方寸大亂時，她趕緊再往上閃躲，然後刻意走進較密的樹叢區，那兒有幾顆石頭，還有她早準備好的躲藏處。

她早就折了許多樹枝當作障眼法，覆蓋在石頭與這些樹中間，這邊有個剛好容她一人大小的空間，她趕緊躲進去，進去前不忘向遠方拋出亮著的手電筒，以及剛剛穿在身上的外套。

躲進空間中，將樹葉蓋上，她接著拉出胸口的玻璃屏護身符，朝石上砸碎後，瓶子飄出了香氣。

她只能祈禱，這香味會掩蓋狗兒的嗅覺，轉去找她的外套吧。

「看到了嗎？在那邊！」

「汪汪——」狗從她身邊奔過。

「亮著的那裡！小心！」

聽著人聲從她四周開始遠去，掩住口鼻的羅詠捷暗自竊喜，只要他們往錯誤的方向再走遠些，她就可以趁機離開了。

好冷……她搓著手，平常喊冷時蔣逸文都會過來，握著她的手搓熱，現下他不在身邊，突然想他了。

沙沙，詭異的聲音突然傳來，羅詠捷戒慎緊繃，眼前腳邊的樹葉晃動，緊接著一雙眼睛望了進來。

羅詠捷擎起刀預備著，卻見一雙金色的雙眼在黑夜中發著亮光……然後，彷彿有一滴紅色滴入金色池子裡般，逐漸擴散暈染，直到染紅了那雙紡錘眸子。

「喵——」清澈響亮的貓叫聲，直接響起。

接下來數秒內，她上頭鋪設的樹葉紛紛傳來了聲響，一隻兩隻三隻……不，是密密麻麻的黑貓們，包圍住她的躲藏之處！

並且同步發出了響亮的叫聲：「喵──」

「那邊！她在那邊！貓在叫有沒有聽見！」

「黑貓在指引我們！快點！」

羅詠捷渾身發冷，她沒有立即逃出去，她知道來不及了，尤其外頭已經有鋪天蓋地的黑貓在等待。

她立即確認身上所有的法器跟平安符都戴妥當，她絕對不要成為詐屍，她的靈魂一定要回到祈和宮。

聽著足音越來越近，她做好準備後飛快的拿出手機，點開蔣逸文的照片時，才發現她的手在抖……天哪，她看著自己的手，淚水不自禁的滑落。

是啊，她當然會怕，她怕死了。

等等會發生什麼事，她猜得到也想得到，但是她不想去面對這一切。

「這是假的！」聲音就在她正上方，有人一把抓起最上層的假樹枝了！

捧著抖得厲害的手機，她趕緊按下了語音鈕。

「我愛你。」

「找到了──」

※ ※ ※

「啊……」情到濃時的呻吟逸出，七彩繩圈圍著的帳篷裡的男女，在情愛繾綣之間，也來到了熱情的最高點。

啊啊啊——淒厲的慘叫聲同時迴盪在整座山間。

慘叫聲彷彿貫穿耳膜，女人雙眼發直，瞪大的眼珠有如突然塞入了兩個瞳孔，而在她身上的男人同時倒抽一口氣的也仰頭向上，翻著白眼的雙眸瞳仁消失，卻看得無比清晰。

看到帳篷外，那昏暗且滿山孤魂與屍體的山林，接著他們看見被電鋸鋸下右手，再被縱向鋸開身體的朋友，動手的人們欣喜若狂之際，卻赫然發現這被切開的女人不是他們的三代財富！此時黑貓們彷彿感受到什麼似的，突然仰天嚎叫，眾人紛紛咒罵的一起朝天空看去。

再遠看見了山下那本該平靜的小鎮街上，躺著眾多屍體，活著的人正拖著重傷的人入內，包紮求救，能動的人們驚恐的收拾行李，準備逃之夭夭：大刀姨正拿抹布纏著傷口，拚命撥打著報警電話，而烤玉米攤的老闆娘，面朝下趴在她攤子邊，頭顱早被敲至變形。

視線飛掠，可以看得更高更遠、更久……例如在二十幾年前那場車禍的前一秒，父母曾一起轉過頭來，笑著對她說：『妳要好好活下去。』

接著車禍撞擊，玻璃飛濺，她才看見，父母在這之前刻意解開了安全帶。

所有的玻璃碎片衝向她，但最終卻在她面前停下。

而被追撞的某輛車中，幾乎被前後夾擊成廢鐵，唯一存活的是卡在中間的男孩，他的存活是個奇蹟，因為被撞癟的車子，卻偏偏在男孩四周變停止變形，那男孩與她一般大，叫吳家瑋。

車禍的同時，有輛車子從下方的普通道路通過，上頭坐的男孩往上看著高架橋，手裡玩著小汽車，沿著玻璃窗邊玩著對撞遊戲，輕聲喊著「砰」的同時，上頭同步傳來聲響。

再更遠，一個女人歇斯底里的拿菜刀要剖開自己的肚子，她從三合院的屋子裡跌跌撞撞走出來，喊著這孩子會殺了我！他會殺了我！丈夫急忙的衝出來阻止她，這時羊水破了，女人急產，就在自家的院子裡產下了男嬰……而女人沒來得及送醫，血崩而亡。

拉得再近些，彭重紹表姊涂靜媛肚子裡的那個嬰孩，從子宮內部活活撕開母體，他一出來便欣喜若狂的衝向陽台，翻身而下，來到四樓主人的懷中。

窗戶早就開著，血淋淋的男嬰一跑進來，話都沒還說，就被廚房裡那混沌的黑氣一口氣吞了下去——彷彿得到了特別的力量，所以他覺得是時候了。

幾十年幾百年的畫面快速掠過，像電腦傳輸檔案般疾速，然後回到現在，在這座山的隔壁，有座水壩。

「啊——」連薰予回過神來，用力閉上眼再睜開，恍惚間有些迷茫。

蘇皓靖輕柔的將她拉起，緊緊摟入懷中，她貼著他的胸膛，感受到彼此同步的心跳。

「水壩一旦潰堤，這個美和鎮會淹沒的……全部淹沒。」連薰予幽幽的說著，「包括那些曾幫助我們的人、想殺我們的人，無辜並不參與，只是有發財夢的人，一共……」

蘇皓靖長睫微顫，腦海立即浮出答案。「一百六十七人。」

「大刀姨還活著呢，還有那些……」連薰予打了個寒顫，「啊！她太痛了。」

她感受到了羅詠捷嚥氣的瞬間。

「小我與大我。」蘇皓靖平靜的說，「他們現在已經傷不了我們了，要取捨的是小我，還是大我。」

吳家瑋啊……蘇皓靖可以看見他正奔回家，抓了背包就要離開。

「我要先走了！」吳家瑋揹好背包，抓過櫃檯的鑰匙。

「你要去哪裡啊？」阿嬤緊張的問。

吳家瑋懶得回答，衝出了家門外的瞬間，陡然一僵……他驚愕的朝十點鐘高處看去，臉色突地大變。

「這太扯了！這種情況下你們居然還——」吳家瑋低咒著，衝向了自己的車。「枉費我下午阻止了！」

他們感受到彼此了，吳家瑋會上車，高速輾壓無數屍體，甚至不在乎撞傷人的離開這裡！他要立刻駛離這個美和鎮、這個山谷，在有限的時間內開往高處。

「你們不能濫殺無辜！」上車前，吳家瑋衝著天空大喊。

阿嬤、姑姑跟姑丈不明所以的站在門口，目送他離開，沒人知道他在喊什麼、他要去哪裡，而吳家瑋不在乎。

「每條命都重要。」連薰予點點頭，她的眼裡現在只看得見水壩。「但還是得選擇小我跟大我。」

對不起。

她朝著水壩一鞠躬，水壩壁上突然龜裂了幾絲的裂痕。

蘇皓靖穿妥衣服鑽出帳篷，拉過了連薰予，他們看見遠方閃爍的燈光，懷抱著發財夢的人正急急忙忙的往山下去，因為那群人開始認為他們兩個早逃回美和鎮上去了。

繫好安全繩，蘇皓靖再往上爬，連薰予不需幫忙，也穩健的踏上，他們已經知道怎麼走最輕鬆，就算漆黑到看不見前方，也能知道哪一步不會滑倒、哪一步不會踩到屍體。

以及走到那邊，會安然無恙。

「吳家瑋應該開慢一點的。」連薰予昂首，喃喃唸著。砰！車子撞擊聲在黑夜裡聽來駭人，有人開著車子直接衝出停車場，卻與疾駛而來的吳家瑋撞個正著。

肋骨瞬間撞斷，吳家瑋趴在方向盤上，痛得說不出話……而衝出來的車正是想逃走的人，那也是一對情侶，兩人雙雙頭破血流的癱在座位上。

「該死……」吳家瑋無法動彈，他的能力是洞悉人們的欲望，並且加強他們的渴望……沒有預防的能力啊。

吃力的抬起頭，看著對面那輛車裡奄奄一息的情侶，他聽見了他們的渴望：我不想死……不想死……

「去死吧！」吳家瑋咬著牙，手顫抖著解開安全帶。

他要下車，用爬的也要爬出這裡！

有人出來查看了，他們好心的將吳家瑋拉出來，他根本無法走路，拉著那些人請他們帶他離開，立刻！

「不走不行……快點……」吳家瑋喊著，「必須立刻離開這裡！」

救他的男人很遲疑，他們一家沒有參與今晚的所有事，但他的欲望仍舊赤裸裸的展現：不行啊，我現在離開了，錯過明天的開獎怎麼辦？

「不要再想錢了！水壩要崩了！」吳家瑋撕心裂肺的喊著，「他們要讓水壩潰堤了！」

眾人望著他，吃驚的搖了搖頭。「瘋了嗎？」

「神經病吧？」

蘇皓靖找了棵橫向生長的大樹，樹幹甚寬，坐穩後也抱著連薰予坐上來，這個位置舒適，而且剛、剛、好。

聽，轟隆隆的聲音從遠方傳來，樹木搖曳，快到山下的追殺者們感受到大地的震盪，大鬍子狐疑回頭看去。

「地震嗎？」

「欸……好像有點耶！」小矮個兒也唸著，「動得好厲害！」

「這什麼聲音啊？」另一個扛著斧頭的男人狐疑的張望，沙……沙沙……剎！山上的樹木倒下了，如骨牌般排山倒海的落下，他們也看見了滾滾泥流，從天而降！

「哇啊——」

追殺組驚恐的向下逃竄，而這些動靜也引起了山下居民們的留意，但大部分人卻還未發覺，例如吳家瑋的姑姑正在廚房準備宵夜，民宿裡也有許多客人相擁而眠。

大刀姨推開了門，狐疑的張望著，一個斷了手的小妹妹緩緩走出，她爸爸帶著斧頭去山上幫她找手了，雖然她的手明明也是爸爸砍下來的。

洪水從山上沖下，這斜度花不了多少時間，大刀姨發現時已經來不及了，她關門衝進家裡，撲向了自己的孩子們，追殺組連平地都還沒踏到，就被大水與樹盡數沖走。

「哇啊——哇——」再兇狠、再殺氣騰騰，現在的他們全部都被水的柔情所捲滅了，被石塊與樹木在水中撕裂。

大水繞過了連薰予與蘇皓靖的那棵樹，沖刷而下，它們沖走了山裡所有被埋的屍體，洗淨所有污穢，也掃除了美和鎮上所有的屍體與紅血、人與車、房子與武器。

頃刻間，其實沒什麼剩下，只有消失不見的奇蹟小鎮，以及越來越高的水位。

其實連慘叫聲都來不及聽見，也或者是水聲太浩大，坐在樹上靜靜觀看一切的連薰予平靜得無以復加，看著水面一點一滴的上升，直到她與蘇皓靖坐著的大樹高為止。

「就說這個位置剛剛好了。」蘇皓靖看著奇蹟之湖，他們的直覺非常準確。

豈止準確，而且已經超脫了以往。

「姊來了呢，只是進不來……」連薰予說著，只是眨了下眼，就轉動了遠在天邊的車子方向盤，車上的陸虹竹還愣了一下。

「現在進得來了。」蘇皓靖吻上她的額頭，「我們要不要上去，到馬路邊讓他們接？」

連薰予點點頭，任他拉著站起，回身看去時，山勢已經變形，許多土壤與樹木都被沖刷而下，而這兒也多了許多山上沖下的樹木與石子，反而開了一條好走的路。

「我們就踩著這些往東北方走，很快就能爬上馬路了。」連薰予指著東北方向。

「我知道。」他朝她伸出手，任她搭上。

他們當然知道。

越深的接觸，他們的第六感便會越強大，連薰予此前一直抗拒的是，深怕如果結合後，會迎來自己無法承受的第六感，擔心大量直覺湧入影響她的生活，她會痛不欲生。

抱著即將犧牲的心，她與最愛的人結合，然後這般深刻的結合，卻給了他們最強大的力量……合而為一的不只是肉體，還有靈魂。

吳家瑋說的沒有錯，他們是被拆開的靈魂，合而為一後，拾回了無與倫比的力量。而當你擁有強大的力量後，就算接收到無窮盡的直覺，也就不造成任何困擾了。

「等等離開時要順便接蔣逸文嗎？他還在半山腰。」蘇皓靖有點感嘆，剛剛在路邊爬上避險坡想暫時休息，卻因為疲憊不堪一時睡死的蔣逸文，正被潰堤聲驚醒，狂撥羅詠捷的電話。

連薰予垂下眼睫，「讓別人去接吧，我還沒辦法面對他。」

路邊的蔣逸文慌亂不已，電話轉進語音信箱，此時突然傳來訊息聲了，是羅詠捷！

蔣逸文喜出望外的點開訊息，是語音留言，他焦急的點開。

『我愛你。』

蔣逸文愣了一下，再點了一次：『我愛你。』『我愛你。』『我愛你。』

「Yes！Yes！」他在路邊狂歡呼叫著，焦急的回覆留言：「那做我的女朋友吧！」

或許詠捷沒事吧？不過剛剛那巨響是怎麼回事，他這裡什麼都看不見，但實在很擔心！手足無措的待在原地，捧著手機期待著羅詠捷可能的回音。

但他等不到了。

我愛你，但我們，不會在一起。

第十四章

水壩潰堤的事件佔據了所有新聞版面，成為數十年來最重大的公安意外，整個美和鎮全數被淹沒，房子都沉在水裡，那個造就無數樂透得主的奇蹟小鎮，現在成為一個內陸湖泊。

『本日的打撈工程仍持續進行，站在上方就可以看見許多浮在水面的物品與遺體，國軍官兵們正在積極打撈中，目前已經打撈起一百零一具屍體，尚未有生還者；而如同這幾天的情況一樣，或許是水來得太急，加上大水伴隨眾多石塊與樹枝，絕大部分的遺體都不完整，家屬們都在焦心的等待奇蹟，就算沒有，也希望能領回親人的屍身。』

如此重大的意外，人民自然究責，水壩何以潰堤？近日並沒有地震也沒有大雨，是否當初偷工減料？記者們開始追蹤當年的施工相關單位，相關人等將全數接受調查，緊接著將變成過街老鼠。

罹難者家屬組成自救會，即將對國家提出國賠，他們氣憤難平，家人只是到這裡做生意、或觀光，甚至懷著一份發財夢，怎麼就葬身水裡了？

閃光燈亮個不停，麥克風紛紛遞到一位豔麗的律師面前。

『我想發生這種事，沒有一位家屬能接受，我們正在積極協調，會再向政府單位求償。』陸虹竹在記者說話前便打斷他們，『現階段我什麼都還無法說明，等確定後我們會開記者會，謝謝！謝謝！』

她微笑著轉身離去，記者們再多的追問，她都置若罔聞。

那婀娜的身影此時此刻正從一條長廊中走進，隨手綰起的長髮，甚至穿著輕便的睡衣，來到小廚房邊找吃的。

「想吃什麼？我來！」風蘭由後跟進，「哇，妳是因為婆婆們不在才敢穿這麼隨便到處亂晃啊？」

「廢話，那群老太婆最囉嗦了。」陸虹竹毫不客氣的聳肩，「妳弄什麼我吃什麼，但我要先烤個貝果，我記得蘇皓靖那天回來時買了一袋！」

「放在上面，剩沒幾個啦！」風蘭繫上圍裙，準備開爐。「要不要叫他們起床啊？他們回來都休幾天了，我記得巫女今天只請了半天假，下午得回去上班啊！」

打開櫃子的陸虹竹開心的找到所剩無幾的貝果，「不知道啊，他們足不出戶的，天曉得膩了沒？」

「膩……」風蘭忍不住有點害羞的竊笑，「我看蘇皓靖那體格，體力好得很，都關在房間裡三、四天了，好像還很勇健。」

「馬拉松耶！那晚才在美和鎮上折騰成那樣，回來還可以立即馬拉松，真的很強！」陸虹竹一臉感嘆，「哎呀，年輕真好。」

嗯……地下再兩層的大房間裡，一旁的紙門透出祥和的光線，蜷縮著的女人尚在閉目養神，卻忍不住挑起笑容。

「這是在說我壞話還是好話啊？」身邊的男人失聲而笑，「喂，說我體力好耶，妳覺得呢？」

連薰予睜開眼，羞澀的拉起他們中間的被子想遮臉，哪有人每次說得這麼自豪的！還沒拉起，小手即刻被大手包握攔截，蘇皓靖朝前挪動了身子，鼻尖相互廝磨，彼此裸著的身子肌膚相親，細滑溫暖的舒服。

「怎麼樣？對於我的表現有沒有評語？」他低語著。

「你很煩！」連薰予臉更紅了，推著他。

「基本上我從妳的反應感覺到……妳應該是挺滿意的啦！」蘇皓靖自顧自的說著，「至少每一次都……」

「蘇皓靖！」她嬌羞的雙手掩住他的唇，「我真的會不好意思！」

他凝視著她，寵溺的揉進懷中。「我不會，我覺得非常非常幸福。」

窩進他的懷抱中，連薰予紅著雙頰咬咬唇，小小聲的回著：「我也是。」

在這專屬巫女的房裡擁有強烈的安全感，並不是感受不到事物了，正是因為他們已經徹底知道所有事，反而瞭解沒有任何威脅；而祈和宮裡有著眾多結界與法器，邪惡無法入侵，這更是他們得以安眠的主因。

「不過妳似乎是該起床了，得回去上班啊，巫女大人。」蘇皓靖撫著她的長髮，「該面對的還是得面對，休息時間夠了。」

「唉……」連薰予戀戀不捨，她真想一直就睡在這兒，不問世事。

但是，她已經知道有該做的事。

終於坐起身，男人的手還不消停的在她身上游移不想離開，她沒好氣的抓住他的手甩開，不忘推了他一把。

「別以為你沒事啊，說好不改變平常生活的，而且接下來我們的責任跟工作是平均分攤的喔！」她依舊難掩嬌羞的抓過睡衣，遮著身子起身。「快起來了！」

「我現在又沒工作！」蘇皓靖懶洋洋的唸著，無業遊民。

「那你就要主掌祈和宮的事務啊！」浴室裡的女孩笑著這麼說，緩緩關上門。

蘇皓靖是一秒彈坐起的，主掌？「我今天立刻去找工作！」

少來了，沒工作的那個要待在這地底下嗎？他才不幹！都說好了要維持之前的生活了，待在這兒可不是他愛的生活模式。

寬敞達二十坪的房間，素淨的沒有多餘的物品，有扇牆面是道紙門，紙糊在鏤空圖案的木架子上，無時無刻不透著霧白的光芒，門的另一側無法過去，但只要將手貼上紙門，就能感受到另一邊的溫暖力量。

「靈魂之光嗎？」他喃喃唸著，「死了就去該去的地方，別生前死後都拿來守護別人好嗎？小薰我守著就行！」

他知道說這個沒用，這種也是「世世代代」傳下來的。

他與連薰予結合之後，靈魂正式合而為一，他們的確是獨立的兩個人，擁有自己的靈魂，但也的確是上一代拆成兩半的靈魂；他們現在完全理解一切，取回原本能力，第六感可以自由控制，選擇要不要感受，而事實上就算感受到也都不會造成影響。

不管多少預感或多少聲音進來，他們都能自動過濾，只保留重要或是想聽想看的，這也是他之前不擅長的，但靈魂合體後就變得輕而易舉。

但不得不說，他的能力還是比小薰高了些，即使現在他們知道彼此是靈魂的另一半，這點也沒有改變。

唉，他逕自無奈的搖頭，看來這責任是非擔不可了，有種被強迫的無奈，誰叫他真的擁有一半的靈魂呢？不想承受也只能認了，更何況……他細細感受著那片湖面漂浮的斷肢殘臂，為什麼就是沒有阿瑋的。

他就在裡面，撞斷肋骨的他在路上發生車禍，那種身體是不可能逃出來的，究竟為什麼沒辦法感受到他的生死？

風蘭煎了蛋與培根，再熱幾塊鬆餅端上了桌，她終究還是多做了些，想著萬一連薰予他們起床太晚，丟微波熱一下也行。

「欸，妳說，我們要叫蘇皓靖什麼？」她坐了下來，好奇的問。

「就叫蘇皓靖啊！」陸虹竹正拿貝果抹著果醬，不明白這是什麼問題。「還是妳想叫聲蘇哥哥？」

風蘭立刻發顫，全身起雞皮疙瘩。「鬧什麼啦！噁斃了！我比他大耶！我是說……他也是巫女啊！」

「妳試試看，叫他巫女他一定……」陸虹竹頓了一下，「也不錯耶，兩個巫女……噗！」

風蘭沒好氣的扯著嘴角，「我跟妳說認真的！妳不知道那天晚上，先祖洞穴裡迸出光芒時，紫婆婆差點興奮到心臟病發，接著紅婆婆驚覺到原來有兩個靈魂！」

「嗯哼。」陸虹竹一副自然的樣子，不怎麼在意。

「妳現在很輕鬆，那是他們在收拾殘局，百多個人的魂要安定要淨化，還有整件事要做好後續處理忙得不可開交，等婆婆們回來後妳就知道死了！」風蘭睨著她，「加上妳爸媽，一家子知情不報耶！」

「什麼知情不報？」

小廚房門口不知何時站了蘇皓靖，隨便一件棉衣都能叫他穿出性感，神清氣爽的咧。

「看看這精神，抖擻得很呢！」陸虹竹托著腮，勾起不懷好意的笑容。「兩位睡得好嗎？」

蘇皓靖指向陸虹竹，豎起大拇指，這真是好問題。「很好，非常好……」

「進去啦！」身後的女子推了他一把，面紅耳赤的走進來。「桌上的都能吃嗎？」

風蘭呆呆的看著她，尷尬一笑。「整個祈和宮都是妳的。」

「我才不擔這個。」連薰予即刻排拒，「一切照正常人類的想法來好嗎？貝果是蘇皓靖買的，我可以吃我知道，姊！」

陸虹竹即刻遞給她，蘇皓靖也拉了椅子坐下，「妳知情不報啥？」他咬死不放。

嗯……陸虹竹沒打算回答，趕緊把蛋盛進自己盤子裡，所以巫女一二的眼神不約而同移到了風蘭身上。

「喂喂，幹嘛……別看我啊！」她即刻白眼陸虹竹，「陸家早就知道靈魂拆成兩個的事，卻從頭到尾不說。」

連薰予只是淺淺笑著，再朝陸虹竹伸出手，她什麼都沒問，就把靠近自己的藍莓果醬遞過去，小薰喜歡藍莓勝於草莓。

「堅持到底的保護吧，上一代巫女死前，只有妳爸媽在旁嗎？」蘇皓靖他們果然知之甚詳。

「是啊，說想要如普通人般的長大！其實遺言並未提起分割靈魂的事，只是她曾跟我爸說過，一個人承擔這麼多太苦了。」陸虹竹望向蘇皓靖，「所以你第一次到我家時，我就知道你是另一半了！」

「我？哦……就是拿柳枝在我身上亂甩那次啊！居然那時就知道了！」蘇皓靖有點佩服，「我記得妳只有精神控制力。」

「但我是守望者啊。」陸虹竹自豪的說著，「我怎會不知道我要守候的人？」

當然，還有因為小薰的能力有點肉咖，他們家人私下討論過，父親才想起上代巫女以前常覺得如果有人一起分擔多好，所以想到上一代該不會真的這麼做了……卻刻意不提蘇皓靖的存在。

連薰予完全明白，她現在很感謝上一代的決定，畢竟如果可以有兩個人一起分擔真的很棒！像是姊妹、兄弟，或是情人都可以。

如果，上一代的「黑暗」不是戀人的話，她或許也不會衍生這種想法吧。

電視依舊播放著新聞，蘇皓靖看著人數，知道還缺了哪幾具屍體。「阿瑋的屍體應該沒找到吧？」

「還沒，現場有人在盯。」陸虹竹略頓，「我們靈司的人找不全，但破碎的屍體都有被尋獲，他們戴著法器的斷肢都先被召喚回來了。」

「靈魂呢？」連薰予比較在意這個。

「也都召回了，但被惡靈或邪靈共融或吞掉過，都不完整，需要修復或是……修煉。」陸虹竹有點沉重，「狀況都不是很好，但至少全部都召回，會好好養他們的。」

換句話說，都是不能去投胎的殘缺魂魄了。

「美和鎮上那些人們都要好好安撫，嗜殺者要加以淨化，不甘者要去掉戾氣，相助者……」想到曾幫助他們的人，連薰予的手不免發顫。

明明保護著他們兩個，但最後她還是讓他們死了。

「好生超渡。」蘇皓靖接了話，「只能希望他們明白了！」

陸虹竹搖了搖頭，「被犧牲的小我，一般都不會有人明白的，這就是人！後續我們會處理的，請放心。」

唉，說是這樣說，但要淨化這一帶可不是一兩天的事呢。

「我看到妳跑去接下罹難者家屬的案子了，這麼巧？」蘇皓靖瞇起眼，「祈和宮的運作嗎？」

「當然，我們一定要接手，我會『說服』大家接受和解的。」陸虹竹說得稀鬆平常，「絕對會給相應的補償，政府也絕對會懲處相關人員，那些人員也會獲得賠償金，以及依照他們意願做未來的職涯規劃。」

「類似沉潛幾年才回歸要職，反正沒人會注意。」蘇皓靖點了點頭，「不過如果真的有人為疏失，或在工程中中飽私囊……」

「這是一定會有的，世界上沒有乾淨的人。」陸虹竹聳著肩，「做偷雞摸狗的事無所謂，重點是要能做事、有做事。」

連薰予默默咬下貝果，淺笑著。「這就是光與暗必須同時存在的意思吧？」

陸虹竹滿意的微笑，靈魂合一後的他們兩個看似沒有變，但其實卻好像都變了。

「婆婆們都在淨化那些靈魂，後勤補給要夠，她們年紀大了，其他的事我們那天就說了，我跟小薰的生活還是照常，這兒偶爾也是會回來住。」蘇皓靖到廚房倒了杯咖啡，「這段時間我們也要好好瞭解一下整體運作，該見的人、該理解的組織章程都要麻煩陸姐安排了。」

「這我該做的，沒問題。」陸虹竹口吻恭敬。

對面的連薰予一小口一小口吃著培根，顯得心不在焉。「那個……羅……」

「找到了，她生前就被分屍，加上大水沖刷所以遺體不完整，但是有祈和宮刻印的頭顱我們很快就找回。」陸虹竹小心的回答著，「她家人我們也都告知了，等妳平復後，要見面我們再安排。」

「我跟她是朋友，想見我自己會去，不必透過祈和宮。」連薰予雙眼看著電視的聯播新聞，神情依舊嚴肅。「死了這麼多人，我總是在想只有這個方法嗎？」

「我不會去想這麼多，因為那時我們必須封存那塊地，還有解決掉吳家瑋。」蘇皓靖喝著咖啡走回來，「他在那邊種植黑暗太久了，被影響的那群追殺者也不會善罷甘休，他們全都是種子，一旦放出去只會擴散與發芽。」

要斷絕這一切，就必須一不做二不休。

連薰予蹙起眉，接過蘇皓靖遞來的咖啡。「你不覺得，我們自己也是黑暗與光明的共存嗎？」

他們做的這些事、過去祈和宮製造的各種事端，雙手根本也不乾淨，這樣何需再有個黑暗擾亂人世？

「說什麼呢！呵，陸姐剛不是說了，世界上沒有乾淨的人！」蘇皓靖一直無所謂，或者說他看得很開。

唉，連薰予說不過他，她覺得會有其他解決方式，但的確風險甚高、曠日費時，而且水壩也的確並非他們兩個弄垮的，早在之前的預感中就見過巨量的水，水壩體早有破損，潰堤是早晚的事。

「注意時間，妳得去上班了。」陸虹竹提醒著時間，這時就是姊姊。

連薰予勉強一笑，該面對的還是得面對，她絕口不問蔣逸文，這件事她必須親自去關懷。

「我現在啊，擔心的是忙了這麼一大圈——」蘇皓靖凝視著電視畫面，語重心長。

「如果撈起的一百六十七具裡沒有吳家瑋怎麼辦？」

※　※　※

「小薰！妳沒事吧！」

「嚇死人了！妳突然就聯繫不上！」

「妳是在那個奇蹟小鎮上嗎？昨晚有人放出出事前的直播，好像有妳跟對面之前那個蘇帥哥的背影！」

直播果然有發送，這樣至少大家會知道美和鎮曾發生過什麼事。

「之前網頁論壇的事超可怕的，妳的照片就在上面，妳是惹到誰了？」

電梯才抵達二十四樓，門一開就看見自己座位櫃檯前圍滿了人，許久不見的同事知道她今天回來上班，居然準備了一堆東西，還包括氣球跟鮮花。

「呃……我覺得這太誇張啦。」連薰予看著桌上一堆花無奈的笑笑，「我只是回來上班！」

「大難不死啊……」同事突然哽住，氣氛登時一片尷尬。「我是說……」

大家紛紛使著眼色，怎麼這麼口無遮攔的，羅詠捷就在這次事件中走了啊！

連薰予勉強擠出微笑，一路借過的回到自己座位上，環顧了圍上的同事，就是沒見到蔣逸文。

「好了好了！」協理出來打圓場，「妳沒事就好，大家是真的很擔心妳。」

「大難不死。」連薰予淺笑。

「嗯，妳知道羅……羅詠捷她……」

「我知道。」連薰予點頭，「我們都在那裡，只是那時候分開了。」

連薰予略頓了頓，「蔣逸文呢？我得找他談談。」

啊……同事們又是一陣尷尬，交換著眼神，協理也有點欲言又止。

「你們吵架了嗎？」有同事先問。

連薰予狐疑蹙眉，搖了搖頭。「沒有吧？為什麼這麼問？」

「羅詠捷出事後我們一旦跟蔣逸文提到妳，或是問了發生什麼事，他都顯得非常生氣。」同事們相當為難，「還叫我們不要提起妳的名字。」

不好。連薰予低垂著眼眸，將蔣逸文的憤怒悲傷全數感受，還有他身後的一團混沌！

「他離職了。」協理握住連薰予的手，「我們不知道發生了什麼事，總之很遺憾。」

連薰予揚睫，心跳得疾速，但力持鎮靜的深呼吸。「沒關係的，我會自己再聯繫他。」

「沒事的！沒事……」幾個同事拍拍她的肩頭，代表一種安慰。

「好嘍！大家回去工作吧！快點！」協理趕著所有人入內，小薰才剛回來，也是需要點空間時間的。

終於等到所有同事都進入辦公區，二十四樓電梯前只剩下她一人，她緩緩坐下，看著幾乎沒有什麼變化的桌面，以及——轉向電腦螢幕，她挪開了鍵盤。

一張便利貼黏在下方，上頭是蔣逸文強勁有力的字跡：『總要有人負責。』

痛苦的緊閉雙眼，那混濁的不明物就跟在蔣逸文身後，漂浮的屍體們，跳躍的黑貓——詐屍還沒有結束！

手機響起，她即刻接通，正是蘇皓靖。

『他沒有在一百六十七人裡。』

「我剛知道了。」連薰予難受的揪心，「我怕他找上蔣逸文了！」

吳家瑋！

※　　※　　※

總是有人要負責的。

不然那愛笑又開朗，活潑迷人的羅詠捷，為什麼會連具全屍都沒有？

濾瘦的蔣逸文停好車，前方數名彪形大漢即刻靠近，他熄火後拉上手煞車，調整著後照鏡。

「到了。」

「謝謝。」後座戴著鴨舌帽的男子輕笑，「放心好了，我答應你的事不會反悔。」

「我知道，要不然我不會幫你。」蔣逸文沒有平日的溫和，他冰冷的回應，隨後推開車門下了車。

彪形大漢開始搜身，車後座下來的男子也一起被徹底檢查，確定沒有問題後，他們走過日式風格的庭園，進入了這神秘的豪宅會館中。

「手機。」一名戴著銀邊眼鏡，斯文但嚴肅的男性走來，戴著白手套的他捧著盒子。

「請關機或開飛航後放進來。」

「一定要嗎？」蔣逸文顯得非常排斥。

男人挑了眉，帶著一種不容反駁。

蔣逸文深吸了一口氣，還是開了飛航，摘下耳機，將東西置入那個錦盒中，男人蓋上盒子上鎖，把鑰匙交給他。

「後面這位……是你的朋友嗎？」

「是，我跟議……吳先生提過，我朋友才是關鍵，我只是中間人。」蔣逸文再次解釋，回頭看著走路有點踉蹌的男人。

斯文男子照樣拿出錦盒，「手機。」

「沒問題。」鴨舌帽男子放入手機，同樣收下一把鑰匙。

但斯文男子依舊擋在他前面，上下打量著。「口罩眼鏡帽子，這位先生遮得太多了，過於神秘的人我家先生不能見吧。」

更別說今天近三十度，這位神秘人卻長袖長褲的裹著。

「也不是什麼光明正大的事，防護當然要做啊！」說歸說，男人還是脫帽摘下口罩。

「不過既然都進室內了，我也就不藏了。」

摘下口罩的臉龐沒有讓斯文男子嚇到，除了看上去相當憔悴外，倒是沒有什麼異常，男人把口罩眼鏡放進衣服口袋裡，最後揚揚戴著手套的雙手。

「我手過敏，就不脫了吧？」

斯文男子略略點頭，捧著兩個盒子轉身，旋即交給在旁等候的一個女人。「請跟我來。」

蔣逸文看著身邊的男人走得不順當，考慮著要不要上前幫他一把。

「不必，別扶我。」他低聲說著，「我怕外力會讓我更嚴重。」

死第二次的身體非常不堪用，泡到那該死的水後腐爛得更快，他全身上下都是膠帶裹死的，不然都不知道怎麼支撐著走過來。

會館裡相當雅致，看上去不奢華，但細節處處都是名貴品，拐了兩個彎後終於來到屋子深處的廊底，那兒又有彪形大漢在等待，結果瞧見斯文男子一抵達，他們讓開一寸，按下牆上的按鈕。

門後不是房間，打開的是部電梯。

「這麼麻煩？」蔣逸文皺起眉。

「剛剛你朋友也說了，這又不是什麼光明正大的事。」前頭的斯文男子頭也不回的說著。

他率先進入了電梯中，電梯抵達地下二樓，打開來一樣是長廊，但有許多房間，有幾間半敞開的門像在打掃，這兒有房間、也有餐廳，看來果真是個秘密會館。

一路上都有保鑣照看，令人覺得壓力山大，蔣逸文沒見過這種陣仗，顯得有些不安，不時的回頭張望。

「沒事的！」那男人安慰他，「這是正常的，沒有防範才奇怪。」

斯文男子略微回首，但沒說什麼，持續帶著他們往前走，總算到了目的地的房間，門口的保鑣即刻擋下他們，斯文男子低聲交代後，保鑣開門讓他先進去。

門縫只開一點點，看不見裡面的樣子，不過隔壁房倒是不在意的半掩房門，有位白衣天使與一位醫生正在裡頭低聲討論，而旁邊有數台儀器，都連結到一旁躺著的某個人身上。

「今天其實還不錯，狀況……」醫生說著，突然發現站在門口的他們，朝護理師使眼色後，白衣天使飛快的轉身走到門口，將門關上。

接著，他們眼前的門開了。

「請進。」斯文男子皮笑肉不笑的敞開大門，蔣逸文才看見這不是大房間，是個不過兩坪大小，一張桌子跟六張椅子的空間罷了。

坐在裡頭主位的男人他們都見過，是政治界的知名人士，炙手可熱、呼聲甚高的政治明星。

「先別坐。」議員主動開口，「誰才是能給我想要東西的人。」

蔣逸文沒有遲疑，側了身，指向他身後的人。

「那你……對整件事有助益嗎？」議員再問向蔣逸文。

「沒有。」他也實話實說，「我只是協助他聯繫您的人。」

「欸欸，別這麼說，他幫了大忙，沒有他我還真無法撐到現在。」所謂的朋友趕緊出聲，「但他對未來的事使不上力，他能做的就是幫我走到這裡。」

議員朝向斯文男子看了眼，男子即刻動手扳過蔣逸文的身子。「那您不要待在這裡吧，對您比較好。」

蔣逸文明白，他沒有掙扎，主動退開。「我在外面等你吧。」

「麻煩了。」朋友回頭看著他，「放心好了，我說話算話。」

蔣逸文強烈的欲望他感受得深刻，他就只想要一個——有人要為羅詠捷的死負責。會的，放心好了。

斯文男亦退出房間，妥善的關上門，屋裡只剩男子與議員，桌上擺了茶，氣氛略顯嚴肅。

「你說你知道怎麼重現奇蹟小鎮的事蹟，能讓我獲得龐大的金援與財富嗎？」議員看著眼前的男子，「你該知道，我不缺錢。」

「我知道，但權力呢？尤其……我覺得你可能想要的還有更多。」男子突然看向了右邊的牆，「例如更好的醫療？或是醫學上的奇蹟？」

議員握著杯子的手頓了住，臉色微斂。

「你要怎麼證明？你說的都像天方夜譚。」

「奇蹟小鎮就是我的證明，無數的頭獎，噢，還有在其他地方的頭彩，加上某兩位大公司的營運長被人謀殺，兇手親屬卻都得到大筆財富，這都是查得到的，不必我多費唇舌。」男子指尖捏著杯口轉著，「我對你的保證，可以從下個月的主席選舉開始。」

議員蹙眉，「你憑什麼覺得我需要你幫忙，你一個……普通人，又能幫什麼？」

「眼見為憑啊，議員，別急！世上有很多難以解釋的事，奇蹟小鎮就是個活生生的範例啊，你要怎麼用科學解釋頭獎都在那兒開出？怎麼解釋誰的親人受傷或死亡，家屬就獲得鉅款？」男子兩手一攤，「讓我用實力證明，我做得到！只要你擁有我，最高權力唾手可得。」

議員依舊不動聲色，他不會展現出自己的渴望，就怕被人抓住弱點。

遺憾的是，他滿腦子深刻的欲望：他非常想當主席、握有無上權力，甚至想成為這個國家的領袖，這欲望赤裸裸的呈現在男子面前，無所遁形。

「我本來就穩上的，不需要你幫。」

「是啊，我相信，今時今日以議員你的聲望，要當選小小主席沒問題，但你還是沒聽懂。」男子笑望著議員，「我如果能保證你當選，也能讓你不當選。」

什麼？議員瞠圓雙目，怒從中來。

「你在威脅我？」

「你能小看一個能促成奇蹟小鎮的人嗎？」男子終於端起水杯，得意的喝下了茶。

議員不是不信，他不信就不會答應見這個人了。

數月前美和鎮的事情鬧得沸沸揚揚，因水壩遭懲處的人中有一半是他的人，莫名其妙折損一半，還有那陣子被謀殺的某位銀行家也是他的朋友，看著朋友突然被人撞死，肇事者的妻子居然還獲得了朋友的保險金，完全令人咋舌。

就連律師及保險業務員都覺得荒唐，素昧平生的兩人，怎麼會指定對方為受益人？但是所有的資料都如此記載，保單拿出來也沒有修改痕跡，一切就像是魔術節目似的，前一刻親筆寫下的字，下一刻卻變了。

接二連三的事都太玄，他怎能不信。

沉默數秒後，他起身端過茶壺，主動為對方斟茶。

「你要什麼？」

「嗯？」男子一愣，「喔，我沒有要什麼，我就只是一個……喜歡完成別人願望的人。」

議員搖著頭坐下，「人不可能無慾無求，無緣無故你不可能會幫我。」

「嗯……我的確有目的，但我要的是未來的東西，我很難跟你說。」男子舉杯，「現階段我只希望讓有確實欲望的人，能得到你們想要的權力與財富，如此就好！」

議員非常猶疑，因為什麼都不要的人反而讓他害怕，手持杯子舉起又放下，男子看出他的躊躇，只是笑笑。

「好吧，看來我不要個東西你不能心安。」他再度轉向右方，「我就要那個人吧。」

什麼？議員當即重重放下杯子。「出——」

「我想要試著讓他恢復健康。」男子幽幽撐著下巴，視線依然盯著右牆，彷彿他能穿過牆，看見隔壁那個躺著的男人。

「咦？」議員一怔，「你……那是不可能的，他睡很久了。」

「嗯，我想試試看，我能不能完成你深切的欲望，只要你確定，非常渴望那個人的復甦……噢，還沒請問，那是誰？」

「我……」議員遲疑數秒，低垂下頭。「我弟弟，一場車禍讓他昏迷到現在。」

沒有死的身體，感受不到靈魂，這是個完美的軀體。

男子撐著桌子站起，他這具身體已經撐不久了，再用屍體終究會面臨腐爛，現在有這麼現成的身軀可以用，而且還是議員的弟弟，這身分更好用啊。

他才不是什麼神仙，能任意完成誰的願望，他也就是個人，只是看得見「欲望」，並加深人們對欲望的索求，小小完成一些簡單的欲望，才能讓他們更快的墜入黑暗。

不是願望，必得是貪婪的欲望，酒色財氣，越污越好。

「試試嗎？」他開口問著。

「拿我弟弟做實驗？」議員屏住呼吸，「不行……」

「不動刀，我甚至不必碰到他。」男子言明在先，「但不能有旁人在。」

議員看著他的眼神開始產生恐懼，這真的太玄，玄到令人既擔心……卻又雀躍，如果一切能成真，他的弟弟能恢復健康，他可以獲得權力，奇蹟就會降臨到他身上。

嚥了口口水，他再度舉起杯子。

男子回眸，微笑著也舉起茶杯，小小的杯子以茶代酒，互碰的瞬間象徵一種承諾。

「明儀。」議員繞出桌子，打開了門，喚了那名斯文男子。

這裡的門與牆，厚實到完全透不出一絲聲音，他自然得開門才能喚來那銀邊眼鏡的男子。

男子趨前，附耳聆聽數秒後，旋即進入隔壁的房間，讓醫生及護理師從另一道門離開，淨空房間。

「先生，您可以就待在這房間嗎？」議員回身，像是考驗般的問著。

男子昂頭，挑眉，考他嗎？那有什麼問題！

「行。」他肯定的點點頭。

議員握著門把的手微顫，他其實很緊張吧？這枝微末節沒有逃過男子的眼，但他沒有戳穿，議員才準備要把門帶上，突然又推開了門。

「還沒請教先生大名？」

「名字不重要。」男子頷首，「就叫我阿瑋吧。」

尾聲

門關上，在保鑣與斯文男子的護送下，議員離開密室，越走越遠，他們並沒有在門外等待，而是保持一段距離；剛從另一道門離開的醫護就站在隔壁房的門邊，有點緊繃的守著，深怕隨時會出事似的等待。

密室裡的男子撐著桌子坐下，這具身體已經到了極限，原本打算必要時利用蔣逸文的身體，現在倒是省事許多了……闔上雙眼，這具身子啪的直接癱軟倒地。

混沌的黑影自七孔而出，匯集成團後直接穿過牆，來到了隔壁滿是儀器聲的房間裡。枯瘦的男子躺在病床上，倒是沒有太多維生系統，最多就只是點滴而已；瘦是瘦了些，但這也是因長久未進食的關係，放心好了，他會好好使用這具身體的。

然後他會繼續好好發揮，人性最不缺的就是黑暗，一點錢、一點情、一點恨，甚至微薄的一句話，都能掀起波瀾，引發人命，這一世的巫女再強，也永遠敵不過黑暗。

混沌黑影進入躺在病床上的人體裡，由於體內已經完全沒有靈魂，所以他進入得非常順利，毫無阻礙也不需要共融或是逼退誰，但進入的是他人的身體，依舊需要一點適應時間，更別說這是具久躺病床的人，四肢肌肉均不發達，還需復健，跟當初回到自己身體上完全不一樣。

喀嚓，一旁的門突然開啟，醫生護士疾走而入，手上抱著透明防護罩即刻罩住，護理師將病患的四肢牢牢用早備妥的皮帶綁住；同時她將床尾的病歷卡拿起，換上了另一名病患的資料——林嘉南。

什麼？吳家瑋努力的想要趕緊適應這具身體，至少要動，或是說話啊！

他倏地睜開眼睛，眼前一片模糊，看不清楚，但耳朵卻已經聽得見聲音。

「麻煩了。」

聽見陌生的聲音，然後有好幾人逼近他，觸及他的手。

這是陷阱！他突然意識到不對，急著想掙脫離開，可是——他動不了！他離不開這具身體！

「這身體已經爛了，燒掉吧。」斯文男子的聲音在門口響起，正在交代著他人。

他的身體！吳家瑋覺得自己被困在一個盒子裡，在裡頭拚命滾動敲打都無濟於事……啊啊，這像極了他當初在棺材裡剛甦醒時的感覺，既窄小又黑暗，只會逼得人抓狂。

類似電鑽的聲音傳來，聲音如此之近，但他沒有感覺。

事實上在病患身邊有數位刺青師傅，他們捲起該病患的袖子與褲管，裡頭是滿滿的刺青，只是各剩幾處空白，需要填補連接。

然後……高跟鞋聲從遠處傳來，即使踏在地毯上，他聽起來都彷彿巨響。

身著灰色套裝的女人婀娜的走進來，今天的她盤起頭髮，幹練如昔。

「四肢各剩一部分，刺完咒語就完成九成，已經可以困住他了。」明儀上前，走到頭部。「接下來分工將臉部也刺妥，就能完整的讓這具身體成為人體棺材，全面封死。」

「很好。」陸虹竹彎下腰，湊近病患眼前。「嗨，阿瑋！好久不見喔！」

看見美豔的女人，視線逐漸清晰，他連皺眉都無法，只能眨著眼。

「不是你的問題，議員是真的有欲望，他真的是那種貪得無厭又滿腦子想要權力的傢伙，你感受到的都是真實的，也沒找錯人。」陸虹竹指指腦子，「只不過剛剛我稍微進入他的腦子裡而已。」

陸虹竹！

「躲這麼多個月，你也滿厲害的，我剛瞄了眼，你身體爛得很嚴重啊。」陸虹竹微微一笑，「那種情況下能活下來真的很強，你是怎麼逃過的？躲回車子裡嗎？」

否則水壩潰堤，何來全屍？

小薰或蘇皓靖都無法感受到他，他們只能用猜的，猜測他躲回了車子裡，勉強獲得全屍，但人還是死了！死透後再來一次黑貓跳屍，成功屍變，拖著那具屍體回家。

第一次死去的是阿瑋善的靈魂，另一個靈魂是「回」到身體裡，可惜他無法再死第二次，只能詐屍。

為什麼！吳家瑋眼神裡透露著兇狠，為什麼他們會知道他的行蹤，為什麼知道他聯繫議員……這一切明明如此低調，不該有人知道的！

而且，他沒有感受到任何祈和宮的氣息，這會館裡並沒有任何靈力啊！

「我們也是很辛苦的，等你進去後，要抓緊時間布置，還得把患者調包，不然哪來得及。」陸虹竹看向銀邊眼鏡的男子，「明儀，辛苦了。」

「這是我應該做的。」明儀深深感動，「當初那場車禍解救了被家暴的我，我等著回報很久了。」

語畢，他看著躺在床上的病患，心裡五味雜陳，聽說那個「黑暗」，也是那場車禍的倖存者。

刺青師收手，病患身體上的刺青全數連結成功，而一雙男女早站在門口，遠遠看著那具身體上泛出了青紫色的光芒。

封印，活脫脫一具人體棺材。

「啊！」陸虹竹看向門口，走了過去。「身體已封印完畢，稍後移動後，會進行全面封印。」

「回到醫院後還是要好好對待，如同這二十幾年來一樣，我希望他活很久很久。」熟悉的聲音從外頭傳來，「我母親的靈魂也要快點解放了，要讓她離這個人遠一點。」

「是。」

當年連薰予的母親的確是放不下孩子而無法超渡，最終婆婆們為了怕她被黑暗利用，只好把她困在該醫療機構中，致使她與機構連結在一起！現今正在助她脫離，看著已經成為接受命運、獲得力量，又過得幸福的連薰予，她也該安心了。

輕快的腳步聲踏入，數秒後他看見的是一張俊俏的容貌。

「好久不見啊，阿瑋！」蘇皓靖揮揮手，「等等就要轉移地方了，來看你一眼，以後我們很忙，見面的時間怕不多了。」

蘇皓靖！連薰予！沒關係！沒關係！吳家瑋瘋狂的在那身體裡掙著，死了能再重來，他會再轉世，不必幾十年時間，早晚碰得到的！

「我們會好好照顧你，不會讓你死亡的，你就困在這個身體裡直到死去為止吧。」連薰予幽幽的說著，「還可以撐個幾十年吧！」

什麼？吳家瑋愣住了，他們要把他關在這個身體裡幾十年？不不不——他們應該殺了他！殺掉他！

蘇皓靖裝模作樣的想感受什麼，但遺憾的搖搖頭。「唉，我永遠都感應不到阿瑋。」

「我也是。」連薰予會心一笑，「但他應該希望我們殺了他吧，阿瑋，你教我的，有光就有暗，我當然要好好保護你。」

既然黑暗是必要的，那就讓黑暗的存在，也在他們的控制下吧！

不行！你們不能這麼做！吳家瑋歇斯底里的在人體棺材內掙扎，但不管他如何吶喊，如何激動，外面的人只會看見一個躺在那兒的植物人。

第六感再強的連薰予與蘇皓靖，也感受不到分毫。

「小心送回去吧。」明儀交代著祈和宮的人，這個植物人，該回到他的醫院去。

床頭的名牌寫著病歷，「林嘉南」三個字歷歷在目，那個造成當年連環車禍的肇事者，他的身體沉睡著，彷彿就等待著這天。

十指交扣著的男女已然走出，正低語討論著。「讓林嘉南的靈魂走吧！啊，姊，那個議員──」

「放心，我會讓他回到他的辦公室，小小的失憶不會造成太大的影響。」陸虹竹回應道，她手上已經在處理該議員的數起提告，這位議員並不會有平步青雲的未來。

「這週末放假，我們要去約會加慶祝捕獲黑暗，可別吵我們。」蘇皓靖回頭對著陸虹竹抱怨，「沒有電燈泡。」

陸虹竹隨便敷衍的笑笑。

病床在走廊上前行著，吳家瑋只能看著天花板一格格的掠過，他無法理解究竟哪邊做錯了，他步步為營，每個人深刻的欲望他都清清楚楚啊！利用人的欲望進行不該會錯的，每個人都會為了自己所求而自私的啊！

擁有強烈權力欲的議員、要為羅詠捷復仇的蔣逸文——等等，他不是要為羅詠捷復仇……

他是——要有人負責！

「謝謝。」

十五分鐘前，連薰予親自捧著盒子，遞給走上一樓的蔣逸文。

他什麼話都沒說，只是打開盒子，拿出自己的手機，朝連薰予與蘇皓靖頷首後，便離開了這間會館。

他知道了事情的來龍去脈，那是撕心裂肺的痛，但羅詠捷選擇她想走的路，她沒有遺憾，所以他亦無法怪罪小薰或蘇先生；可是他不能讓她白白犧牲，這件事始終要有個人負責。

望著他離去的悲傷背影，蘇皓靖摟過連薰予，他們心情都很沉重，悲傷需要等時間沖淡，或許某一天能再與蔣逸文話家常吧？步出的蔣逸文手指在螢幕上輕輕按著，重複播放著最後的語音留言。

『我愛你。』

「我知道。」他終於劃上帶著淚的笑容，「終於有人負責了。」

後記

走了這麼多年，《禁忌錄》終於完結了！

倒數這幾本幾乎一年一更，的確把時程拖長了許多，一來是時間沒算好，二來是懶病發作，總是拖著拖著，一轉眼就是一年。

不過總算還是給了蘇皓靖甜頭……不是，我是說總算給了他們一個結局。

其實自己寫了這麼多鬼啊禁忌的題材，相關的一切我是抱持尊重，但屬於不太相信的那方；加上我們的禁忌真的太多了，而且絕大多數都挺無理，或過時的，隨便舉例：鬼月，你們鬼月真的不會在外面晾衣服嗎？

所以故事就讓它是故事便好。

至於連薰予的身分，其實類似的宗教很多，最知名的就是喇嘛吧？總之有個靈魂人物會不停的轉世降生，同樣的靈魂但降生於不同地方、不同家庭背景、性別與性格，教眾們尋找後領回亦會加以培育。

相關例子在網路上一堆可以自己搜，但我說說我當初第一次知道這種事的想法是：

「好可憐。」

很遺憾我如此淺薄，我想到的是如果今天是我，一出生就得揹個什麼誰誰誰轉世，肩負ＸＸＸ使命，那接下來得接受思想灌輸、培育，跟相關宗教認識，我用想的都胃疼。

人生太短，我想按照個人意志活下去。

這邊又會扯到「能力越強、責任越大」這句話，我對這句話也是一直有疑慮，因為這似乎總走向道德勒索的路？今天某個人能力很強，但他可以自由選擇要不要扛責任啊！這句話就是變相的能者多勞嘛！

我都覺得這些話是拿來叫別人做事扛責任用的，如果今天有本事自己上，自己說出這句話就合理，但沒資格拿來推別人出去做事、叫別人扛責任，再扣頂「你有能力你當然要做」這種高帽子給對方。

我們都是有自由意志的，再強大的人都可以選擇不、要、做。

在《禁忌錄》裡，連薰予一開始是恐懼而拒絕扛責，蘇皓靖就是不想管，走到最後，小薰的善跟不捨，讓她沒辦法對人們被傷害坐視不理；蘇皓靖本來就知道自己有能力幫助人，只是不想惹一身腥，而現在有連薰予、背後還有祈和宮，做起事來會讓他比較安心些。

當然，他很單純——因為小薰赴險，他當然得成為稱職的護花使者嘛。

只是即使不忍人們受到傷害，心疼無辜者的傷亡，但最終連薰予還是得面臨小我與大我的選擇。這部分的抉擇無關對錯；今天我只是小眾，我就支持小我，只要我不是被傷害的那方就好。

而地位不同的連薰予與蘇皓靖，他們的眼界便不一樣，他們只能選擇大我。

許多事都要等自己到了那個位置才會明白，想法、看法都會影響處事的原則與決定；所以很多人都會罵升官的朋友或同事「換了位置就換了腦袋」，我都覺得莫名其妙，換位置一定要換腦袋啊！不同的職位，做法一定要不同，要不然如何勝任呢？這有什麼可惱可氣的？

如果一個主管職還用普通員工的思維做事，那他的下屬會很慘，組織部門絕對一團亂，也就沒有成為主管的資格了！

身為員工時總是咒罵老闆是慣老闆，付薪不大方，管東管西……等該員工有天自己成為老闆，看著公司所有的帳目報表時，我相信他的感受絕對會不同。

所以，連薰予會變嗎？會。她的身分不同了，思考邏輯都得不同，而且靈魂合而為一後，想法與情緒也更為完整。

再加上祈和宮終究是個與政治體系脫不了關係的單位，她曾希望的大愛無私，也不可能再實現……事實上這件事，在她選擇讓水壩潰堤時，就已經不可能了。

《禁忌錄》相關系列到此告一段落，接下來有些想嘗試的東西，或許會更黑暗，我也還不知道……總之，還是請大家沒事多上粉專晃晃，新書訊息都會SHOW的喔！

感謝各位！哦，陸姐要我轉問一句：多少人押我會死啊？

詐屍

禁忌錄

等菁作品43

作者 等菁
封面繪圖 Fori
美術設計 三石設計
總編輯 莊宜勳
主編 鍾靈
編輯 黃郁潔

出版者 春天出版國際文化有限公司
地址 台北市忠孝東路四段303號4樓之1
電話 02-7733-4070
傳真 02-7733-4069
E-mail frank.spring@msa.hinet.net
網址 http://www.bookspring.com.tw
部落格 http://blog.pixnet.net/bookspring
郵政帳號 19705538
戶名 春天出版國際文化有限公司
法律顧問 蕭顯忠律師事務所
出版日期 二〇二一年四月初版
定價 350元

總經銷 楨德圖書事業有限公司
地址 新北市新店區中興路二段196號8樓
電話 02-8919-3186
傳真 02-8914-5524

國家圖書館出版品預行編目資料

禁忌錄：詐屍 / 等菁作. -- 初版. -- 臺北市：
春天出版國際, 2021.04
面；　公分
ISBN 978-957-741-331-4 (平裝)

863.57　　110004162

ISBN 978-957-741-331-4
Printed in Taiwan